編集少年 寺山修司

久慈きみ代
KUJI Kimiyo

論創社

青森市立野脇中学2年（1949年）、竹原（旧姓本田）輝子先生、文芸部仲間と。寺山修司は、前列左端、その上京武久美氏。本田先生退職による記念撮影と聞く。三沢市立古間木中学校から転校した孤独な寺山を救った仲間たち。（写真提供：内山京氏、竹原輝子氏）

文芸誌『白鳥』表表紙。野脇中学 3 年夏休み（1950 年 8 月）、文芸仲間と発行。寺山修司の創刊の辞が巻頭を飾る。2010 年 60 年ぶりに発見され、寺山が編集少年であったことを裏付ける貴重な資料となる。寺山は、カットも担当していた。

青森高校３年、前列で箒を膝の上にのせている寺山修司。京武久美氏は後列左端。（写真提供：棟方啓爾氏）

寺山修司通学時の青森高校。（写真提供：藤巻健二）

青森高校への通学路。堤川の土手、友人との語らいの道。
昭和 20 年代後半の風景。(写真提供：藤巻健二氏)

編集少年　寺山修司　目次

第十章 「青年俳句」と寺山修司

凡　例

一、引用資料の表記は、原則元の表記に従った。例えば以下のようである。

＊「〇〇選、〇〇撰」「その一、其の二」などの表記は統一せず、元の資料に従った。

＊固有名詞に、新旧漢字による表記の相違いが見られたが統一せず元の資料に従った。

　青実→菁實　レイ子→レイコ　「三ツ葉」→「三つ葉」「万緑」→「萬緑」

＊新旧仮名遣いは、引用したその資料に従った。後日、寺山修司が表記を変えている例も多々あるが、原則、その資料中の表記とする。特別必要と思われるものはその都度説明を加えた。

＊寺山修司の少年時代、新旧の仮名遣いが混交していた。引用資料にもその影響がみられるが、原則そのまま引用する。特に寺山修司たちがガリ版切りをして、自前発行した「週刊古中」、「二故郷」（鉛筆手書き）、「野脇中学校学級新聞」は、新仮名遣いである。言った（新）→言つた（旧）、でしょう（新）→でしよう（旧）

＊カタカナ表記が後日漢字表記された場合も、引用した資料に従った。

一、引用した寺山修司の小説、詩、短歌、俳句などのレイアウトは、スペースの関係等で、表記、行間を詰めるなどの変更が加えられている。

一、引用文の中で使用されている括弧記号は、そのまま使用し、原則変更は加えなかった。

一、本書に頻出する著書の略表記について。

＊『寺山修司俳句全集増補改訂版〈全一巻〉』（あんず堂、一九九九年）は、必要に応じて「あんず堂版俳句全集」などと表記する。

＊『寺山修司の俳句入門』（光文社、二〇〇六年）は、必要に応じて「光文社版俳句入門」と表記する。

一、俳句履歴を示すとき著書名を以下のように略表記する場合がある。
＊『われに五月を』→五、『わが金枝篇』→金、『花粉航海』→花、『わが高校時代の犯罪』→わ　として使用。主にⅠ部第四章、Ⅱ部第十章等で俳句の上に付して使用。

一、かぎかっこの使用について。原則、句誌、雑誌、新聞等は、「　」、単行本は『　』を使用したが、Ⅰ部第二章の白鳥、第四章青森県立青森高校生徒会誌については、例外的に『白鳥』、『生徒会誌』とする。また寺山修司が自選発行した句集「べにがに」や歌集「咲耶姫殉情歌集」も単行本扱いをするときは、必要に応じて『　』を使用。『咲耶姫』殉情歌集、『咲耶姫』と表記する場合もある。

一、本書に登場する人物の敬称は、概ね省略させて頂いたが、使用する場合は、文章上の必要に応じ、各章の統一は、図られていない。

一、引用した作品には、人権擁護の見地から不適切な語句や表現もあるが、発表時の時代背景を鑑みそのまとした。

序にかえて――寺山修司の編集力

寺山修司の言葉は、いつどこで出会っても圧倒的な力に満ちている。俳句や短歌、詩はもとより、映画や演劇の中にあっても彼の言葉は、ある刹那物語の流れを離れ、我々の心奥でくすぶっている意識を引き連れるようにして立ち上がってくる。古びず、無駄がなく、力強い存在感をもった彼の言葉は、大勢の私を背負って明確なイメージを結ぶ。その世界に圧倒される。

寺山修司のこの言葉の力はどこからくるのだろうか。知りたいと思う。

ある時、以前は何気なく見ていた「週刊古中」新聞（三沢市寺山修司記念館常設展示）の記事に目が留まりぎくっとした。

大募集　漫画小説作文俳句和歌詩ふるって応募下さい。投書箱へ（編集部と記入）　「週刊古中」No.2

大募集　漫画俳句短歌作文ふるて《ママ》應募を望む。

先週新聞を発刊せず眞に申分けありません　編集長　「週刊古中」No.3

さまざまな顔を持ち多方面で活躍した寺山修司であるが、もしかするとその原点は編集者。元寺山修司記念館の館長で従兄弟の寺山孝四郎さんに、新聞のことをお尋ねすると、「これは寺山がたった一人で発行した学校新聞で、手伝え、手伝えと言われたが……」と頭を掻かれた。編集長、編集部とあるが実在しない架空のもの。大きな太字で仲間を募るために、必死に呼びかけた少年の心を想うと、涙が出そうになる。

寺山の言葉がなぜ突出した力を持つのか、この必死に編集する辺りに疑問を解決するヒントがありそうな予感がする。「週刊古中」との衝撃的な出会いを機に、芸術活動が前衛的で多岐にわたるために実像がなかなか摑めないと言われる寺山修司、その少年時代の資料を頼りに、彼の世界を探ってみることにした。本書は、寺山の少年期・青年期へ遡行した場を紹介するものである。

少年時代の作品創作の場をたどる過程は、平穏な日常生活の中で、ともすれば忘れている戦争が、いかに感受性鋭い少年たちに深い傷を与え、その人生に重い負担を強いることになったかを改めて認識する場でもあった。寺山世代は、戦争で亡くした父親を還してほしいと叫んだ世代でもある。九歳で父親を失った少年は、母親とも遠く離れ一人親戚の家に預けられて日々を過ごした。この理不尽な事件がもたらした環境を忘れて寺山修司を語り、時には糾弾する人もいる。が、「週刊古中」新聞にみるように、少年寺山修司を創作の場——表現媒体——作りに駆り立てたものは、まさにこの孤独感ではなかったろうか。

孤独な魂をかかえた少年は、とても一人でじっとしていられなかった。作品を創作する仲間と創作した作品を発表する場を求めて、突き動かされるように学級新聞や文芸雑誌の編集に熱中し続けている。そして、少年時代に行われていた編集作業は、生涯続けられている。

大人になった寺山が自作の俳句や短歌を再編集し、句集や歌集にして出版する様は、他の作家には見られない異様とも言えるものである。その編集ぶりは、創作者の立場を大きく逸脱している。生前、自らの構想の下に編集し、出版された句集や歌集をみてみよう。

句集編集の状況

（1）『べにがに』自選句集（四十句）、一九五二年（昭和二十七年四月一日、十六歳）高校一年生から高校二年生春までの俳句。高校一年生の夏から俳句に熱中し、新聞文芸欄や俳句雑誌に投稿掲載された俳句をまとめた最初の自選句集。「自撰句集べにがに」と題が書かれた表紙の日付けは昭和二十七年一月とあるが、奥付けは、昭和二十七年三月二十七日印刷、昭和二十七年四月一日発行とある。

青森市松原町四十九、著者　寺山修司、発行所　山彦俳句会　青森市筒井青森高校内、印刷所青森市松原町、印刷所　ＥＣＨＯ印刷会とある。実際はすべて自前で印刷、発行した。

本書Ⅰ部第四章３「完成される寺山俳句」に『べにがに』全句掲載。

（2）「新しき血」（百四十六句）、一九五六年（昭和三十一年十二月、二〇歳）俳句同人誌『青年俳句』（上村忠郎主宰）に発表。百四十六句という夥しい数の俳句を発表すると同時に、「カルネ」という散文を載せ「ぼくはこうして俳句とはっきり絶縁し、昔の仲間たちに『牧羊神』の再刊を委ねたのだった。ふたたびぼくは、俳句を書かないだろう。」と高校時代から熱中してきた俳句との決別宣言をしている。Ⅱ部第十章で、これを句集扱いにした理由を述べる。

（3）『われに五月を』作品社（俳句九十一句）、一九五七年（昭和三十二年一月、二十一歳）、十五歳から十八歳までの俳句をまとめる。後に、二十五句を削除して、『わが金枝篇』に、さらに『花粉航海』に収録される。

（4）『わが金枝篇』湯川書房（百十七句）、一九七三年（昭和四十八年七月、三十七歳）、この句集の百十七句は、七句を除いて『花粉航海』に収録された。百十七句のうち、句歴がないものは二十九句、つまり新作、その二十九句から二句を削除し、二十七句を『花粉航海』へ収録する。

（5）『花粉航海』深夜叢書社（二百三十句）、一九七五年（昭和五十年一月、三十九歳）、この句集は、『わが金枝篇』からの百十句に高校時代の句と『われに五月を』から二十一句、新作俳句九十九句を合計して、二百三十句の構成である。この句集を別の角度から見れば、三十代後半に成した句が、九十九句＋二十七句で百二十六句あることがわかる。句風の変遷を辿る時、重要な資料になろう。

（6）『わが高校時代の犯罪』（三十句中一句未完のため二十九句）、一九八〇年（昭和五十五年四月、四十四歳）、「別冊新評寺山修司の世界」（新評社、一九八〇年）所収。この句集の二十九句のうち十句は『花粉航海』よりそのまま再録される。『花粉航海』に類句をみる一句を加えて総数十一句となる。俳句の移動をみると、二十九句中「目つむりていても吾を統ぶ五月の鷹」と「鳥影や火焚きて怒りなぐさめし」（『われに五月を』）の二句以外は、後年の新作である。本書Ⅱ部第十章に詳細を述べる。

以上が彼の句集の編集履歴である。これを見る限り、寺山修司が生涯自作俳句を手元に置き、読んでは再編集を続けていた様子が窺える。彼の言う「俳句との別れ」も、結果嘘であったことになる。たぶん、嘘をつくつもりはなかったが、「別れ」を宣言しても俳句を手放せず、創作や編集を続けていたのであろう。

たとえば、寺山生前の実作者仲間であり、寺山俳句研究の第一人者でもある斎藤愼爾氏の『寺山修司　寺山修司の俳句入門』（光文社文庫）にある「寺山修司百句」を彼の代表句と見做し、百句の句歴をたどると、四十七句が一九七五（昭和五十）年に刊行された『花粉航海』や一九八〇（昭和五十五）年に編まれた句稿『わが高校時代の犯罪』が初出である。寺山俳句はよく「青春俳句」であると言われるが、反論者も多く簡単に結論を出せないでいる。理由はこんなところにもあろうか。

現在寺山修司の俳句や俳句評論の全容は、前述した『寺山修司　寺山修司の俳句入門』や『寺山俳句全集・増補改訂版〈全一巻〉』（あんず堂、一九九九年）により明らかにされている。しかし決定版と謳って出されたあんず堂版にしても、寺山修司が俳句絶縁宣言をした「青年俳句」の文字や高校時代親密に交流していた「三ツ葉」の文字は見られず、多様なジャンルを駆け抜けた寺山芸術の始まりが青森時代の俳句にあるという立場からすると、なんとも残念な状況なのである。

それにしても、なぜこれほどの編集作業を続けるのか。掘り下げた考察が必要であろう。寺山修司、寺山芸術の本質を明らかにするヒントが彼の編集への強いこだわりにあると私は思うからである。この問題は一時棚上げして、次に何度も繰り返される異様にもみえる寺山の編集作業のようすを短歌でも確認しておきたい。

歌集編集の状況

（1）『咲耶姫』修司近詠（四十五首）、一九五一年（昭和二十六年五月二十六日、十五歳）高校一年。

（2）『われに五月を』作品社（百十二首）、一九五七年（昭和三十二年一月、二十一歳）、「祖国喪失」三十四首・「森番」五十一首・「真夏の死」二十七首

（3）『空には本』的場書房、一九五八年（昭和三十三年六月一日、二十二歳）

（4）『血と麦』白玉書房、一九六二年（昭和三十七年七月十五日、二十六歳）

(5)『田園に死す』白玉書房、一九六五年(昭和四十年八月十一日、二十九歳)
(6)『寺山修司全歌集』風土社、一九七一年(昭和四十六年一月十日、三十五歳)、未刊歌集「テーブルの上の荒野」を含む。この全集は一つの達成点を示すものである。
(7)『寺山修司全歌集』沖積舎、一九八二年(昭和五十七年十一月十五日、四十六歳)
(8)『寺山修司全詩歌句』思潮社、一九八六年(昭和六十一年五月、高取英氏が、生前寺山修司が企画を作成したものに基づく歌集であると解説の中で発言している)。

各歌集にみる短歌の異同は俳句よりさらに複雑である。『寺山修司全詩歌句』(思潮社版)の解説で高取氏が指摘するように、初版本の各三歌集(『田園に死す』白玉書房版は除く)と『寺山修司全歌集』(風土社版)との異同は複雑多岐に渡るものである。その詳細については、高取氏の解説に詳しいので、ここでは省略するが、なぜこれほど初版から大きく変更させた全歌集を必要としたのか、彼のその目的はどこにあったのか、それらを検証する重要性は、言うまでもないことであろう。寺山芸術の本質にかかわる問題であるように推測される。

しかし、短歌についてもこの本質論をひとまず棚上げして、彼の創作活動を編集履歴という角度と重ねてみると、彼の没後に出版された(8)の本も、寺山が生前企画していたものであるとすれば、短歌にも編集者的立場で生涯目配りを続けていたことは理解できる。句集と歌集において、作品発表の経歴を偽ることも辞さぬ決意で、ある目的のために大幅な作品の入れ替え、再編集を、生涯続けていた寺山修司。なぜそうしたのか、その理由の考察はこれからである。

句集と歌集の編集履歴を見る限り、従来よく言われている「若き日の父や母の不在の孤独感を癒すために俳句を作った」とする、寺山修司についての俳句論は、時間限定を設けた読み解きであり、あたらないだろう。また「内的必然が俳句から短歌へ移っていった」という論もあるが違和感をおぼえる。これら紋切り型の論は、彼の戦略にまんまと嵌められた結果出てきた読みではないだろうか。編集履歴をみる限り、彼はいつもどちらも（俳句も短歌も）必要としていた。乱暴な言い方になるが、彼は言葉で世界を形象することに悦びを持ち、言葉の世界で生きていた。たとえば、高校時代から二十歳までの作品をまとめた彼の第一作品集『われに五月を』に九十一句の俳句をみるが、うち次の五句は句歴がない。つまり当時の新作である。

木苺や遠く日あたる故郷人
故郷遠し日向に冬の斧またぐ
蓑虫や母を詠えるかぎり貧し
父還せランプの埃を草で拭き
寒雀ノラならむ母が創りし火

「木苺や」の句は、病床にある寺山が「木苺よ寮よ傷をもたない僕の青春よさようなら」と瑞々しく詩う「五月の詩・序詞」（『われに五月を』）を想像させる。おそらく、「木苺」と言う言葉に触発されてできた俳句であろう。「木苺」を使用した俳句は、一九五四（昭和二十九）年十二月、「万緑」に載る「木苺や寮舎に同郷の友訪はむ」とこの二句のみである。さらに「父還せ」の句は、チエホフ祭（短歌研究社五十首詠募集特選）の原題である。これらは言葉の編集が作品を生む例と言える。彼の編集作業が作品創作にも大きく影響を与え、二つが不即不離の関係にあった姿を示すものであろう。

本書では生涯編集者であり続けた寺山修司の出発点である編集少年の姿と青年への変貌を遂げる青森高校時代を年代順に追ってみた。大量に残された作品と文芸活動のようすは、彼の成長し続ける姿を浮き彫りにする。これは、なぜ寺山修司の言葉が圧倒的力に満ちているのかを探る第一歩である。そしてこの調査が寺山修司の世界のより一層の広がりと深まりを得る手がかりになることを期待したい。

Ⅰ部　たった一人の編集者からの出発

第一章　「週刊古中」「野脇中學校新聞」の時代

はじめに

次の二編の詩は、中学生の寺山修司が書いた詩である。

「黒い瞳」（「二故郷」）

赤ん坊の黒い瞳は何を見てゐるのだろう。
目玉の茶黒い中に小さな黒真珠をくるくるっとまわしながら—
何も知らずに時折にっこり笑う赤ん坊
その黒い瞳には外の景色が鏡のように映えてゐる。
何も知らない赤ん坊—
時には母親の子守歌のメロデーに深く夢の國へ旅行をして
私も最一《ママ》度小さくなりたいなァ

「やきいも」（「野脇中學校新聞」第六号、昭和二十六年三月二十一日）

粉雪―
粉雪―
道のすみつこ
〝焼芋はどうです　あつたかいですよ〟
〝どんな味がするの？〟
〝あんたにおつとさんはおありかい？〟〝ううん〟
〝おつとさんの息のように暖くてさ思い出しますよ
おつとさんを〟【筆者注、新聞には、あつとさんとあるが表記を改めた】
粉雪―
粉雪―
道のすみつこ――。

後の寺山芸術の主要なテーマとなる母や父への思いの核が、既にこの時代から文学として作品化されている。「黒い瞳」からは「身毒丸」の台詞⑴が、「やきいも」からは、「父還せ⑵」など父を詠った作品が連想される。肉親に抱く複雑な心情を作品（虚構）に昇華させる確かな術を一二、三歳の寺山が身につけていたことを示す貴重な作品である。少し大げさにいえば、虚構（芸術作品）に真実なる心情を入り込ませるあり方、芸術作品が生まれる現場を見せられている作品であるともいえよう。

一方寺山修司は、中学時代作品創作のみならず学級新聞の編集に力を注ぎ、ジャーナリスト⑶として特筆すべき才能を発揮していた。

本章では、寺山の中学時代の学級新聞（学校新聞）の編集の場のあり様を、次に示す「寺山修司中学時代作品創作略年譜」に沿って読み解き、生涯変わらず発揮された編集者としての出発点を眺めてみたい。

寺山修司中学時代作品創作略年譜

年	企画・編集（新聞・雑誌）	投稿（新聞・同人誌など）
一九三五年　生まれ（一九三六年とも）		
一九四八年　古間木中学校入学	「週刊古中」を一人で発行	
一九四九年　野脇中学校転校	「2年9組学級新聞（野脇中学校）」 「二故郷」（鉛筆書き回覧文芸同人誌） 「野脇中学校新聞」（2号・3号・4号） 2号、詩二編「海中の岩君へ」「留守番」 3号（寺山修司の作品掲載なし）	「故郷」の一、見えず
一九五〇年	4号（短歌二首） 「若潮」第3号（この頃か？） 小説「銀将」、詩「若い道」が載る 文芸誌『白鳥』	県詩祭（北詩人会主催） 入賞せず
一九五一年　野脇中学校卒業	「野脇中学校新聞」（5号・6号） 5号、和歌十二首 6号、綴方大会特選「星」 詩二編「のれん」「やきいも」 俳句二句 「はまべ」・「黎明」を発行	「東奥日報」へ投稿

青森高校入学（5月）	短歌・俳句掲載
	右の二雑誌、発行されたと聞くも不明、調査継続中
	『咲耶姫』殉情歌集（自筆ペン書き手作り歌集）」（5月）

1　孤独な魂を癒す「週刊古中」新聞の編集作業

寺山修司記念館には、ガリ版刷りの「週刊古中」（No.2・No.3）新聞が常設展示されている。何度も記念館に足を運んでいるが、うかつにもそれほど気に留めずにきた。二〇〇六（平成十八）年の八月、「テラヤマ・ワールド2006in三沢」に向けた準備のため、記念館では展示の入れ替えをしていた。この「週刊古中」が常設展示の場である「机の引き出し」から中央ホールに移設展示されようとしていた。いつもはガラス越しで、懐中電灯の光をあてながら、擦り切れた箇所などもある新聞を、よくぞ残ってくれたと思いつつ流し見をしてきたが、その時、間近で見て衝撃を受けた。

まず、「連載　緑の海峡　修司作」の文字が目に飛び込んできた。えっ、寺山修司の小説、俳句でも短歌でもない、小説を書いていたのか。「緑の海峡」、なんという斬新な名前の付け方、中学一年、十二歳にして、まさに寺山修司的だと妙な興奮を覚えた。中央のホールにこの擦り切れた新聞が展示される重要性を理解した私は、寺山修司記念館館長（現在名誉館長）で寺山の従兄弟である寺山孝四郎氏にこの新聞について伺ってみた。この「週刊古中」新聞は、寺山修司が一人で編集発行をしていたという。ガリ版用具は、教員をなさっていらした孝四郎さんのお兄様のものを借りていたそうである。連載小説「緑の海峡」に登場する「大きく腕力が強いばかり」の子は自分（孝四郎さん）がモデルであるらしいと、懐かしそうに「印刷など手伝え、お前も手伝え」とも言われましたと、頭を掻いて照れ笑いをされた。「古中」とは、古間木中学校（現三沢市立第一中学校）のことで、寺山が在籍した当時一年生は、一クラスで四十五名程の規模であった。

「このガリ版印刷の新聞に連載されている小説「緑の海峡」は、寺山修司の表現活動の最初のものと思われる。また「週刊古中」と学校新聞の体裁をとっているが、連載小説から学校内外の記事、編集、カット、ガリ切りまでのほとんどを中学一年の寺山修司が行っていたようだ。表現とその発表媒体が思考されるという寺山修司の特徴がこの頃既に発芽していたのである。」「テラヤマ・ワールド寺山修司展きらめく闇の宇宙」『寺山修司記念館』①（有限会社テラヤマ・ワールド2000・2・20）

右は新聞についての説明文である。館長さんのお話のように、寺山修司がたった一人で企画、構成、編集、作品創作をこなした新聞で、四段組の二面からできている。B４サイズ判である。一面にニュースや主張があり二面は「ごらく板」となっている。「ごらく板」に二編の小説を連載している。創作小説は前述した「緑の海峡」と大タイトル「心の糧」を持つ「公爵の白兎」である。どちらもその全容はわからない。「公爵の白兎」は、連載の二回目のみが残っている。ロンドンの郊外にすむ公爵が、夕方の五時ころ寂しい並木路を歩いていると、身持ちの悪そうな男に呼び止められ、白兎を買ってくれといわれる。断ると男は、「買ってもらえないならば、見せたいものがある」とピストルをつきつけた、という話である。スピード感のあるサスペンス仕立の小説である。学校生活が舞台である「緑の海峡」とは趣を異にし、続きを読んでみたいと思わせる。「ごらく板」には、その他、クイズ、修学旅行（函館）の「こづかい」調べ、一人平均四百六十円などの記事もある。寺山修司の創作の幅の広さと行動力が相当なものであったことがわかる紙面となっている。

更にこの新聞で目を引くのが【資料1】で示したように、「大募集」と銘打った作品募集の告知である。募集欄のスペースの広さもさることながら、活字の大きさは「週刊古中」の紙名と同じである。彼が如何に創作仲間を求め、仲間集めに苦労をしていたかよくわかる。

彼はなぜ、これほど文芸仲間を集めたり、新聞作りに熱中したのか。一九四五（昭和二十）年七月二十八日、青森市の大空襲で焼け出された寺山母子は、父方の叔父が営む三沢の寺山食堂の二階に下宿した。母は三沢の米軍キャンプに仕事を得て働きに出る。九月五日には父を戦病死で失っている。九歳の少年には、なんとも過酷な環境である。従兄弟の孝四郎さんは、寺山が時計の下で帰りの遅い母を待つ姿をみて「一緒に夕ごはん食べよう」と声をかけるが、「いい」と言って決して一緒にご飯を食べなかったと話される。少年の矜持が一人頑なに母の帰りを待つ姿ではなかったろうか。

人間は、深い孤独の中に投げ出されると一人では居られないと言われる。戦争に翻弄された少年の深く傷ついた魂の寂しさを癒す唯一の方法が仲間を集めての新聞作りであったのであろう。ともあれ、寺山修司の表現活動の出発点は、孤独な学校新聞編集者であった。作品を発表するメディアを自前で作る方法を表現活動の出発点で身につけていた。仲間を募り、企画を出し、編集発行するという彼のこの表現活動のスタイルは、寺山修司独特のもので生涯このスタイルで芸術活動が続けられた。また、この方法は、高校時代の仲間たちと開いた全国俳句大会の企画と実行の中心は寺山修司であった。

十代の俳句研究誌『牧羊神』などの企画編集の仕事へ繋がり、さらには天井桟敷の活動にも受け継がれていった。「週刊古中」の全容は不明であるが、よくぞ残ってくれたと、同級生の寄贈者に感謝の気持ちでいっぱいになる。一字一句の中に寺山少年の熱い思いがぎっしりと詰まっている。以下【資料1】で記事の主な内容を紹介したい。

【資料1】「週刊古中」第2号・第3号の記事内容

掲載作品	備考
№2号　昭和二十三年九月二十五日 「週刊古中」編集部「一寸の光陰軽ろんず可からず」 （一面記事） ＊学校自治会は何故早く行はぬか ＊アイオーン台風被害 ＊スポーツニュース部下学徒陸上競技大会・野球部の前途 ＊大募集漫画小説作文俳句和歌詩ふるって応募下さい。作者の名は望によりのせる事ものせない事も出来ます投書箱へ（編集部と記入） （二面記事） ＊ごらく板　函館旅行日程表 ＊読者の作品室　俳句 夏もすぎ木の葉ちらちら落ちていく　信夫作 朝つゆの銀の学校消えて行く　〇〇作 ＊校内対抗試合・地区対抗・火花を散らす日米野球 ＊談話　叫び　編集部	「読者の作品室にもどんどんおう募してください」とある。

自治会の討ろんや相談の時はおしだまってゐてあとになって決った事にグズグズかげ口を聞く者がみうけられる。これではほんとうの自治会ではない反対意見があったら相談の時どうどう云はねばならぬそれで皆の賛成をゐられなかったら心をからにして決た事にしたがわうではないか。古中の諸君‼男女共にくちびるを開け胸をひらけ。―以上― ＊連載　緑の海峡　修司作（小説）	小説
No.3号　昭和二十三年一〇月九日 「週刊古中」編集部「いまださめず池頭春草の夢」 （一面記事・函館旅行記） ＊日本ニュース教育委員選挙・富士山に初雪降る ＊大募集漫画俳句短歌作文ふるて応募を望む。 ＊皆さんにお願い（運動会のアンケート調査） （二面記事）・心の糧　その二　公爵の白兎（No.2号では休載の記事みえる） ＊学校ニュース　週番の注意 旅行についてのしらべ（旅行の小遣い調べ）一人平均四百六十円。・七つのカギ懸賞募集（クイズ）投書箱へ応募も望む ＊連載　緑の海峡　三回　寺山修司作	募集記事の字体がデザイン化されている

2　仲間たちとの出会い「学級新聞（野脇中学校）」

次に寺山修司が編集者として活躍する場は、青森市の野脇中学校である。ところが、古間木中学校からいつ転入したのか、正確にはわかっていない[4]。幸いなことに彼が活躍を始めた時期は推測できる。友人の京武久美氏が学級新聞や文集作りを通して寺山と急に親しくなったのは中二の夏休み明け、秋頃であると語っているから、転校先の野脇中での活躍の開始は、その頃であろう。なにより、寺山修司たちが発行したガリ版刷りの「学級新聞（二ノ九）」（昭和二十四年九月二十日発行の二・三号合併版）が現存し、新聞の三面と四面が寺山修司記念館に展示されている。「週刊古中」で、寺山修司編集長は、仲間の原稿を大募集していたが、応募する友人と巡りあうこともなく、母親の仕事の関係で青森の野脇中学校に転校したと思われる。

「学級新聞（野脇中学校）」、鉛筆の手書き文集「二故郷」などを紹介しながら、その頃の寺山の表現活動の場での活躍をたどってみたい。

まず野脇中学校「学級新聞（二ノ九）」（四面）「文学」に掲載された寺山修司の詩二編をみよう。

「野原」

春の若芽がのびる頃
ふと目の前の板一つ
幼き頃の思ひ出を
秘めて立ちたる
犬の墓
友と二人で汗流し
作った眞自《ママ》目な墓だった
こけによごれてくさりかけ
ポチの匂をなを残し
一緒に作った友達は

今頃どうしてゐるかしら
立てた線香も今はなく
お菓子は誰がもってたか
残ってゐるのは墓一つ
想ひ懐し墓一つ

「かぎ」
闇の中でかぎを開けようとしてゐる
眞暗な闇だ。
〝よしたまへそんな事〟
おまけに　手には石けんがずるずるついてゐる
だがごらん一回目はしくじった
二回目は手からかぎがすべった。
三回目も四回目も失敗だった。
いくたびか　それをくり返してゐる内に
四面には　うす明りがさしこめて来た。
〝ガチャン〟聞いたかこの音を
かぎが開いたんだぞ
ホラ部屋には

幸福の青い鳥が私を待ちうけてゐるんだぞ
ガチャン　何んていい音なんだろう。
「幸福なんだろう」

この他に、「荒い波の音が夕陽に赤く輝《ママ》り映えてまるで炎の如くわき立ってゐる」の書き出しで始まる連載小説「夕陽」と、次のような和歌と俳句が掲載されている。

母想ひ故郷を想ひ寝ころびて墨《ママ》の上にフルサトと画く　修司（墨は畳の誤植か）
空遠く眸に浮ぶ母の顔　修司

小説「夕陽」は、Ｂ４判の紙面を5段組みにした学級新聞の一段半のスペースを使って書かれている。「北海道海岸《ママ》の九月の寒さにふるえながら主人公路雄が舟《ママ》で帰る兄を待っているが、舟は着けども、昔、一緒に釣りや野球をした懐かしい兄健治の姿は見当たらなかった―それどころか―健治の姿はたった今青森刑務所の中にそのおちぶれた姿を現したのだ（次週につゞく）」というものである。

この学級新聞の文芸欄は寺山修司の作品で、そのほとんどが埋め尽くされている。また、その話題記事の内容や、寺山の投稿原稿が、小説、詩、和歌、俳句と多様なジャンルにおよび編集スタイルは「週刊古中」に酷似している。寺山の意向が強く働いたものと想像できる。作品の素材は、恋しい母であり、実在しない兄である。この頃、たった一人の肉親である母親は、寺山を母方の大叔父坂本勇三方にあずけ、福岡県芦屋町のベースキャンプに働きに出かけている。とがった才能を持った寺山の傷ついた不安な魂を救ったものは、友人たちとの文芸活動であった。孤独な悲しみを持った人間は、一人で居ることの寂しさに耐えられず、立ち止まってもいられなかった。仲間との文芸活動に熱中する時間は至福の時となり彼を救った。

さらに三年時の学級新聞をみていく。

「学級新聞（三年六組）」（昭和二十五年七月五日発行）

●役員として　寺山修司（一面）

「長い間皆に待たれていた新聞がようやく発行される事になりました。学年が新しくなって以来各クラブは出来たもの、三ヶ月の間どのクラブも活躍が充分でない折新聞が出来る事は大きな喜びです。これからも逐次出る事と思いますが出来得るだけ低俗にならない事を望みます。今まで色々学級の新聞を見ましたが大てい記事が貧弱だったり洒落語みたいな者を一面記事にしたりしています。一号はともかく二号三号に至って下落する事のない様段々発展する様に努力して下さい良い新聞皆の新聞が出来る事を望み更に一段と向上することをいのります」（句読点などは原文のまま）

●文化部より「第一号の新聞がおくれて発行したことをおわびします。第二・三号の原稿を募集しますからどしどし投稿して下さい。内容　詩・俳句・短歌・短編小説（連載します）その他」

●級友欄（二面）

詩「青い星」寺山修司

夜の空を

ごらんなさい
天の川の上の方
きれいな星があるでしょう
ほら、青い星が
輝いているでしょう
あの星は　私のお母様なの
丁度今夜のように、、、
星の美しい晩
虫がないてたわ
お母さんは肺病だったの
そして空を見ながら
あゝ星になりたい、、、　ッて
死んじゃったわ
でも
あんなに美しい星になったの
青い星、、、、
わすれないでね。

詩「河ばた」寺山修司

津積の川の　みづかがみ
音ひくくして夏をよぶ
ぬしなくして浮かぶ笹舟も
夢はいづこと身を休め
立てるいちようのその陰に
何や思いる草笛を
吹くや遊子　春哀し

たゞあおぞらに白きくも
土手のかなたに流れ行き
目をば草辺にとまむれば
ゆかしく咲けるフリージャに
かって病に伏せ行きし
青いひとみの子を想う。

寺山修司詠
夕立に取りのこされし下駄一つ
笹舟をきそえる顔や水かゞみ

短歌雑詠　　寺山修司　作

望みなくたゞあおぞらに消えて行く煙かなしき秋の夕暮

思郷湧く心安めて砂浜に身を横たえば白鳥の鳴く

目と目をば見つめてそらす母と子の語らざりけるふるさとの秋

秋たけて落葉ながめつ読書する窓辺に低し子等の唄声

ねむられぬまゝに窓辺にもたれつゝかの肺病のハーモニカ聞く

目をとじてもえる真紅のその如く一時はもえし夕やけの空

【編集室より】　俗っぽいものにならないようにつとめすぎたためあまり堅い型に入ったものになってしまいました。今度から少しくだけた皆の楽しい新聞にするようにつとめます。長い夏休みを元気ですごして下さい。

「週刊古中」から続いた編集者としての寺山の活動は、青森に舞台を移しても続けられ、格段の飛躍をみせている。特に三年六組の学級新聞になると、詩や短歌の創作のみならず、新聞発行の編集役員として、中心的存在になっている。「役員として」の文章も編集者としての自覚に満ちたりっぱなものである。彼が抜きんでた編集の才能を発揮し、嬉々として友人を引っ張っている様子も紙面から伝わってくる。そこには、一人痛々しい努力で友人を待った「週刊古中」時代と異なる自信にあふれた寺山修司がいる。学級新聞というメディアの中心にいて編集、企画、創作している寺山に「シュウジ君よかったね」と声をかけたくなる。

3　「二故郷」発行　文芸雑誌の編集者として活躍

寺山の転入当時、野脇中学校には文芸部があり、彼もその一員として活動していた。青森県立図書館には、寺山の学友たちによる鉛筆手書き回覧雑誌「二故郷」(5)がある。この雑誌も寺山修司の少年時代を知る貴重な資料である。Ａ４判を縦使用し「二故郷　寺山修司作」と手書きされた表紙が付き、そこに書かれた表紙絵は、赤、青、紫の三色の色鉛筆で描かれ、題名文字のレイアウトも凝っている。この回覧雑誌に寺山修司は「故郷」（小説）、「フルサト」（和歌七首）、「黒い瞳」「我が家」（詩二編）を発表している。

ここで注目すべきは、作品の出来映えよりも、雑誌の装丁である。友人たちが、鉛筆で自筆したものを寺山修司が、表紙や目次を付け製本したと思われる。そう推測する根拠は、目次の字体や、最終ページのカットの絵などが、寺山修司のものと推定できるからである。本の装丁をどこで学んだのか、見事である。

後年、周知のように寺山は、何度も自分の歌集や句集の大幅改訂をした。その原点は、この頃の表現媒体への拘りにあるのだろうか。発表する媒体の形にも拘りをみせ、自分で企画、編集したこの資料は、寺山が敏腕なジャーナリストであり、編集者であったことを物語る。「二故郷」の中の寺山修司の作品を貴重な資料と位置付けるので、長くなるが引用する。小説「故郷」は、寺山の青森大空襲やそれに伴った三沢への転校体験の実録的小説となっている。

「故郷」第一章【筆者注（以下同）：太字筆者、この部分に注目したい】

一　カッコウーカッコウー　朝ぎりの中をこだましてこっこう《ママ》鳥が雅雄の耳に轟いた。裏の天神山はうすもやにつゝまれながらやがて明けきろうとしてゐる。カッコウーなんていゝ音なんだろう。一人でに誘われるように雅雄は天神山に入って行く。四面の空気の新鮮さが雅雄にはとても幸福に感じられた。雅雄は昨日この花弁町へ来たばかりだ。**戦地から未だ帰らない父を待つため母と二人で假に従兄の谷崎家へ養ってもらう事になり懐かしい亞夫市の焼あとを後に夜行列車に乗ってゆうべついた時飲食店の谷崎のおばさんは意地の悪そうな目をくるくるッとまわしてこの奥の部屋へ通してくれたのだ。**雅雄は野山の招きに應じて天神山の頂上に昇ったが見下す町々は以前とは全く変らない。雅雄は以前この町に来た事があった。楽師山の桜の下で鬼ごっこをした事もあつた。

　といっても友達のある訳でもない。谷崎家には子供が沢山あるからその子供達と遊ぶのだ。

　所々に立つ朝げの煙ー　冷ややかな朝風ー　皆な見える。山はいゝなアー　戸を開けてコケッコッコ、コケッコッコーと鳥が出て来た。**八月の末ーこの日迄雅雄達は如何に苦労した事だろう。七月二十八日の空襲　八月十五日の終戦　そしてこの花弁町についた時雅雄達から不幸の運命氏が立去ったのかーとにかく雅雄は安定感の中にとても幸福である。**ガラッとこわれた戸が開いて日村軍曹と町田上等兵が出てきて、僕を見て『やァ早いなァ』といゝながら水をくみに行った。そうそう言い忘れたが天神山の上は兵舎といっても小さな兵隊の宿泊所である。この人達は皆明朗な人達ばかりでこの前遊びに来た時から雅雄とはすっかり友達なのだ。

『雅ちゃん御飯だアー』間の抜けた様な方言に雅雄はフト我に返った。なる程空腹を感ずる。

かっこう鳥や雀の声等に別れて雅雄は家に帰った。おいしそうなおつゆのにおいがプーンと鼻にしみた。

二　山のほん放な生活に雅雄は何にして見ても楽しかった。だが更に楽しかったのは次の日から学校へ人《ママ》れるという事であった。どんな人がゐるかしら雅雄の小さな胸は高鳴ってしょうがない。初めての転校だからかも知れないが―雅雄はフト思ひ出してカバンを開けて見た。半分焼けた教科書がワッと飛び出して来る。『雅ちゃん、、、』ふと呼ばれてえんがわを見ると谷崎家で雅雄と同年ぱいの幸治ともう一人誰かわからぬがキリッとした少年が立ってゐた。『ナニ？』雅雄は立上がって二人の前に歩いてゐった。『兎の草をとりに行くべヤ』幸治が答へた。元来雅雄は幸治がきらいであった。だがいわれて見て『イヤ』とは言えない仕方なく『ウン』と答へた。三人は天神山を横切って俗に言う六助山に昇っていった。（中略）幸治が『山兎だッ』といってかけ出した。路也も一度振返ってかけ出して行った。一人残されて雅雄はぼう然としてゐる。サーッ〳〵と草がゆれて後は何の音も無くさみしそうに昼の月がどんよりと空に座ってゐた。雅雄はとぼ〳〵と帰ってゐった。―（つゞく）―

和歌　フルサト　二の九　寺山修司

母想い故郷を想い寝轉びて畳の上にフルサトと画く【二年時の学級新聞と重複】
その昔我懐しき教室に見知らぬ師あり小学の窓
学舎に我の画きし落書を見出しほゝえむ故郷の夏
今は居ぬ友の廃家に立寄りて勇三クーンと呼べど答へず

母さんと呼んでにっこり笑みて見る帰郷の夜更やわらかきふとん
呼びかければ山でさへにも答へるを我が親友の君は答へず
いつ見ても変らぬ意味の母の便の字のおとろへは鮮かに見ゆ

（完）

詩「黒い瞳」【本章冒頭引用のため省略】

「我が家」【一部行を変えた】
寝ころんで空をみつめれば見える。ホラ黄色の小さな僕の家が、、、、、、、、、
ごらんチョロ〳〵と歌をうたいながら小川が通って行く、、、、、
青草がのどかに楽しそうにゆれてゐる。
おや？ジロが生きてゐる。遊んでゐる。黒い毛波《ママ》は全く変らない。
あッ誰か来た。僕をよんでゐるぞ
〝オーイ〟待てよ。あーッ行ってしまった。
目を開くとあいかわらずのどかな空気が僕をゆるがす。
なんだ。つまらない。

4　負けず嫌いな性格をみせる「野脇中學校新聞」

中学二年、三年と学級新聞や回覧文芸雑誌の編集発行と大活躍の寺山修司である。各種記事のレイアウト、カットなど手の込んだものになっている。中学生にして既に作品の創作のみならず、作品を発表する媒体も自前で作り出していた。当時創作された作品は、仲間との活動に満足している寺山の心を反映してか、厳しい生活環境にもかかわらず、あるがままの心情を作品化している。中一、中二の頃の寺山の精神状態については、次の第二章で述べる。

さて、寺山修司と「野脇中學校新聞」の関係に話を移していく。この新聞は学校新聞なので、誠工社印刷所というプロが印刷した新聞である。編集人も先生で、学級新聞のように、寺山修司たち、生徒の意向が反映された構成にはなっていない。発行は年に一度か二度、年度末に発行されていたようである。二号から六号を「三沢市寺山修司記念館」で閲覧できる。この新聞からは、編集権が教師や学校側にあったので、寺山の編集者としての能力を読み解くことはできない。が、寺山修司の強い負けず嫌いの性格が窺える。

先にもふれたが、寺山修司の野脇中学校への転入は、はっきりしないが、ひとまず二年時の通信連絡表（通信簿）に、「4月19日転入」とあるので、二年生春としておく。一学年一クラスの古間木中から、各学年が九クラス以上もある都会のマンモス校へ転校した寺山修司を待っていたのは、第1、2節とみてきたように探し求めていた文芸を創作する仲間たちであった。その仲間たちとの文芸活動は寺山の傷ついた心を癒した。が、転入当時、学校全体の中で寺山は文芸仲間から特出して目立つ存在ではなかったらしい。「野脇中學校新聞」をみるとそのことがよくわかる。

たとえば「野脇中學校新聞」二号（昭和二十四年十二月十五日発行）には、「文芸部便り　北詩人會主催の青森縣詩祭が先日開かれましたので本校から四篇應募しました處、左記の如く二篇が入選致しました。晩秋　二年九組　〇〇〇男、赤いほうずき　二年十一組　×××子」という記事があるが、寺山修司の名はそこになく、入選者の詩が掲載された後に、寺山の詩一編「海中の岩君へ」が載っている。また四面の「文苑」には、詩「留守番」が載るのみで、短歌や俳句散文には名前がみえず、負けず嫌いの寺山には辛いものがあったろう。三号（昭和二十五年三月二十一日発行）も、寺山修司の作品掲載はなし。四号（昭和二十五年三月二十一日発行）（三号と四号は、同日発行）の二年短歌集欄に、鉛筆書き回覧文芸誌「二故郷」の仲間たちと一緒に二首載る。作品のレベルを問題にする段階ではないが、この掲載量の少なさは寺山修司には、こたえたのではないだろか。

三号には次のような記事もある。

文芸部主催綴方大会記　二月九日、各学級の代表選手を集めて綴方大会を行つた。前年文芸部で活躍した人々の顔も現れ、新人も混り、必勝の意気物凄く期待していた。文芸部長の挨拶注意に続いて題が発表されたが皆意外と云うような顔をしている。「顔」「雪」「私の家」「空」「言葉」以上五題のうちから一つを選んで書くのだ。時間は五十分で字数は六百字以内の制限があるので、先づ選題構想と静かに眼を閉ぢて考えている人もある。（中略）審査員は各学年の国語の先生にお願いして公平を期した。【先生方六氏名は省略】各審査員によつて各作品に十点法で採点され、審査会で発表合計されて次のような成績が出たのである。【旧漢字を新漢字に変更】

寺山修司はこの大会に出なかったのか、あるいは出たが選に漏れたのか、事情はわからないが、特選、入選、佳作者の中に彼の名前はみられない。自分の名前がないことに、悔しい思いをし、今度は、出て賞をもらおうと考えたと推測される。その証拠に、翌年の文芸部主催の綴方大会では、みごと「星」が「特選」に輝いている。綴方というが、短編小説の体をなしたものである。因みに、この年の題は「星。母。早春。机。」で字数は八百字であった。【資料2】に「星」全文を引用した。掲載短歌数も二首から十二首と大幅に増えている。三年時の五号、六号には昨年の無念さを晴らすように彼の作品が各ジャンルにわたり掲載されている。「野脇中學校新聞」からは、寺山修司の負けず嫌いの性格がみえて、興味深い。

【資料2】「野脇中學校新聞」にみる寺山修司作品

第二號（昭和二十四年十二月十五日発行）

文藝部便り（三面）「海中の岩君へ」　二年九組　寺山修司

岩君—
君は何年
そうしてゐるの?
ほら　又　波が來たよ。
つめたいだろう?
そんな所より

岡の上に寝ころんで
陽に當つてゐる方が
よつ程利こうだよ—
そうして毎日
苦勞するよりはね
あ……
なわきれが
引つかゝつたよ。
ほら又水が来たよ。

文苑（四面）「留守番」　二ノ九　寺山修司

泣くように、囁くように
雨が降つてゐる。
いつ晴れるとも、なしに
眞暗い空から、机の側の硝子窓に輕くたゝきつけてゐる。
もう夜なのに、お母さんは未だ歸らない。
青いペンで書こうとする字も、
お母さんの事を思うと
何故か心配でたまらない。

一体どうしたんだろう
人通りの絶えた町角に
灯の見える度に期待するが
お母さんは未だ歸らない
でも、雨は未だ降り續いてゐる
時計が今七ツ八ツ九ツ丁度九時を打つた
おそいなア

第三號（昭和二十五年三月二十一日発行）【寺山修司作品掲載なし】

第四號（第三号と同日日付）（五面）二年　短歌寺山修司
行く雲に友の面かげ浮べつつ今日もさみしく海にたたずむ
閑古鳥の聲ききながら朝げする母と二人の故郷の家

第五號（昭和二十六年二月二十五日発行）　和歌　三ノ六　寺山修司　（六面）
花摘めば北の香のかすかなる待の岬の潮鳴りの音
思ひ出の痛さに泣きて砂山の千鳥数えぬ春のゆうぐれ
函館の砂に腹ばいはるかなる未來想えり夕ぐれの時
さらさらとすくえば砂はこぼれ落ち春のゆうべの飽きし時

燈台が一つともりて船急ぐ津輕の海の秋の夜のふけ
ゆく秋の磯の濱邊の立つ墓に今も咲けるや矢車の花
菜の花の咲ける畑の月の出に病める子の吹くハーモニカの音
歸郷してわが家の風呂になつかしき背戸の畑の月夜こおろぎ
桐の花白く靜かに落ちる時哀しくめぐる君が思い出
クリスマス少女二人が病む母に心づくしの聖きこの歌
いまは居ぬ師をば訪ねてもらい來しつゝじの花はいまだ咲けるを
あたゝかき息を手にかけ頬赤く今朝も梅干買つて歸る子

第六號（昭和二十六年三月二十一日發行）

俳句　寺山修司

一羽來て何か言ふらし寒雀
病む母やうす桃色の寒卵
外套の裏赤き子やからつ風

詩二篇（三面）　三ノ六　寺山修司

「のれん」
しもやけの赤い手に
百圓札をにぎつて

入ろうか……
よそうか……と
考えた
青いのれんに粉雪が
チラリと散つた。
奉公のやぶいりに
家のない僕なんだもん
えいつ　入つちやおう
カタカタ戸をゆすると
粉雪が落ちて
ソバの匂いが
プンとした。

「やきいも」【本章冒頭引用のため省略】

綴方大會文藝部…主催　（四面）特選　『星』　三ノ六　寺山修司

千代紙をちぎつた様な雪がヒラヒラと落ちてくる線路の上を、私は妹の茶知子《サチコ》と二人で歩いていた。風のないすき透つた夕暮で、浪打の伯母の家からの歸り路は大分長かつた。二人で去年死んだ父の話をしながら歩いていた。

隣の家が火事の時、鉢巻をして酒をのんでいた程剛氣な父であつたのに……。「兄ちゃん緒―ハナォ―が切れた」七才の茶知子は小つちやい足を私の前へ預けた。

雪は止んだらしく、暗い風が二人の頬をうつた私は線路の上にしやがみこんで、紅い鼻緒をすげ始めた。すべ〳〵した暖かい足である。「じつとしていなよ、動いたら駄目じやないか」私は肩に手をのせて立つている妹にそう聲をかけた。「兄ちゃん、汽車が來たらどうするの？」茶知子は心配するともなく私にそう聞いた。線路のかたわらの大きな家からよつぱらつた合唱が聞こえて來た「暗くなつたね」「うん母ちゃん一人でさみしかないの」「大丈夫さ母ちゃんは大人なんだもン」「大人ならどうしてさびしかないの」そんな話をしながら緒は中々はかどらなかつた。

停車場の方の暗い夕闇の中に、赤や黄や緑の澤山の灯が見えた。線路の上に水色の露が澤山出來て、愛らしくきら〳〵と輝いて見える。妹は一人で歌を歌い始めた。

「おンマのかアちゃん、やさしいかアちゃん、いつでもニコニコ……」

歌がプツツととぎれて風がつめたく二人をつゝんだ。「ほうら出來た、さ、急いで歸ろう」私は妹をうながした。「さむい」茶知子が手に息をかけた。白い凍つた様な息が不思議な程はつきり見えた。「だから急ごうよ」私は茶知子の手をひいて走る様に速く歩いた。「兄ちゃんおンぶ」とう〳〵茶知子は弱音をはいた。ふつくりと七才の重みが私の背に乗つかつた「お星さまが出たよ」茶知子がそういつた。蒼い深い夜空に一つだけ星がぽつんと見えた。キラキラゆれて落ちて來そうだつた。「あの星なんていうの」茶知子がねむそうにそう聞いた。

冴えた夜の大氣の中に寒そうに細く汽車の聲がしていた。

●綴方大會記録　期日　三月二日（金）當選受賞者　特選　三の六　寺山修司

「野脇中學校新聞」の寺山作品をご覧いただいたが、掲載された作品の内容にも注目しなければならない。二号、三号、四号は、寺山修司が中学二年生の時発行された。つまり、文芸仲間を得て学級新聞や文芸誌の編集に熱中し始めた頃である。母と別れた寂しさを短歌・俳句・詩（本章冒頭に掲げた「黒い瞳」）で、「母想い」「母さんとよんでにつこり」「空遠く瞼に浮ぶ母の顔」などと詠む。編集の活躍が寺山に自信を与えて、あるがままの心を作品化したというより理想の母子像を詠ったのであろう。特に二号の「留守番」は、母の帰りを心配して時計の下で一人待つ寺山の姿は、従兄弟の孝四郎さんの話と重なる。

しかし中学校卒業間近に発行された五号、六号に掲載された作品はより虚構化が進んでいる。例えば、「青い星」（三年時の野脇学級新聞）の母親は「母さんは肺病だつたの／そして空を見ながら／あゝ星になりたい、、、つて／死んじやつたわ／でも／あんなに美しい星になつたの／青い星　わすれないでね」と虚構の度合を増し作品化されている。『星』に至っては、綴方（作文）とはいえないだろう。短歌や俳句に詠まれた母親像も複雑なものになってゆく。

（二年時）閑古鳥の声ききながら朝げする母と二人の故郷の家
（三年時）目と目をば見つめてそらす母と子の語らざりけるふるさとの秋（学級新聞より）
　　クリスマス少女二人が病む母に心づくしの聖きこの歌
　病む母やうす桃色の寒卵（俳句）

本章冒頭引用の詩「やきいも」も、失った父を作品化して、自身を含めた読者を泣かせる（感動させる）手法を手に入れ、真実なる心情を作品化する萌芽をみせる。中にも注目されるのは綴り方である。

同級生のほとんどは、日常生活の中で遭遇した体験を自分の思いを入れて、うまくレポートしている。だが、寺山の綴り方は、仲間たちの作品とは異質なものだ。実在しない妹を登場させ、実像とは言えないやさしい母や逞しかった父を描く。同級生がするように直接心情を「〜と思う」とか「〜だからしっかり生きなければならない」とは書かない。登場人物を配し小説仕立てにして、（仲の良い兄妹の情景に仕立て）寺山の孤独な現実と別な理想の現実を作品化する。孤独感や辛さを直接訴えるより、心は癒され心情の真実に近づく。大人になりつつある複雑な姿を垣間見せているかのようである。

そこには、虚構（芸術作品）に入り込む真実なる心情のありよう、一人の人物の中に芸術作品が生まれる場を我々に見せてくれる。この後まもなく、県立青森高校に入学した寺山は、友人の京武久美氏に負けじと、俳句に熱中していくことになるが、「野脇中學校新聞」五号、六号に掲載された作品からは、将来プロの表現者としてやっていける資質が窺われる。

まとめ

寺山修司が中学生の頃みせた「ジャーナリスト（企画・編集者）」としての特筆すべき活動が、彼の生涯にわたって続けられていたことを、『雷帝』[6]の記事を紹介しながら、述べてまとめとしたい。寺山は「死を目前にかつての俳句仲間や友人と俳句雑誌の創刊を計画」していたという。企画のあり様は、『雷帝』の中表紙の次の記事にみるように、

誌名〈私案〉蕩児・阿呆船・形態の航海・美貌の都・テクスト・家畜船・十七音階・雷帝・魔都・供儀の山羊・王道・陰画　寺山修司

ここにあげられている雑誌名は、高校時代に発行した俳句や詩の同人誌名と類似している。高校生の頃の企画編集と、死の直前に企画編集した『雷帝』は、地続きのように見受けられる。しかし、本章でみてきたように、寺山の編集者としての活躍は、すでに中学生時代からであった。つまり、孤独な少年編集者の仕事が生涯継続されていた。とすれば、俳句、短歌、詩、演劇、映画、評論、写真など、多様な芸術表現ジャンルで活躍した寺山修司であるが、もう一つ、あらたに編集者寺山修司を加えてもよいのではないだろうか。

注

（1）「お母さん！もう一度ぼくをにんしんしてください」を想起させる。寺山自身の意識が持続し続けていたのであろう。

（2）「チエホフ祭」の原題は「父還せ」であり、当時不在の父を望む強い願いは随所で作品化されている。

（3）ジャーナリストを広辞苑で引くと「新聞・出版・放送などの編集者・記者・寄稿家などの総称」と

ある。今日ジャーナリストというと、報道関係（マスコミ）の人が真っ先にイメージされるが、ここでいうジャーナリストとは、「新聞・雑誌の出版などの編集・企画・寄稿家」の意味として使う。

（4）中学一年の秋（高取英『寺山修司論―創造の魔神―』（思潮社、一九九二年）とも、中学二年の夏休みの頃（親友の京武久美氏や古間木中時代の友人）とも言われている。しかも、青森市立野脇中学校二年九組の通信連絡表には、四月十九日に転入と記され、六月十七日に田中B式知能検査を受けた記録もある。この問題は、寺山修司の出生年月日が昭和十年十二月十日なのか、昭和十一年の一月十日なのか確定できずにいるように、すっきりとした決着は付けられそうにない。本章は寺山修司の表現活動の状況をたどっていくのが目的なので、この問題には深入りしない。詳細については、I部第二章2「寺山修司　空白の半年―年譜の謎―」にゆずる。

（5）その他、野脇中二年文芸部の作品集として「若潮」（第三号）も青森県立図書館にある（中西久子氏の寄贈）。B5判のガリ版印刷で、ページ数二十四、裏表紙に指導者の本田輝子先生と十六名の部員名が印刷された小ぶりの文芸誌である。寺山の作品は、創作小説「銀将」（一～五頁の上段）と詩「若い道」が掲載されている。本章では、紙幅の関係で創作小説「銀将」は省く。

「若い道」

ずつと〳〵長くて
その先が見えない道路
私は歩いている。
コバルトの空がふりまく
春の日を全身にあびて、

たつた一人。
両わきからつき出た緑色の…
枝々は何と軽がるしく
明るいのだろう、
すぐそばの小川から、私は
青くすきとほつたすゞしい
口笛をきいた
一面の白かば林に
小さくちつている可愛花達が
何かいいたげに口ごもつている。

（6）『雷帝』は寺山修司が生前に構想した俳句同人誌であるが、病気の寺山の原稿が間に合わず未刊になる。その後、没後十年に創刊終刊号として発行された。『雷帝』については、編集後記を参考にさせて頂いた。

第二章　新資料文芸誌『白鳥』を読む

1　寺山修司　少年編集者の証『白鳥』

白鳥　創刊号（第一巻第一号）
昭和二十五年八月二十日発行　文芸部篇集社
篇《ママ》集人　寺山修司　田中明　　印刷人　村木義弘　京武久美　美濃谷忠彦
市内野脇中孛《ママ》校三年
発行社　文藝部　　野中校舎内
印刷所　野脇中孛三年五組教室
〜〜不許複製〜〜
カット　寺山修司　田中あきら　筆記上同　以上

これは寺山修司が仲間たちと中学三年の夏休みに発行した文芸誌『白鳥』の奥付である。そのまま引用できず残念である。文字の大きさや配置に心配りがみえ、みごとな割り付けで美しい。戦後間もない劣悪な環境の中にいた中学生が文芸雑誌を自分たちの手で発行する歓びと緊張感のみえる奥付である。平成二十一年十一月に六十年ぶりに発見された『白鳥』の編集の中心にいたのは寺山修司である。奥付や彼の「創刊の辞」と「編集後記」を読むと一目瞭然である。

創刊の辞　寺山修司

僕達が最も待望していた雑誌を僕達の手でとうとう仕上げました。約十日間の日数の少い《ママ》中にこれだけのものが出来ましたが三年生だけでやったということがたゞ一つ残念な事です。二年、一年による二号三号が出てそして更に内容が充実した立派なものになるそれが故《ママ》一の希望です。又本誌にけいさい中の原稿、すなわち詩や小説の批評会も開きたいと思います。この雑誌が発行される事が文芸部の活動の第一歩なのですからこれからのいろ色な活動にも皆さんが活動される事を希望します。どうか皆さん頑張って下さい。金がない作品を発表したいという主旨の本誌にはいろいろな欠点があります。西洋紙も数百枚を失敗し又誤字の訂正欄が半分しか刷れなくなってしまいました。しかし、、それにもまさる苦労のもとに作られたのですから大目に見てやって下さい。最後に編集して下さった方に感謝します。

この「創刊の辞」は、実に未来志向に溢れた辞である。まず発行の喜びを、続けて将来内容を充実させてほしいと希望を述べる。さらに合評会の開催を提案し、文芸活動への参加を呼びかける。「週刊古中」以来、彼が願い続けた文芸活動の確かな場を手にした瞬間なのだ。

三沢の古間木中学で、たった一人で新聞を編集、発行していた寺山の姿が嘘のようだ。文芸雑誌の発行に大満足している。多くの文芸仲間を求めている。決して閉鎖的な暗い文学少年ではなかったようだ。一心に良い雑誌を多くの仲間たちと発行したいと願う編集者であった。

『白鳥』は、希望どおり文芸部の仲間と汗し発行したガリ版刷り文芸雑誌で、四六判、四十数ページにも及ぶ立派なものだ。発行の苦労は編集後記からも窺い知れる。

編集後記

暑い中を毎日沢山有る原稿を制理《ママ》して書いた訳ですが原稿を出した人が沢山有った事と比較的に原稿が尞かった事がうれしく思いました。なを《ママ》本誌には読み難い所や誤りがありますが大目に見て下さい。又題名を〝白鳥〟と編集部で名づけましたからごりょうかい下さい。第二号にもふるって御出稿願います。（寺山）

【筆者注：その他五名の発行の歓びで高揚した編集後記が載るが省略する】

次に『白鳥』の直前、昭和二十五年七月五日発行の「三年六組学級新聞第一号」にあった編集役員寺山の文を思い出してみよう。そこには文化部の役員となり、原稿を募集している寺山がいた。「週刊古中」や一年前の転校時には見られない余裕もみえ、律儀な編集者に成長した姿がある。「創刊の辞」同様に、発行の喜び、更なる内容の充実、記事募集の呼びかけが述べられている。つまり、二文章とも編集者としてするべき仕事の内容が漏れなく書かれ、そのセンスの良さをみせている。

現存する数少ない資料から「寺山修司は編集者である」と言ってきた私の不安を払拭するように、『白鳥』は六〇年ぶりに突然現れたことになる。

新たな創造のために寺山は、常に走り続け、立ち止まることはなかった。一度完成させた自作に対しても当然、検証を怠らず、内容の充実のために常に校正を心がけていた。句集や歌集の増補改訂を何度も繰り返しているあり様は、編集者の目を持った創作者寺山修司なればこその仕事であった。

2　寺山修司　空白の半年―年譜の謎―

三沢での「週刊古中」新聞発行、転校先である青森市の野脇中学校における文芸誌「二故郷」や学級新聞を発行する少年編集者寺山修司の姿を追ってきた。さらに『白鳥』の突然の出現で、中学時代の寺山の編集活動は想像以上に高い水準にあったことが確認された。

ここで、少し角度を変えて、寺山修司の年譜の謎に触れてみたい。寺山の実生活と作品が密接な関係にあることは充分承知しているが、本書は、寺山のプライベートの面からは距離を置き、「表現者寺山修司」のあり様を探ることを主眼に置いている。その範囲で年譜の問題を眺めてみることにする。

寺山修司の年譜には、謎が多い。その最たるものが彼の生年月日であろう。一九三五（昭和十）年十二月十日なのか、それとも一九三六（昭和十一）年一月十日なのか、未だ決着をみない。最近では、昭和十年説に落ち着きつつある気配がする。それは一先ず置き、これから取り上げる年譜の謎は、三沢の古間木中学校から青森市の野脇中学校へ、いつ転校したかという問題である。

1　野脇中学校通信連絡表（現在の通知表）記載による中学二年の四月十九日転入説。
　六月十七日田中B式知能検査　記載者：主任　櫻田義夫との記入もある。

2　中学二年の夏休み以降説。文芸仲間の同級生たちは、確信をもってこの説を推す。

①田澤拓也『虚人寺山修司』(文藝春秋、一九九六年)
②小川太郎『寺山修司その知られざる青春』(三一書房、一九九七年)

3　中学一年の二学期説

①高取英『寺山修司全詩歌句』(一九八六年、五月)『寺山修司論—創造の魔神』(思潮社、一九九二年)
②長尾三郎『虚構地獄寺山修司』(講談社、一九九七年)

これらの三説がある。1は公の書類であるから1説であるとするべきところだが、なぜか2説が有力である。なにしろ、元気でご活躍の同級生の方々が、思い出話の中で、「寺山修司が転校してきたのは、中二の夏休み明けである」と話されるのを聞けば、疑問を差し挟む気は起らない。3説は、高取英の作成した年譜が孫引きされて流布した説であろうと、寺山修司研究家の小菅麻起子氏は言う。私もこの考えに賛同する。最近の研究成果から、寺山が青森の坂本家に、引き取られたのは、昭和二十四年の中学二年時と確定しているので、3説は、今回、考察の対象から省いてもよさそうである。

当時は戦後の混乱した時期で、教育の民主化が占領下の中で急ぎ進められる状況にあり、学校も落ち着いた環境にはなかった。例えば、古間木(現在の三沢第二)中学校では、古間木小学校の校舎を午後借りて二部式授業が行われていたと言う。食糧事情なども悪く、奥羽線の沿線の孫内や鶴ケ坂では、米兵が汽車の窓から投げ捨てる缶詰の空き缶を待ち受けていた子供たちが競って拾い、缶についた油をなめている光景がよく見られたと聞く。米国の善意により脱脂粉乳の給食を体験した世代としては、何とも切ない思い出話である。寺山世代は、団塊世代より一回り程上である。戦争の傷を一層深く受けた世代である。寺山作品を読む時、そのことを忘れてはならないだろう。

混乱の時代に正しい転校年月日が記されないこともあったろうが、公の書類である通信連絡表を信頼してよいと思う。昭和二十四年四月十九日転入とは、通常の入学式の日付からは微妙にずれた日付である。この何日かのずれにこそ、この資料の信頼の高さが窺えるのではないだろうか。日付のずれについては、杉山正樹『寺山修司遊戯の人』(新潮社、二〇〇〇年)にも同様の指摘がある。

それではなぜ級友たちは春、四月ではなく、夏休み以降、二学期の始業式の頃だとはっきり記憶しているのであろうか。彼等が嘘をついているとも思われない。

寺山修司の少年時代の調査をしている縁で、そのゆかりの方々にお会いする機会が多くなった。その中の一つに印象深い取材があった。二〇一〇(平成二十二)年九月二十一日の早朝、寺山修司が中学時代にお世話になったという映画館歌舞伎座(坂本勇三宅)の縁者にあたる方、その友人のOさんとNさんにお会いした。その時のOさんのお話が転校の謎を解いてくれた。


「私、学校へ行けず、毎日、旧県立図書館に通っていた。そこで、寺山に毎日会った。暗い感じの学生であった。くらーく、二重人格者のようであった。言葉を交わしたことはないが、毎日来ていた。A高の英語のS先生も暗い感じであった。三年一組のT・Kも暗かった。今、精神病院へ行っている」


と話されるのを聞いて、はっとした。

もしかすると寺山は転校後、図書館に毎日通っていたのではないだろうか。何か理由があって、不登校状態にあった。学校には、夏休み明けから通常の登校をしたのであろう。寺山修司の謎であった四月十九日から夏休み明け、二学期の始業式までの空白の時間が、はっきり見えたように感じた。そうだったのか、と私は一人納得していた。Oさんは、その日の取材相手ではなかった。友人が寺山のことを調べている人に、今朝会うというので、同席した方である。

「特別寺山のことを知っているわけでもなく、その作品に興味があったわけでもないが」と前置きして、毎日図書館で会っていたこと、そして、一言も言葉は交わさなかったが、異様にクラーイ寺山、二重人格者のような寺山について、誰かに話をしておきたいという感じに見えた。熱心にお話してくれた。

クラーイ寺山修司、プライドが高く負けず嫌いの彼が無防備に他人に見せることのない姿である。こうして思いがけなく、四月十九日から夏休み明けまでの寺山の空白の時間が見えてきたのである。転校時の謎が解けたところで、精神を病む人と同列に記憶されているこの寺山の異様な暗さは、作品に反映されているであろうか、『白鳥』の作品を読んでみよう。

3 『白鳥』の寺山作品を読む

Oさんが受けた寺山の印象は、精神病院へ入院した友人と同列に思い出す程異様な暗さであった。母が遠く九州へ働きに出たための突然の転校は、登校できなくなるほど精神にダメージを与えたのであろう。九歳で父がインドネシアのセレベス島で戦病死、それに重なるように母との別れ。彼の少年時代は人生の中で一番悲惨であったろうと従兄弟の孝四郎さんは書かれている。そのような環境の中で「週刊古中」を発行する様子や野脇中学校へ登校を開始した寺山が活躍の場を得て、まずガリ版切りの時間も惜しんで急ぎ鉛筆書き回覧文芸雑誌「二故郷」を発行する様子を第一章3でみてきた。
しかし彼は慎重であった。中学二年、転校時の作品には抱えた内面を直接表現することはなかった。たとえばこんな具合であったことは第一章で確認してきた。

空　遠　く　眸　に　浮　ぶ　母　の　顔【昭和二十四年九月二十日発行二年九組学級新聞】
母さんと呼んでにつこり笑みて見る帰郷の夜更けやわらかきふとん【中学二年秋？「二故郷」初出】
閑古鳥の声きさながら朝げする母と二人の故郷の家【昭和二十五年三月「野脇中学校新聞」】

やがて、転校後一年経た中学三年（昭和二十五年）の夏『白鳥』の頃には、文芸誌や学級新聞を編集発行する仲間のリーダーとなった自信と安心感がそうさせたのか、暗い危険な精神状態にある心の内面を窺わせる作品を作っている。

七月五日発行　三年六組学級新聞第一号より
目と目をば見つめてそらす母と子の語らざりけるふるさとの秋
秋たけて落葉ながめつ読書する窓辺に低し子等の唄声
ねむられぬまゝに窓辺にもたれつゝかの肺病のハーモニカ聞く

八月二十日発行『白鳥』より

郷憶哀

肺病の子にもらいたる青に透く玉に映りしふるさとの家

ねむられぬまゝに窓辺にもたれつゝかの肺病のハーモニカ聞く【3の6学級新聞と重複】

目と目をば見つめてそらす母と子の語らざりける帰郷の家【3の6学級新聞と重複】

脈を取る老かんご婦をしばし見て母を憶える夏の陽の午後

旅

父去りし日より茶わんは一つへりぬ今また一つ―母は旅行く

みなしごとなる日さみしく想いつゝ秘に涙する母旅しあと

涙もて語る人さえ今はなし我影暗き月のなき夜は

変化は歴然としている。転校時の良い子の母恋の心情を無難にみせる作品は消え、異様な心情が作品化されている。「肺病病みの子」との交流は彼の心象であろう。図書館でクラーイ寺山に毎日会ったと話す友人が受けた印象に近い寺山修司が作品の中に居る。「父が去り、今また母も去り」さみしく孤独な少年。繰り返し同じ歌を持ち運び心情を表白する。共感を求めてであろう。人間は心のあり様に蓋をしたまま過ごすことはできない。八月に発行した『白鳥』の歌をさらにみてゆくと何とも奇妙な「母校」という歌群に出会う。「母校」全首とそれに続く無題の三首を引用する。

母校

夕映の校舎の窓にもたれつゝハーモニカ吹く知らぬ師もあり

二年前落語かたりてわらわせし友肺病で　延学と聞く
師弟みな変《ママ》りしあとも残りける我のすわりし椅子S・T
その昔の一年二組の教室の窓に穴ありさみしさの風
友は皆卒業終えて巣立てどもかの白痴あり我と語りぬ
校門の前のいちょうの古木さえいづこ去りしか形とゞめず
一列の前の五番の我椅子に今座れりという片目ありしも
知らぬ弟《テイ》が知らぬ師に援《タス》けられ走る哀しき母校の体育会
生徒みな帰りしあとの学舎にたれひく音ぞ　かのオルガンを
かの友の父親ありて仂けるおじぎすれども知らぬ顔にて

☆

紅葉散る山にねころび唯一人何か思える　さみしさの秋
白い毛をまとえるまゝに舞い狂うかの白鳥はかなしさの鳥
おのが名の活字となるがいとしくて今日も又書く歌好きの友

最後の引用歌の結句「歌好きの友」は寺山自身であることは間違いないであろう。「母校」の歌群は、中学生の寺山が既に、私性を別なモノに仮託する表現法を手にしていたことを示す歌である。アマチュア歌人は、「友」はあくまで友であり、「私」は寺山修司の現実そのものであるという理解のもとに歌を詠み、読者の側もそのように理解して読む。いくら理論でその限りではないと承知していても、なかなか「友」は友、「私」は作家自身であるという読みの枠から出られない。しかし、この歌群は寺山が、既に一般の創作者の枠を超えた詠み手に成長しつつあることを示している。つまり、虚構が真実を表現することを知った。このような視点から、異様な雰囲気を持つ「母校」の歌群を読み解くと寺山の何が見えてくるだろうか。

肺病の子にもらいたる青に透く玉に映りしふるさとの家
夕映の校舎の窓にもたれつゝハーモニカ吹く知らぬ師もあり
二年前落語かたりてわらわせし友肺病で　延学と聞く
友は皆卒業終えて巣立てどもかの白痴あり我と語りぬ
校門の前のいちょうの古木さえいづこ去りしか形とゞめず
一列の前の五番の我椅子に今座れりという片目ありしも

注目すべき歌を再度引用してみる。『白鳥』にみるこれらの異様な歌は、普通の精神の持ち主が可視化できない世界を鋭い精神状態（危険な）にあった寺山が可視化した歌といえるのではないだろうか。後年社会が蓋をしている真実の世界を演劇等でみごとに切り開いて我々にみせてくれる寺山の才能である。

間引かれしゆゑに一生欠席する学校地獄のおとうとの椅子
かくれんぼの鬼とかれざるまま老いて誰をさがしにくる村祭

右に引用した第三歌集『田園に死す』の短歌を彷彿させる世界である。この世にあらざる幻影のような何かを見ている。「何か」とは、寺山に語りかける「白痴」や寺山の席を占領する「片目」であり、「肺病病みの子」が吹く悲しい音色の「ハーモニカ」なのである。異界の者たちが棲む場所に連れ去られそうな危険な精神状態に陥っている寺山自身の心（世界）を歌にしたのであろう。それは、寺山修司が己の内面を掘り下げる中からみえる世界、一般の創作者の枠を超えて表現者の入口に立ったことを意味する。約半年間籠らなければならなかった暗い寺山修司の心は、どのように整序してみたところで、「神妙ないい子」では終れない重いものであった。

不登校の約半年間の寺山修司の誤魔化し切れない精神状態の噴出の痕を、『白鳥』の作品に眺めることで、あくまでも推論である私の「寺山修司半年間の不登校説」の捕足とする。またこの試練は寺山修司が次のステップに進むために乗り越えなければならない重いものでもあったろう。

病む母やうす桃色の寒卵(1)

寒卵薔薇色させる朝ありぬ　石田波郷(2)

注

（1）「あんず堂版俳句全集」（あんず堂、一九九九年）には、「はまべ」にあるとされるが、見当たらず「野脇中学校新聞六号」昭和二十六年三月二十一日発行にある。「はまべ」については調査中である。

詩「青い星」（三年六組学級新聞）には、「お母さんは肺病だつたの／そして空を見ながら／あ、星になりたい、つて／しんじやつたわ」などの表現もあり、この頃寺山は、母をことごとく病気にし、「青い星」にした。

（2）昭和八年二十歳で最年少の自選同人に推された頃の句。第一句集『鶴の眼』に収録。

【資料3】『白鳥』にみる寺山修司作品

詩【十一篇、レイアウトは多少変更。題字、作者名、冒頭の字体は凝ったもの。振り仮名原文のママ】

「雲」

川端に肺病の子が猫をだいてたった一人
青い空だ
なんて白い雲だろう
緑の岸と川の流れ
なんの煙か高く上って　消えて行く
肺病の子は空想する
（死んでもきっと又生きてくる）
こんどはきれいな
雲になって……

「紅鐘」

銀の小砂がサラサラと
ぬれて輝く海の辺に

青い月夜がうるんでた。
細いかけらの金の月

すてられて
すてられて
紙の人形は泣いていた。
瞳《ヒトミ》の長い女の子《オトメゴ》の
胸のなやみを
聞かされて

女《オトメ》の子が胸で
夢見てた。

昨日がすぎて女の子《オトメゴ》の
胸にきざした春花に

すてられて
すてられて

おとめの悩を抱くまゝ
銀の砂辺に泣いていた。

「魚」
生きる望みの
なきまゝに
紅い夕陽の水の中
わびしさに
さみしさに
深くたれたる
つりばりの
針を
くわえて……

「いろり」
パチ、パチ、パチと
そだの先がくづれて行く
父も
兄も

じっと火をみつめている
だれも聞いていないのに
弟がしきりに
スケートの話をしている
紅い火が皆の顔に輝いて
台所にコトコトと
母の料理をする音がする
外の吹雪がはげしい
時計が七つ打った頃
するどい風の中で
ポチが　吠えた。

「晝の一時」
お湯を茶わんにうつして
ゴクゴクと飲む母。
鋤を草でふきながら
時々顔の汗をふく兄
何もいわないでおにぎりを
ほをばる弟

むし暑い夏の陽の下の
ホコリ立つ畠の晝である
皆働いて皆食べる
草の枕に草ぶとん、その上にねて
青空を行く白い雲を仰ぎながら
まだ復員しない父を想った。
晝の畠の片すみに
虫が淡くホロホロと泣いた

「紙人形」
夕陽まっかな丘の上
金の小指に
あやつられ
金の小指の動くまゝ

紙の人形の哀しさは
人に知られず
ほの紅き
夕焼雲に似たるなり

銀の衣に身をそめて
青い想いを抱けど
紙人形の哀しさは
かこつ想ひも許されず
金の小指の動くまゝ

「おどり子」
空にほのかな笑みあらば
山に小さな花あらば
海に流るゝ布あらば

赤い夕日のてる街に
ジンタ唄えるそのまゝに
おどるおどり子
サーカスの
我れがわが身を
救よかし

涙ながるゝ
うらぶれの
流れの旅に
身をさらし

長き命を
かこつため
あやつり人形
その如く

花に真紅な
口紅も
年は十五の
おとめごの
指にあやつる魔の指を
解いてのぞいて救よかし

「晩秋」
えん側は

明るい光だった。

トンボが日向の
ダリアにそうッと
止まり

夕陽が赤く梢にもえていた
祖父が一人
とうもろこしを
もいでいた。
「早く正月がくればい、な」
弟がいった
祖父はひくく
「たれも頼まぬに わしはもう 七十五じゃ」といった。
きみをもぐ空虚な音が
切なく――悲痛だった
又トンボがダリアから
スウーッととびたった。

「摘草抒詞」
つゝみの川のみづかゞみ
音ひくくして夏を呼ぶ
ぬしなく浮かぶ笹舟も
ゆめはいづこと身を休め
立てるいちょうのその陰に
何や思える草笛を
吹くや遊子の春 哀し

たゞあおぞらに白き雲
土手のかなたに流れ行き
目をば草辺にとまむれば
ゆかしく咲けるフリージャに
かつて病に伏せ行きし
青いひとみの　子を憶う

「草笛」
夢のようにほろほろと

草笛の音が流れる。
そこは天國ではないけれども
とても明るいところだった

ゆりかごの中に
私の心はねむっていた
やさしい子守唄がひくく
ものさみしく
私の側で聞こえた。

私は母に
そうっといだかれた。

又夢のように
ほろほろと
草笛が流れた。

抒情詩「紫雲英」

春の小川の夜《ヨ》のおもて

何のあかりか知らねども
三つともりてほの明《アカ》き
土手に淋しいものがたり

中の一つはお母さま
次の一つが私なら
残る一つはなんとしょう

青い夜霧の川のえの
夜のかゞみに映ってる
残る一つは　あけの色

いつか帰ると信じつゝ
淡いあかりをともしつゝ
帰らぬ旅を越えてった
父なる明りのほのぐらく
なおもあかして
春よりも
次なる春を待つ心

短歌浪《ママ》詠集【短歌四十五首】

郷憶哀

望みなくたゞあおぞらに消えてゆく煙哀しき秋の夕暮
母想い故郷想いねころびて畳の上にフルサトと書く
春雨のうつゝの中に夜は更けて夢は楽しいふるさとの山
何時見ても変らぬ意味の母の便の字のおとろえは鮮かに見ゆ
「母さん」と呼んでにっこり笑みて見る帰郷の夜更のやわらかきふとん
関古鳥の声聞きながら朝げする母と二人の故郷の家
野っぱらに一人轉がり友もなしあくびの次の広き大空

以上二四年度作品

たえまなく夜汽車の窓を洗いつゝ雨のはげしき駅の灯の見ゆ
思郷沸く心安めて砂浜に身を横たえば白鳥の泣く
行く雲に友の面影浮べつゝ今日も哀しく海にたゞ《ママ》づむ
春雨にぬれて消えゆく君が身の姿むなしき夜の町角
よう如き夢は破れて浅雪の名ごり止めよ今日の春雨
たゞ一人古城のあとにねころびて雲をながめつ草笛をふく
君とわれ斜陽うつれる川端の橋に涼みて何を語らん
さみしさを逝く秋の野に打ちあけて梢夕陽の鐘の音を聞く

荒涼と暮れゆく秋に虫逝きて山茶花一つ霜はおりても
あの雲はどこから来たと問うる子よ路傍の石にもふるさとはあり
もみじ葉の紅か夕陽のくれないか寂しく聞こゆたが寺の鐘
肺病の子にもらいたる青に透く玉に映りしふるさとの家
目と目をば見つめてそらす母と子の語らざりける帰郷の家
脈を取る老かんご婦をしばし見て母を憶える夏の陽の午後
秋たけて落葉ながめつ読書する窓辺に低し子等の歌声
ねむられぬまゝに窓辺にもたれつゝかの肺病のハーモニカ聞く

旅に

愁風と名のる詩人の青き瞳のうれえ悲しき夏の野の汽車
泣く事もなやみの多き人の世の喜びとしれる―哀しき心
かばん一つ背追《ママ》いて今日も旅を行く身よりなき身に空は夕焼
心地よき風に当りて海を見つ果てなき旅はなおもつゞけり
名もしれぬ小さき駅にて涙せる親もありにき子の旅のため
幾山河行けど行けども春はなしそれをしきつ《ママ》ゝ母はたび行く
父去りし日より茶わんは一つへりぬ今また一つ―母は旅行く
みなしごとなる日さみしく想いつゝ秘に涙する母旅しあと
涙もて語る人さえ今はなし我影暗き月のなき夜は

母校【本章中に全首引用のため省略】

俳句【三十句】

何想う線路に一つ野げしかな
鉄橋の川に流れて春の雲
月冴えて止んだ雨追う夜泣そば
葉かげより月を映して渡り鳥
山の朝 かっこう鳴いて 明け渡る
夕立ち取《ママ》りのこされし下駄一つ【「夕立に」の誤植か】
笹舟を競える顔や水かゞみ
野良仕事おえてその日の西日見る

◇

社《やしろ》なき秋の落葉の鳥居かな
名月やうたいつかれて落る蟲
叱られて納屋の木の間の月見かな
みのを着てうえるたんぼやぬれつばめ
河原より声高くして裸あり
雪雪雪峠道行く馬の鈴

◇

峠道サーカス行くや雲の峯【重複句】

せゝらぎやホタル狩る子に夜は明けぬ

知らぬまに窓より去りし愁夕の陽

天の川涼みの台に夜もすがら

紅百合の惜しまぬまゝにこぼれ粉

梅の木に銀の花咲く除夜の鐘

梢より紅い野の葉も秋の旅

紙芝居春の月夜に子等五人

今日は見えぬ甲田の霧や雲の峯

◇

峠道サーカス行くや雲の峯【重複句】

人が皆旅しあとなる霜の朝

トンボ取りいつの間に見る天の川

初霜や声失なえるきりぎりす

春の川置いてきぼりの舟一つ

裏庭に干す衣あり夏の風

除夜の鐘七十聞いて夢うつゝ

夏雲をかえすほこりや緑陰げ

新イソップ童話　青い柄

狐のアルファは林の中でへんなものをひろいました。それは赤さびた鉄のどびんの柄のようでしたが違いました。アルファはそれを家にもって帰ってしまっておきました。

アルファはいつもの様に次の日も畠え仂《ママ》きに出かけるとお畫まで汗びっしょりに仂き帰りかけるとつまづいたものがありました。見るとそれは金の小箱でした。誰が捨てたのでしょう……、箱はさんぜんと光を放っていました。

アルファはその箱を市場えもって行って値をつけてもらい椿の葉七枚と取りかえてもらいました。

家え帰ると妻のデルタァがなんと七ツ子を産んでいるのです。

アルファは飛び立つばかりに喜びました。

すごいッあの土びんの柄は幸福の柄に違いない。アルファは昨日の土びんを神だなに上げてまつりました。

アルファは次の日も元気に仕事に出かけました。帰つてくると山羊が家に訪れていました。そして山羊のゆうには「アルファさん　あなたの畑で取れる人参はすばらしい　一本を椿の葉一枚で買うことにした。」

山羊は植物学の博士です。

椿の葉一枚というと人間社会の一万円にも相当するのですからさァ大変……

アルファはいよいよ土びんの柄を神さまだと信じました。

アルファはとうとうハラを決めました。

仕事を止めよう。

そして毎日、幸福の柄を拝んで好運によって暮らして行こう。

次の日から彼は遊びにふけりました。

そして毎日土びん、いや幸福の柄を拝みました。

ところが好い事ばかりはそう続かないもので、アルファがある日流れ者の山犬の経営するゴールドという酒場でたゞのみをスチールしました。

山犬はおこってアルファに決闘を申しこみあげくの果てアルファはさんざんかみつかれ盗骨失敗血まみれになつて家え帰って来ました。

その日彼は家え帰つてから土びんの柄にすみやかなる治療を命じました。

朝になりました。

傷は治りません。アルファは不気《ママ》げんでした。だけど心の底ではまだ鉄の柄を信じ切っていたのです。

彼はその日も仕事をサボッてびんぼう小作人の兎のピン助を訪れました。

ピン助がめいわくがるのもかまわず彼は上に上って大きえんです。

『ふん、おれ達の家わ《ママ》ちっとばかしはてめえらの家とは違うんだぞ　神様がついてるんだからな・・・ピン助、お前とは昔から友達だ 何か困ることがあつたらいって見な」。

ピン助は言いました。

『あの竹やぶの向うに人参があります。取れたら取って来て下さい』

ピン助はやぶの中にワナがあることをしっていながらそういったのです。アルファは自信をもっていました。そしてやぶの中迄鼻唄をうたって入って行きましたがやがてバタッと音がしました。
ケーン
アルファは悲鳴を上げましたがどうすることも出来ません。
アルファの側にはたゞりよう師の足音のみが聞こえました。

その頃 アルミニュームのびんの柄がアルファの神だな上におみきと共に上りアルミニュームはくさって青くさびた様になりながらだんの上ですましていました。(完)

創作小説　水　其ノ一　おみつの事

ゆら〳〵と水面に映っている自分の顔を見たおみつは、ふと米をとぐ手を止めて自分《マ》髪《マ》かたちを直した。

それからまわり一面の雪景色を目を細くして見てにこりと笑った。

水ぶくれた手、病弱な躯、そして腕にしみ入った紫のなま傷、それでも彼女は何もか《マ》もか《マ》も忘れる事が出来た。

それは死んだはずの父から来た電報である。彼女は字は読めなかったが従兄の健さんに見てもらうと『今日、朝九時に父さんが帰る』と書いてあると云った。

そして健さんはつけたすように『この電報少し変だね』といった。彼女はそんなことばに耳も貸さなかった。そして今の生活からぬけ出す一つの手づるである優しい自分の父親を夢見ていた。

だれが考えても辛いこの生活に病弱のおみつがたえて来たのは、唯父親の帰る事だけが望みであったからだ。しかしその父親はとうに死んだと軍隊から通知が来て又遺骨が来ていた。おみつは、しかしそれによって父の死を悟り得なかった。

（皆うそをついている。あたいが無学なもんだから……）

おみつは父親の墓参りした事など一辺もなかったので近所の人はみな、親不孝だ、と云った。母親はおみつが病弱で低能なのでさっさと父親の里に帰して、ある新興成金の電気技師のところへ嫁いでしまった。

父親の里では姑がしきりにおみつをこき使った。

姑のいい分はこうである。

「なァにわしが育てた息子の子じゃものわしが使うのは当り前じゃ。」

だからおみつはむちでた丶かれながらこき使われ冬の眞さい中に川の水で米をとがせられた。それでもおみつは父を待っていた

そして電報が来た。

九時近くなるとおみつは着物をきかへて先頃町で買った「おしろい」と云うものを顔にぬり鏡とにらめっこした後、のこ〳〵と停車場に出かけて行った。川岸の土手の上を歩きながらおみつはこう考えた。

「まずお父さんが来たらお母さんがいないとあきらめさせ、それから引越するように頼もう。そしてきれいな着物を買ってもらって町を毎日散歩しよう」と

彼女が停車場についた時丁度改札の始まったところで汽車が着くばかりになっていた。

「こう……、おみつさん何処へお行だェ。」

「わしらァ　今、百万遍へ行くだが、おめェまさか家出でなかんべ」

「おしろいつけだりして……　いい女子になったなァ。」近所の老姿《ママ》がそういった。

おみつが奴《ママ》めてみる大きな時計が両手を合わせて丁度指一本だけ残る数をかぞえるとすごい迫力と勇ましい勢で黒いかたまりがホームに入って来た。

おみつは口を開けてぽかんとして駅の改札口につっ立っていた。

にやけた会社員、口ばかり眞赤な芸者、勇ましそうなスポーツマン、工員、土方、教師、色んな人がキップを渡して改札口を出た。おみつは黙って乗客と父の写真を見比べ見比べていたが似た人が一人《マ》が一人《マ》も通らないで汽車はさっさとグットバイしてしまった。

おみつは別に悲観しなかった。そしてゆっくりイスに座って次の汽車の時間をまった。

ホーム起《ママ》こしの蜂が紫色に輝きそして雪が一面にとざしている××駅の後で電報の犯人の健と仙吉はニッと笑った。

終

創作小説　水　其ノ二　ケンの事

草の上にねころんだ、そうして、草を口にくわえ、ケンはしばらく考えていた。

「写眞機を買いたい。」

「すぐ上の空をうつしたい。」

この前町に行った時　四つで何でも百円の中にまじって買つて、隣の緋佐子たちを写したらよろこぶだろうなァ……と
しかし彼の考えは即座に決定したわけではなかった。ものを買うのには何よりも先にたっのは金

である。しかも学校に居て先生が良く云う品行方正とかでないケンにだれも金をくれるものはなかった。ケンはもう一度じっと考えた。

「さァ買つたり〳〵、ただの百円だ、こんない丶写眞機もある。これはロシヤの伯来品で東京の博らん会で見事入選した奴だ買わないのかえ。」

やっぱり買おうかな……

ケンはそう心に決めてすぐ傍で土を耕している母のおしなによびかけた
『おッかァ……ヒャクエンけろよ。』

おしなはそれでも返事をしないでせつせと土を耕していた。

『おッかァ、けろッたらなァ。』

『うるせいな。家さいって おぼこでもあやしてな、あとで十円けるから。』

「チェッ、百円欲しいのに五円や十円けなんて全ったくしけてらい《ママ》　ケンはそう思った彼はそうして（おっかの馬鹿）とすぐそばの土に書いて畑をとび出した。

……と
向うから級長の村木がやって来た。

『やァ、ケンタ君、今日も学校休んだね……先生おこっていたよ。』

『んなあにセンセだって、そんなもの恐なくねよォーだ。木村おら写眞機欲しいんだばってどうしたらいいがべ』

『写真機……?。それよりも水を見ているといい丶写真と同じじゃないか。自分の写真欲しかったら いつでも水を見てるとい丶から……。写真機なんて無駄だよ。』

ケンタはそれを半分聞いてかけ出した。級長なんて理屈ばかり云うものだと思った。そしてターザンのように川をはね 木から木へとはね一目散にかけて我家に帰った。

それから炉に上っている湯を、朝に炊いたひやっこい飯にかけて食べ始めたが、さて おかずがない。昨日かった、梅干がまだあるはずだと思ってケンは戸棚を開けた。すると戸棚に大きな財布が大きな口をあけてその中から百円札が二枚だらりとたれ下っていた。ケンはその一枚をす早くとって飯をかたず《ママ》けて一目散に又走り出した。彼は町に向って唯一心に走った。別にぬすんだと云う良心のかしゃくもなかった。そうして町の四つ角でカメラを求めて村道を帰りかけた。しかしその美しいカメラを手に持って見ると何故かケンは胸がぽかっと穴の開いたようにさみしくカメラに別だん愛着を感じなかった。

彼は家へ帰った。そして、馬屋の中からそっと土間をのぞいた。すると兄の伝介が父親になぐられているのが目についた。

『畜生ッ親不孝者奴ッお前が泥棒だとはさすがの俺にも気がつかなかった。』

『あやァ、おれはべっ《ママ》は……。』

『口答えするなッ。』

ケンは何んだか、しめられる時のにわとりのように息苦しかった。彼は写真機を持って矢坂川迄で走った。そして静かに写真機を沈めた。涙が水面におちて水がケンの顔を映した。

秋が来た。ケンは学校で皆にこう云った。

『水が写真と同じように顔を写すのはおらァが水さ写真機を入たからだよ』……と。

創作少説《ママ》　ともしび　【本文に乱れある】

◆～一～◆

ヒューツ
ヒューツ　風がますます吹きつのって来た。小さなふみ切り小屋の中でストーブの前に坐りこんだ良三はしきりに外の吹雪を気にしながらタバコを吸っていた。

そしてそのすぐ後のふとんの中には風邪を引いてそれがもとで重態の源作じいさんが水ッぱなをすゝりながらじっと天井を見ていた。小さな小屋の天井には木が波紋をなしランプがうすぐらくホコリをかむっていた。

こゝは駅のない沢民村の停車場である。

こゝで村の二三人の人が乗りおりをする以外は村とはほど遠い小屋なのでことに今夜のように雪のはげしい日などは何をするにも便がともなわなかった。

その例にならって源作じいさんは重態というのに病院にも入れないという始末で二三日来の吹雪にたゞ黙したまゝねているよりはすべがなかった。若衆の良三もこれには全く手のほどこし様がなくたゞ神運を待つばかりとゆう惨たんたるものであった。

それにもかゝわらづ《ママ》雪ははげしい――そして二面にある東西の窓はいづれも雪にふさがれてストーブの火を映すなどかゞみの役をなしたゞ一つの電話は不通というみじめさであった。夜の九時の列車はそのために約三時間おくれてまだ着かなくそれでも今夜中にこのふみ切番にくる雅子という源作じいさんの孫娘に（今年十八才で長野高女生）だけ細いのぞみがかけられているのだった。

◆ 〜二〜 ◆

ふみ切番のところまでやっと歩いて来たばくろうの市助はホッと一息ついて戸をたゝいた。

ガラス戸の雪がハラハラおちてやっとガラスがガラスの役目をなした時　長くつを はいた若衆の良三の顔がストーブを映して紅く見えた。

『良さん……』

市助は高く良三を呼んだ。

一しきり吹雪があれて良三が出て来た。

戸があいて風が市助を小屋の中え《ママ》送りこんだ
『お、寒む』

市助は無感覚の足をひきづって小屋の中え入った。

良三が椅子を出した時　又風が吹いた。

『いや 大した吹雪ですよ、長年ふみ切りにいますがネ　こんな吹雪は見た事がありませんよ』

退屈でそしてボーッとしていた良三はたゞ一人の客、市助を相手にひとしきり　おしゃべりをしていた。

市助は棒となった足がとけて次第にましてくるのを　おさえ変にゆがめた顔で無愛そに答えていた。

『ところで 市さん 今度の仕事は……』

良三は大して きょう味がないまゝに そんな事を聞いた。

市助は重く低くぼそりといった。

『なァに　馬市があるんでね　宿の問題ですよ』

『どこまで?』

『一寸ね 北海道ですよ』

『へエ遠いですね』

『ところで源作じいさんは……どうですかね』

二人はストーブで紅潮した顔を源作じいさんに向けた。

カランカラン
となりの小さな停車場で何かゞなった。

汽車だ。

ポーッ　遠くの声を吹雪の中からするどくかぎづけた良三は毛の帽子をかむって干していた手袋をはき、外え出ていった。カンテラをともした良三はゴーッと汽車が止まると 高く叫んだ。

『サワタミー　サワタミー』

笑い興ずる車中の人や 人の明りでサワタミ停車場はにぎやかに思えた。

乗ったのが市助で　おりたのが一人の老婆であった。ヒユーッ風に老婆がよろめくと首まきが軽く宙におどった。

汽車はそうしたものを残して又旅去っていった。
◆　～四～　◆
良三が老婆を送って 村の古田屋え行つてからかれこれ一時間もたったろうか

小屋の中は嵐の音以外には何もなかった、静かだった。

ストーブは火を失って源作じいさんはじっと天井を見ていた。

『雅子 雅子……』源作じいさんはとつぜんそううめいた。

明るい眼 健康らしい二本の脚が源作じいさんの視野をかけめぐった。

源作じいさんの りん終は不幸にも一人の人もいなかった。源作じいさんは、うすくあけた眼で
黒い天井を見た。それはさっきの様に高くランプのある天井ではなく美しい空であった。

ああ眠い、彼は思った。

それは吹雪にかこまれた永遠のそして静かな終章であった。

◆ ～五～ ◆

ポーッ
汽車が入った。
そして良三が泣いた様な声で『サワタミ』と叫ぶ声が吹雪に強くかき消されていた。
良三の目は吹雪ではなく源作じいさんの白い髪を見て そして目の前がたゞもうとかすんでいた。

――ともしび――完

＊

以上十一編の詩、短歌四十五首、俳句三十句、新イッソプ童話、創作小説を引用した。その他、寺山修司の作品としては、「創刊の辞」に「編集後記」、どれと定め難いがカットがある。創作小説「ともしび」は、一・二・四・五部立てで構成され、なぜか三部はみえない。ページ数にして

二十ページ程になるから、雑誌の半分近いスペースを寺山作品が占めていることになる。作文を除いたすべてのジャンルで健筆をふるっている。彼の芸術活動が多種多様なジャンルに及んでいく萌芽がここにもみえる。

もう一点重要な事なので追加して置きたい。『白鳥』を読んだ高取英氏に「ロートレアモン的であった少年寺山修司」と言わしめた異様な短歌「郷憶哀」「母校」の歌は中学卒業時に編集、高校一年五月に発行した『咲耶姫』殉情歌集四十五首には収載されず周到に削除されている。その歌群に寺山が拘りを持っていたからであろう。

第三章　「青高新聞」の時代

1　「青高新聞」にみる寺山修司

　第一章、第二章と中学校時代の寺山修司の作品と編集、出版に手腕を振う姿を見てきた。たった一人の編集者兼作者として孤軍奮闘した「週刊古中」、待望の仲間を得て文芸雑誌や学級新聞を精力的に発行した野脇中学校時代を経て、青森高校に進学した寺山修司を待っていたのは、俳句と編集者として更なる飛躍を保証する「青高新聞」[1]であった。この出会いは、編集者としてのセンスの良さを遺憾なく発揮していた『白鳥』に影を落としていた心の傷を癒し、彼を少年から青年に成長させる場として見事に機能した。

「表現とその発表媒体を同時に思考したい」[2]という寺山修司の希望は、中学、高校と学年が進むにつれて、幸運にも世界を拡げながら適えられてゆく。これから「青高新聞」に発表された作品と編集活動の場をみてゆきたい。高校一年の夏、第17号（昭和二十六年七月一八日）から高校三年暮れの第29号（昭和二十八年十二月二十一日）に、寺山の作品が掲載されている。まず関係記事の概略をみたい。

「青高新聞」への作品掲載状況

一年生（一九五一年）

第17号（昭和二十六年七月十八日発行）　学芸欄　詩「黒猫」

第18号（昭和二十六年十月二十発行）　校内俳句大会の記事・俳句二句・詩二編「ほうずき」「椎の実」・短歌二首（夢のころ）

第19号（昭和二十六年十二月十三日発行）「やまびこ」句会誕生記事・俳句二句

第20号・第21号（共に紛失による欠番・探索中）

二年生（一九五二年から一九五三年）

第22号（昭和二十七年七月十八日発行）「くすぶった文学部予算」（寺山修司部長）

第23号（紛失による欠番・探索中）

第24号（昭和二十七年十二月十二日発行）「季節写真」コーナー詩・山彦俳句会・県下高校生俳句大会秀句集―文化祭記念大会より―・県詩祭のこの頃

第25号（昭和二十八年二月九日発行）「川柳の悲劇」文芸評論―現代俳句の周囲―

第26号（昭和二十八年三月十二日発行）学藝欄「卒業歌」（俳句）「地の果て」（短歌）「新声抄」（詩）・県内高校俳壇の動きの記事・県下高校生俳句大会・昨年度山彦賞決定

三年生（一九五三年）

第27号（昭和二十八年九月十四日発行）学藝欄　詩「山羊と少年」

第28号（昭和二十八年十一月六日発行）「第四回青高文化際を顧みて」・小説「花の手帳」・全日本学生俳句コンクール記事

第29号（昭和二十八年十二月二十一日発行）「季節写真」コーナー詩「冬が来た」・学芸欄詩「鍋

の物語」・映画評論「フロラの断章」―映画メモ―

卒業後（一九五五年）

第36号（昭和三十年十月五日発行）「全国学生俳句コンクール」記事。寺山修司さん第一位の見出し―目ざましい本校卒業生の活躍

以上、寺山修司と青高新聞の関係を記してみた。俳句、短歌、詩、小説、文芸評論、映画評論と彼の創作ジャンルがさらに拡がっていることがわかる。特に「彼（寺山）を新聞部にひっぱりこんだのは私だった。私が青高新聞の責任者になってからは文芸欄はいっさい彼にまかせた。評論・詩・俳句、なんでもたちどころにこなす彼は大変重宝な存在だった[3]」と青森高校の同期生の金澤茂氏が書かれている。

当時の寺山は、文学部部長、青高新聞の編集、「山彦俳句会」の中心的会員、月一回発行の「青い森」（俳句会誌）発行人の一人として大活躍をしていた。因みに金澤氏が発行人という責任ある立場に立つのは、第22号から第26号においてである。寺山たちが高校二年生。中学生の頃の活動とは比較にならない規模と水準の高さになっている。彼の仲間意識は、全国へ範囲を広げて、その仲間を束ねて企画力や編集能力を発揮している。その詳細や意義についての考察は後で述べることにして、彼の作品を具体的にみてゆこう。確かな創作（文芸）理論に裏打ちされた彼の企画や編集能力であることが理解でき驚愕する。

2 「青高新聞」にみる寺山修司作品

一年生（筆者注：【 】内に句歴の補助説明を示した。句歴説明がない俳句は、青高新聞のみの掲載）

第17号（昭和二十六年七月一八日）

「黒猫」　寺山修司（二面）

黒猫たちが
塀の上で
魔法で話す。
赤い頭巾の
老婆の話―
青い
かやの実の話―
ピンと張つた
しつぽの先に…
かみそりの月
黄金の月―

第18号（昭和二十六年十月二十日）

○「文化祭を記念して校内　俳句大会行われる」（四面）

文化祭記念校内俳句大会は文学部主催で十月七日午前九時より本校化学実験室において、同好者多数参加のもとに盛大に行われた。選者には松濤社の高松玉麗、相馬兎二、小田川塘月、辛夷花社の渡辺茂、暖鳥社より本校の宮川翠雨の各先生が参加し、最初に部長奈良君の開会の辞、つづいて各選者の紹介に移り、宿題句の『雁』『流星』『コスモス』『柿』の選に入った、その間に席題『芒』を発表、互選に入り、それが終って、各宿題句、天地人、秀逸、佳作の発表となり、総得点17点の本校一年京武久美君が栄ある優勝楯と東奥日報社賞を受けた、なお高得点者及び各優秀句は次の通りである。

1、京武久美（1年）17点　2、寺山修司（1年）17点　3、林節穂（1年）13点（以下省略）

地位　コスモスやベル押せど人現われ《ママ》ず【後に「東奥日報」・「暖鳥」（昭26・12）『べにがに』（昭27・4）『わが金枝篇』（昭48・7）に収録】

人位　雁渡る母と並んで月見れば【他誌等にみえず】

秀逸　小走りに袂に柿をおさえ来し【後に「暖鳥句会」（昭26・11）】

短歌　夢のころ（一年寺山修司）

硝子戸に夕焼け映えて腕白の子供の笛の哀しかりけり

この砂の果てに故郷のある如く思ひて歩む春の海かな

詩「ほう《ママ》ずき」寺山修司

叔母さんの
垣根の鬼灯は
噛んだら甘く
にがかつた
死んだ則子ちゃんの
匂がした
—空には雲が浮いていた—
叔母さんの
垣根の鬼灯は
吹いたらまろく
ふくらんだ
則子ちゃんの歌が
聞えた
—ほうら飛行機も飛んでいる—

「椎の実」
椎の実の
まあろいおわん

降り出して
雨がたまつた
　××
椎の実よ
わたしは
おやなしの
子となりました

第19号（昭和二十六年十二月十三日）

○『やまびこ』句会誕生（二面）
　過般行われた文化祭記念俳句大会を機とし、本校にも『やまびこ』の名称のもとに俳句会が誕生した。宮川翠雨先生のもとに最近県俳壇からも注目されている寺山、京武君等を擁する同人三十名、弘高の『かたくり』にまけじと作句に精進している。去る十一月十五日第一回句会を開いたが優秀作品は次の通り。
　席題『炬燵』（宮川翠雨選）
天　病む娘居る炬燵に猫のひげ長し（京武久美）
地　炬燵おく部屋のあかりはあたたかく（加藤廣子）
人　耳遠き祖母と炬燵に向いあふ（寺山修司）

互題句『雑詠』『菊』

麦熟るる帽子のみ見え走る子よ（寺山修司）【以下十一名の友人の俳句が載るが省略】

【後に『べにがに』（昭27・4）『わが金枝篇』（昭48・7）】『花粉航海』（昭50・1）

二年生

第22号（昭和二十七年七月十八日）

〇「くすぶつた文学部予算。予算会議に不出席のために、文学部の予算が脱落してしまつた。仕方なく廃部になつたサツカー部の予算を回して解決した」とある。欠席の原因について寺山部長のコメント「丁度予算会議の開始された頃部長が変わり、新部長が不慣れのために、三年生部員に会議に出るよう依頼しておいたので、出席していたと思つていた」。（一面）

第24号（昭和27年12月12日）

季節写真に添えた詩（一面）【八甲田山を遠景に、その麓に広がる田園に藁塚が写されている写真とある】

海の見えない刈田の上に
そこぬけの空が
今日もひろがつている
鴉はまだ二七三×一四の
計算が出来ずに
考え込んでいた。

藁塚よ　おまえの中で
ゆうべはどんな事が起つたか。
こらえきれない　かなしみに
北風がまたブリキの笛を
吹きならした。＝寺山修司＝

○山彦俳句会のこの頃、懸詩祭に京武・寺山君入賞（二面）
「県の各団体などの後援の下に発足した本校山彦俳句会では顧問に『天狼』同人の秋元不死男氏を迎え会誌〝青い森〟の月例発行の外毎週土曜日に定例の句会を行なつている。本会からは県大会へも多数参加しているが最近の句会は小規模ながらも多大の関心の的となつている。
雁わたる少年工の貧しきペン　修司【後に「三ツ葉」（昭二十八年一月投句）】
類句（わたる雁少年工のまずしきペン）もある。
○県下高校生俳句大会秀句集―文化祭記念大会より―
赤とんぼ孤児は破船にねてしまう　寺山修司【「麦唱」（昭二十七・十）「暖鳥」（昭二十七・十）】
○北詩人会主催の県詩祭は今年も文化の日を記念して弘前市において行われたが本校文学部からも多数参加、一位に二年京武君、三位に二年寺山君入賞した。

第25号（昭和二十八年二月九日）
学藝「川柳の悲劇」(4)　寺山修司（二面）

夕刊の川柳欄を開いているると、ふとこんな事が書いてあるのに気がついた。『近頃の俳句は川柳に似てきたとか、あるいは川柳が俳句に似てきたとかいわれている。私はそれがどちらでもよいと思つている』。（佐藤狂六）—東奥日報読者文芸— 私はそれを読んで一寸腹立たしいような、そしてまた（なるほど）とも思つてそのまま意識してそれにこだわることを避けようとしていた。しかし考え直してみるとどうしても気になることが二、三あつた。

それは川柳をやる人、そして少なくとも県柳壇の先陣に立つ人の口から安易に川柳と俳句の接近がみとめられているということと、更に川柳が人間性の核に触れてゆくといわれていること。それによつて暗に川柳の文学性をほのめかしていることなどであつた。私はそれを読んだあとで、この程度の川柳が現代俳句への接近といわれ、それによつて現代俳句の限界が価値づけられることのおそろしさと、川柳作家たちの自己満足への不服から一寸したラクガキをしてみる気になつた。

私が川柳の文学性の欠点を指摘するのはつぎの点からである。第一に川柳は五・七・五のわずか十七文字に限られていること。そしてその十七文字が江戸の柄井川柳の始めから二十世紀の今まで一つの切れ字も公認されていないことである。『俳句は切れ字ひびきけり』というのがあつたが、たしかに切れ字のない俳句はリズムに乏しいといえるようである。

死なば野分、生きていしかば争へり　楸邨
海に鴨、発砲直前かも知れず　誓子

これらに『、』を示した部分の切れ字がなかつたらどうだろう。前者は文語文になつてリズムを失い後句は象徴がなくなつて全くネラワレたカモの句になつてしまうのではなかろうか。川柳の切れ字なしの法則は江戸以来のマンネリズムをかもしだした最も大きな原因となるだろう。これは表現についてであるが、作家の意識はどうなつているのだろう。私は俳句に自己の文学性の百%を賭けて作家活動をしている人は沢山聞いているが、川柳にその百%をかけた人は聞いていないのである。モチーフが果して自己を表現することに焦点を合わせたものが今まであつたか。私は残念ながらそれも今までは聞かなかつたような気がする。

つまり川柳が同じ五、七、五を保ちながら、発生以来、芸術ラシキ所作を避けたためにそれ自体作家の哲学性をも美術、音楽性をも醗酵させるには至らなかつたことを私はかなしみたいのである。

俳句が川柳に似てきたと考えるのは川柳作家にとつては早計であろう。決して俳句は川柳の畑まで後退する必要はないのだから。なぜなら、俳句が最近、花鳥諷詠を抜けて、（卒業して）ヒユーマニテイな、或いは実存を証明するものへ目を向けてきたことは決して川柳のモチーフと類似したことにはならないからである。俳句のヒユーマニズムは川柳の人情とは別個のものだと信じるのは決して俳人ばかりではないだろう。由川柳が俳句的な風景描写をこころみたとしても、その裏に思想や自己抽出がなければ無価値であり、もしあつたならばそれは川柳ではなくて俳句になつているだろう。

川柳のアイデアは大抵の場合浅く、そして詩情がなく、決定的な打撃は愛誦的な価値に乏しいということである。そして江戸の発生期以来十年一日の如くウワサやカゲグチ、ウラミ事の落首的な方面に活躍していることはただ一つの取柄の庶民性を示していることにはなつてもわずかに趣味の限界を徘徊しているに止まるだろう。そこで、詩のない文学、切れ字と季感のない俳句である川柳が趣味以上たるべき方法として私が考えたことはこんなことである。

第一に知性をもちたいということ。更に一つの方向と課題をもつことである。俳句には一定の課題がないが俳人には大抵、一定の課題がある。西東三鬼（天狼）の課題は今日の記録だそうである。しかしこれは日記の意ではなく明日は死があるとして今日を生のおわりとした記録だというのである。

とまれ川柳の先たんをゆく人が字あまり有季などをやって俳句のまねをするのはヤメ、川柳の問題をさがすことを欲するのは私ばかりではないだろう。

第26号（昭和二十八年三月十二日）

卒業歌　　寺山修司（四面）

卒業歌耕地を抜けて已に遠し　【「氷海」（昭28・6）】

卒業歌なれば耕地に母立たす

麦一粒かめば祈るごとき母よ　【『われに五月を』（昭31・1）には「かめば」は「かゞめば」とある】

『肉体の悪魔』より―かの未完の逢びきに―　【「映画を俳句にすれば」という企画が「暖鳥」にあった】

風の葦わかれの刻をとどめしごと　【「暖鳥句会」（昭28・2）「青い森」（昭28・3）「青森高校生徒会誌」（昭29・3）】

詩も非力かげろふ立たす屋根の石　【「青い森」（昭28・8）「暖鳥」（昭29・29）『われに五月を』（昭32・1）】

軒つばめ古書売りし日は海へゆく　【「暖鳥」「青い森」（昭28・3）「俳句研究」（昭29・9）『われに五月を』（昭32・1）『花粉航海』（昭50・1）】

地の果て　寺山修司

革命の歌がこもれる町の空まわらんとする梅雨の風見よ
地の果てにしあわせありと尋ねきてしづかに迅き海の風聴く
春の鵙声きりおとし啼く日なり国に採詩の官あらぬゆえ
望遠鏡青くさみしき円形の冬の天ゆく飛行機の唄
春の畑へだてし運動会なれば地のオルガンに君も舞ひおり
詩もついに非力なりしかわが屋根にすみれの花は咲く由もなし
麦馬車の子が吹きすぎし草笛を父恋ふ唄のごとく聞きおり
（二・二六作品）

○青高俳壇（四面）【京武久美、伊藤レイコ、近藤昭一等の仲間と一緒に掲載される】

麦広らいづこに母の憩ひしあと　【「辛夷花」（昭28・4）「七曜」「氷海」（昭28・6）「寂光」（昭28・6）「青い森」（昭28・8）】

冬の貨車海辺の町へ煙とばす　【「青い森」「山彦俳句会」（昭27・11）「青森高校生徒会誌」（昭28・3）「氷海」（昭28・4）】

納屋暗し麦でランプを拭く母よ

「新声抄」（四面）【詩の句点は原詩のまま。新聞には三段に渡って記載されている】

ふりむけば
青い海の水平の
白いとほい帆
ふりむけば
校舎の窓は
五月の日の
風が統べた
ピアノ――。
裏は校地だ。
その果ての耕地は
しづかなる
―母の祈り―
ふりむけば
母の髪毛を
風が吹いたよ
鋤の上には
草色の虫
―かまきり
麦の子よ

家へかへれ。
馬車はいま
唄を絶つとき──。
ふりむけば
はるかな時間
おまえの頬は
麦の匂んだ【「匂んだ」は「匂いだ」の誤植か】
おまえの瞳には
私がいて
口笛を吹いた──。
ふりむくな
海鳴りがする。
水色の
記憶の日日は
卒業の歌が
聞こえる。
おさない哀しみの
歌が聞こえる──。

○昨年度山彦賞決定・田辺君（青高）に受賞（四面）
県下高校生の俳句、作家の集団として、県文壇の注目を集めている山彦俳句会（本部、幹事校青高校）では、このほど昭和二十七年度の山彦賞として作品並にその他に功労のあつた田辺未知男君（田辺喬）を決定した。同君は『風』作家。沢木欣一氏の門下で山彦には昨年の五月に参加人間味のある作品に持味を生かしていたもの。なお決定までの最終選考へ残つたのはつぎの四君であつた。

中西久男（黒石高校）伊藤レイ子（青森高校）梅川将之（同）松村圭造（同）佐藤大（同）
○本校文壇の近況　寺山修司　総合誌『俳句苑』に作品発表。『七曜』に秀句抄として六句別掲。郵便局ニユースに作品依頼を受けて発表。（四面）
○県下高校生俳句大会・本校で二十二日（日曜）開く（四面）
県下の高校生作家の要望にこたえて来る三月二十二日（日曜）本校において卒業生歓迎の俳句大会を行うことになつた。県内では最も中央的な作家を擁する本校が三たび幹事校として選ばれ準備に大童の由、大いに期待が持てそうである。これには学校対抗賞および個人賞それに各題に天位賞が準備され、多数の参加と参観を希望している。なお当月は各選者に簡単な課題のもとに小講演もしていただく予定であり、以後俳句を勉強したい人のための門戸開放としている。兼題は『野火』『蝶』『東風』『葦』『耕』など黒石高の提案により決定。交渉中の選者は次の通りである。千葉青実、吹田孤蓬、川口爽郎、宮川翠雨、高松玉麗、新谷ひろし、岩本泊舟、ちなみに前二回及び黒石高での大会では圧倒的に本校が優秀な成績をおさめ、学校賞を獲得している。
○県内高校俳壇の動き　期待される統合への萌し（四面）

戦後は象徴文学として、あるいはその哲学性に、そしてあるいは、そのヒユーマニズムの詩化に現代俳句運動が叫ばれているが、中でも青春性とレジスタンスにあふれる学生の俳句運動の勃興が目立つてきている。本県の場合にも非常にその動きは顕著にみられ、中でも弘前を中心とする弘高かたくり会（新谷つとむ）さらに八高、八水高から三戸高へ引かれた一線、それに本校を中心とする市内、南部（三ツ葉俳句会）及び県外の三つが最も大きな分布図となつている。昨年度はその統合に本校の山彦俳句会で最も力を入れて、県大会や県内コンクールまで開催しながら終に全統一に至らなかつたようであるが、今春は八戸中心の熱意と黒石高の献身的努力によつてどうやら明るい見通しがついている。これが実現すると戦前の草田男、しづの女らの指導による『どんぐり』（高校俳誌）以来の快事として国内文壇、特に俳壇の注目となることは必定で大きな期待を集めている。

【第26号の学芸欄は、寺山修司を中心にした文芸仲間たちの独壇場と言った趣である。高校二年の後半、ぐっと力を付けた彼らの生き生きとした活動が目に浮かぶ。俳句の創作に熱中するようになって一年半、第25号の「川柳の悲劇」で論じているように――俳句は切れ字によるリズム感が命であり、俳句作家は自己の文学性の百%をかけて創っているので思想性がある、と確固たる俳句観を既に持つに至っている。青春性とレジスタンスを標榜して、寺山たちが新しい学生俳句を求めて、学校の枠を越えた組織を持とうとしている様子がみえる。一年後に『牧羊神』の発行へと結実する俳句論と組織化への動きである。新聞部長金澤茂氏の言葉の通りであるとすれば、本校文壇の近況、県下高校生俳句大会、県内高校俳壇の動きなどの報告記事も寺山修司が書いたものであろう。季節写真記事でコンビを組んでいた写真家の藤巻健二氏は、「オーイ　テラシュウ詩書けじゃ」と言えば、「オー」と応えた寺山を懐かしむ】

三年生【新聞発行人は、第27号より金澤茂氏から、斎藤秋男氏に交代】

第27号（昭和二十八年九月十四日）

学藝　詩「山羊と少年」（二面）

草の匂ひのする教室で
少年はラブレターをかえされた
こうして少年のベアトリーチエは
青空に喪われた。
秋の足どりは何処から、少年の口笛は何処へ。
落葉がこんなにひらめいて
そして
ああ
少年は一人のみの歌をうたうとき
湖畔には逆さまの少年が立つた
かへされたラブレターは
山羊の小舎へすてられた。
それなのに
胃のわるい山羊は
それを食べない。

風のひそんだラブレターは
たれか受けとり手がないのか。
○文化祭十月三日（土）四日（日）の記事見える。（一面）
【全日本学生俳句コンクールがこの時開催予定であるので、寺山たちは、準備に多忙の日々のはずである】

第28号（昭和二十八年十一月六日）
○秋を彩る若人の群像「第四回文化祭絵巻写真特集」の記事（二面）
○努力の跡を思わせる文学展（二面）
配置よく並べられた陳列品には、現在文学界で活躍しておられる諸先生方の作品とその原稿、部員のセンスある作品の発表、作品の選評、どの作品にも文学部員の著しい努力がみられる。鑑賞者にも何かしら胸を打つものがあつただろう。また、一部二十円で発売した作品集『麦唱』は少し値段が高かつたせいか売行きはあまりかんばしくなかつたようである。その他の作品にも部員の活躍はわれわれ観覧者を十分に満足させてくれた。
○第四回青高文化祭を顧みて・刊行委員会主催第十回座談会（特別座談会）
【寺山修司もこの座談会に参加し、予算の額が少ないこと、前夜祭と仮装行列を許可してもらいたいこと、食堂に中華そばのメニューを入れてもらいたいこと、弁論大会のヤジが品がなかったこと、展示は観る人の立場に立ってしなければいけない、などと、多岐にわたり発言して、座談会の中心的存在であったようだ】

○学藝小説「花の手帳」（四面）

たとえば私の幼年時代を象徴するものとしては、うすばかげろふの翅か別荘庭苑のひからびた青蔦をあげることができよう。その性向は衰えつつ今も残っているように私は内気で、というよりはむしろいくじなしで、いつも日蔭が好きな『母さん子』であつた。

コクトオに私の耳は貝の殻、海のひびきをなつかしむという短いポエジイがあるが、私の場合は全くそんな風に頬ずりかすめてゆく『成長の日々』を唯呆然となつかしんでいるかのようであつた。

しかし肉体にはいつの間にか思考力が育ちはじめ、私がじつと目をとじたその燃えるような暗やみにひとつの夢を飼い始めるようになつたのもそんな頃からであつた。

母はいつもこんなふうに私を笑つた。『お前は赤い帽子をつけた大将さんの影絵のようだよ』

そんな遠い記憶の中に、忘れることの出来ない人が幾人かあつた。例えば家の壁には、やや古り《ママ》てはいたがスーラの画があつて、その中の青いガス燈に踊つている踊り子のさびしげな笑くぼを私は好きであつた。

あるいはラテン幼稚園のテレサ先生も、そして髭はなかつたけれど巡査の父も好きな一人にちがいなかつた。

しかし、何といつても私の幼い手帳に一番太く名を書かれるのはまさちやんである。まさちやんはどつちかといえば勝気な方で、大きな肥料商の父母をもつていた。

あるときは男の子と駈けつこをしては追い抜いて見せたり、強そな《ママ》シベリヤ犬のいる家の門へ一番先に入つていつて見せたりした。しかしどうかすると自分のはじめた鬼ごつこからひとりはずれて、教会跡の電柱に背を凭つつけていることがあり、そんなときの横顔がなにかさみしく思われた。そうした姿のまさちゃんを私はいちばん好きであつた。ルーベス《ママ》的、というよりは何か昼の月をおもわせるそんな姿を私は、馬を盗まれた騎兵にたとえた。美しい騎兵であつた。

まさちゃんがいつの間にか成長して女学生になり遠い町に行つたということを聞いたのは私の小学校を卒える頃であつた。

—が、しかしその後間もなく死んだという風な噂もあつた。死んだというのは本当か嘘かは知らない。ただ私の幼い手帳のある一頁が花のようによごれているのを私は忘れはしなかつた。それは、ともすれば幼年の愛の秩序さえも境界をとりのぞかせるような過ぎさつたある秋の終りごろ。そして私がまだあの博士のような幼稚園帽子をかむつていた頃のことであつた。

広い日向の畠の中で、私たちはいつもするようにかくれん坊をしていた。遠い山から吹き起る風が牧歌になつて、黄昏がすでにさみしいパレットにとかされていた。

かくれん坊の鬼はまさちゃんであり私の巣屈は、とある倉庫の藁束の中である。

私はさつきからそのぬくもつた藁束の中で退屈してねむくなり始めていた。ほそいきれめの青空を戸ごしにみながら、あるいは少し眠つたかも知れない。そんな時間がいつの間にかあたりをくらくさせはじめており、鬼はいつまで立つても私をさがしには来てくれなかつた。

ふいに私は赤いもみじが私の目にかぶさつたような気がするとつめたい手で目かくしをされた。『やア目つけた《ママ》』それはまさちゃんの声にはちがいなかつたが、少し違うような気もした。私は急に息をはづませてもんどりをうつた。そしていつの間にかまさちゃんを組していた『なにイ』まさちゃんは可愛いい《ママ》宣戦を告げるとこんどはいつの間にか私をひつくりかへして上になつた。

つめたい藁の匂ひがぷんとして黄昏はもう『夜』に変身しかけていた。私はふいにころげている私の頬にまさちやんの髪の毛がもつれているのを感じた。私は起きあがつた。

燃ゆるような頬をして、まさちやんは笑つていた。

私はしかし、少し青ざめていた。それはいままで藁の中に待たされていたための疲れのようでもありあるいははしやいだあとのさみしさなのかも知れなかつた。

私はまさちやんの赤い下駄をじつと見つめていた。それから黄色じみたズボンを見つめ、その薄い肩を見、そして顔を見やつた。『こわい目だこと』まさちやんはそうつぶやいた。私はしかしそれでもまさちやんの顔をぽかんと見つめていた。『こわい目。止めて』まさちやんは、もう一度いつた。私は無表情の時間を胸にとどめるように、そして美しいものが私から逃げて行かないように、それでもじつと見つめていた。しだいにまさちやんは泣きそうな顔になつた。

しかし私はしだいに胸の中があたたまつてくるかのように思われた。

ボトン
倉庫の屋根に音がした。

茨の実に違いないと思つた。

○本校山彦俳句会圧倒的に入賞・全日本学生俳句コンクール（四面）
この十月に本校山彦俳句会が中心になり、全国各俳句会や地方新聞の後援のもとにおこなわれた全日本高校生俳句コンクールは山口誓子、中村草田男らの援助をはじめとし、全国各地方在住の現代俳句作家二十氏の選稿が到着、十七日をもつてその最終が決定した。これに参加したのは北は滝川東高等学校から南は長崎市高に至るまで、数十校でその総句数は凡そ千句にわたつた。これを作家ごとに分類して予選を行い各選者に転送したのであるが結果本校三年生京武久美君の（夜明けの色）が第一位で二位は同じく本校寺山修司君の（燃ゆる頬）となつており、上位十人の中に本校が三位の近藤昭一、六位の伊藤レイ子など五人まで入賞しているのは注目に価しよう。この試みは全国で初めてのものだけに各地方から激励のハガキなどもときどき『氷源帯』『道標』など各種俳句雑誌の寄贈なども受け大いなる成果を挙げたのであるがここにその順位並びに作品を挙げると、

一　位	京武久美	青森高	64点
二　位	寺山修司	青森高	58
三　位	近藤昭一	青森高	51
四　位	山形健次郎	滝川東	35
五　位	田辺未知男	青森高卒	33
六　位	伊藤レイ子	青森高	28
七　位	丸谷タキコ	添上高	25
八　位	石野佳世子	添上高	24
九　位	宮村宏子	添上高	21
十　位	西口孝子	添上高	21
一一位	川村正治	砂川北高	12
一二位	畠山久治	鳳鳴高	11
一三位	三上文心	黒石定高	11
一四位	石野暢子	添上高	11
一五位	後藤好子	滝川東高	8

本校に次いで多入賞を収めた奈良県立添上高等学校は『天浪』同人堀内小花氏が国漢の教師をしておられる高校で多くの注目を集めていたものである。なお一位の京武久美君は二十人の選者のうち秋元不死男、平畑静塔、殿村菟絲子、細見綾子の四氏から一位賞を受け全選者に入賞という好成績であつた。得点は一切現代俳句協会の川端茅舎賞に準じて行いその公平を期した。入賞作

品から抜くと
（夜明けの色）抄　京武久美
父還せ空に大きく雪投ぐる
夏つばめ母を疑ふほど貧し
肉喰ふために頬をよごして炭おこす
メーデー歌湧き帽子に髪あまる

（銅鉄の色）抄　近藤昭一
たそがれや戦後の桜下枝咲かず
睡蓮暗し米研ぐ母の横顔見え
桐一ト葉むなし爆音地にのこり

（燃ゆる頬）　寺山修司
便所より青空見えて啄木忌
【「青い森」（昭28・8）、「七曜」「蛍雪時代」（昭28・11）、「暖鳥」「牧羊神」（昭29・2）、「俳句研究」（昭29・9）、「青年俳句」（昭31・12）、『われに五月を』（昭32・1）、『わが金枝篇』（昭48・7）、『花粉航海』（昭50・1）】
花売車いづこへ押すも母貧し
【「山彦俳句会」「暖鳥」（昭28・4）、「東奥日報」（昭28・5）、「青い森」（昭28・6）、「七曜」（昭28・7）、「俳句研究」（昭29・9）、「青年俳句」（昭31・12）、『われに五月を』『わが金枝篇』『花粉航海』】
煙突の見える日向に足袋乾けり
【「青高新聞」（昭28・11・）、「学燈」（昭28・11）、「寂光」（昭28・7）、「青年俳句」（昭31・12）『われに五月を』】
葱坊主どこをふり向きても故郷
【「山彦俳句会」（昭28・5）、「暖鳥」（昭28・7）、「寂光」（昭

28・7）、「万緑」（昭28・8）、「青森よみうり文芸」（昭28・8・14）、「七曜」（昭28・10）、「青高新聞」（昭28・11・6）、「氷海」（昭28・11）、「俳句研究」（昭29・9）、「青年俳句」（昭31・12）『われに五月を』】
【投句や掲載歴をみるとこの頃寺山俳句が既に完成していることがわかる】

第29号（昭和二十八年十二月二十一日）

季節写真「冬が来た」 詩　寺山修司・写真藤巻健二（一面）

山のかなたを越えて北風がやってきた—12月。

あの日。

学校の帰り道で水兵のようなおまえとふたりで薺沿いに帰ったことも、そして5月の水車場のほとりで画をかいたことも海に白鳥のくる季節になるとすつかり消されてしまい。

ああ冬がきた。

家路の測候所の赤屋根に復らない学生生活の思い出に
そして古びた逢びきノートに。

さようなら
ああ冬が来た。

学藝　詩「鍋の物語」

母が子に向かつて
(ねエ、鴎は列分のことを忘れないために鳴くのよ)
×　×
その子が教師になつて
(諸君、何が最も永遠かね)
ある生徒
(先生、それは火です)
×　×
やがてその生徒が成長して恋人に
(僕はときどき、鍋の非力を嘆くよ)
×　×
その恋人、老いてさみしそうに
(私はコロッケだつたのかしら)

フロラの断章―映画メモ―

幼年時代、映画は私にとつて憂鬱なダイヤモンドかあるいは地獄の美学とでもいつた存在であつた。青白い騎兵の逢びきを夢みながら映画館のまわりを私は銅貨に汗をかかせるほどににぎりしめて行つたりきたりしていたものであつた。『母さんに叱られないかしら』。★ところで。映画がいつの間にか私の中に住みこんでしまうと妙な趣味がついた。何気なく入つた映画が女学生泣かせの日本の水晶映画（と呼んでいる。中味がまるみえだから。）だつたりすると聞こえよがしに『変だなア。佐田啓二が出かけるときと帰つたときの上着が違つているなんて』。★現代は喜劇と悲劇がまるでおんなじだといわれている。私は『ライム・ライト』を見たとき本当にそれを知つた。★『〝まごころ〟つてきれいだね。野添ひとみが気にいつちやつた』といつた友達があるが、今年の木下恵介は『日本の悲劇』によつて従来のロマンからの脱皮を試みている。『七人の侍』はとうとうできなかつた。★今年のベスト・ワン。『肉体の悪魔』……フランスのすすり泣き。★『河』のヴオリームはとうていい日本では創られそうもない。見ていた友人が『あれは溜息を黄と緑で塗りつぶした油画のようだつたね。』『愛人ジュリエツト』望郷のカナリヤ。★川口松太郎が芸術新潮で『批評家がほめる映画と一般客が見にくる映画が違うから批評家を信用しない』といつているが、私にいわせればそれだけに大映の映画は一番つまらない。今年も『雨月物語』の一本つきり。★ところで、つまらなかつたののベストワンは『ベルリン没落』。あれに出てくるヒツトラーが狼のようであり、スターリンがカミサマのようだと思ったのは皆だけれど信じた人はあつたかしら。★さて。映画館は城のようである。雪の匂いの町なかで、今日も少年たちが騎兵のように呑まれてゆく。【同じ欄には映画紹介「シェーン」もある】

卒業後

第36号（昭和三十年十月五日）

○寺山修司さん（全国学生俳句コンクール）第一位―目ざましい本校卒業生の活躍―（四面）

先般雑誌『俳句研究』主催で行われた全国学生俳句コンクールにおいて本校第四回卒業の寺山修司さん—現在早稲田大学在学、今年の三月頃より腎臓を悪くし病床に伏している—は先に全国短歌コンクールで最優秀の成績を獲たが、今度も俳句で第一位を獲得、文壇の注目をあびている。なお京武久美、伊藤レイ子諸兄は十位以内に、近藤昭一、田辺未知夫《ママ》は佳作に入賞した。また在学中の二年藤本晃君は第一次予選を通過し、本校の諸子はそれぞれ華々しい成績をあげた。
○青高五周年史　昭和二十八年十月　山彦俳句会全日本学生コンクールを催す。
【「全日本学生コンクール」は「全日本学生俳句コンクール（全日本高校生俳句コンクール）」と呼ばれるものである。寺山修司達は（ゼンニッポン）と呼んで、後の全国学生俳句コンクールと区別していたらしい】

3　雑報記事にみる寺山修司の大活躍と負けず嫌いな性格

まず、寺山修司卒業後の第36号の新聞記事に注目したい。直前に詳しい記事があるので引用を省くが、「寺山修司さん（全国学生俳句コンクール）第一位」の見出しで、短歌のコンクールで最優秀を得たこと、俳句で全国一位になったことが報じられている。この記事の発信者は寺山本人であろうか。あるいは、俳句関係者が「全国学生祭入選発表」「俳句研究」（昭和三十年八月）を読んで記事にしたのであろうか。「全国学生俳句コンクール」は、寺山の企画で幾度かの挫折の危機を乗り越えて実現したコンクールである。どうも発信元は寺山のような気がする。第36号発行の一九五五（昭和三十）年の十月といえば、寺山修司の創作活動において微妙な時期にある。十代作家による俳句革命を目指し発行した俳句研究誌「牧羊神」の活動が順調でなく、一九五五年の九月発行の10号を持って寺山が脱会した時である。一方一年前に「短歌研究」五十首詠で特選に輝き（短歌コンクールで最優秀の成績を獲た）、活躍の場を短歌や他のジャンルに移しつつあった時期でもある。しかしあれほど熱中した俳句において、寺山は京武久美に俳句のコンクールで一度も勝つことができずにいた。その悔しさを卒業の一年後やっと晴らした記念すべき大会でもあるわけで、母校に錦を飾った思いであろう。この卒業後の記事は、相変らずの負けず嫌いの寺山を窺わせる記事として注目される。

以下青高新聞より簡単に関係記事を年譜化してみる。

①校内俳句大会（昭和二十六年十月）高校一年時　「文化祭を記念して校内　俳句大会行われる」
一位　京武久美（栄えある東奥日報賞）　17点　二位　寺山修司　17点

②県下高校生俳句大会秀句集―文化祭記念大会より（昭和二十七年十月）高校二年時
この記事では一位は明記されず、寺山と京武などの代表秀句が載っている。

③県高校生俳句大会三十名参加（昭和二十八年三月）高校二年時

④全日本学生俳句コンクール（昭和二十八年十月）高校三年時
一位　京武久美　青森高　64点　二位　寺山修司　青森高　58点

⑤全国学生俳句コンクール(5)（昭和三十年九月）
一位　寺山修司　十位以内　京武久美

「野脇中学校新聞」で学友に負けまいとする寺山の姿を既にみてきたが、「青高新聞」でも同じように、執念深いと形容したくなるような負けず嫌いな彼の性格が窺える。卒業して社会人になった友人を強引に誘い「全国学生俳句コンクール」を実施した。その結果の第一位である。どうしても知らせたかっただろう。当時の俳句仲間であった山形健次郎氏は、京武さんが「学生でないから」と参加を渋っていたと話す。

俳句大会開催の経緯をみると、寺山たちの企画運営力に瞠目させられる。校内から青森県下、全日本学生、全国学生と年ごとに規模を拡大、応募句数をのばし、④に至っては千句にのぼる投句があったと「生徒会誌」には報告されている。その大会実施方法も当時にあっては斬新なものである。実際に参加者が一同に集まって催す方法でなく、受験雑誌の投句欄などでよく見知っている高校生に、大会要項を送り参加を呼びかけ作品を集め、それらの集めた作品を著名な選者の先生へ送り採点を依頼、点数を集計するという方法で、参加者の規模を拡大して行った。ただただその企画実行力には舌をまく。因みに著名協力者は山口誓子、中村草田男、その他地方在住の現代作家二十名ほどが選者として協力したというのであるから驚く。

寺山修司が全国規模の俳句大会を企画運営した背後に、戦後の新しい大人たちの俳句運動に呼応して、真のレジスタンスと青春性のある学生俳句を創る仲間たちを集結したいという希望が芽生えつつあったことは、「青高新聞」(第26号)の「県内高校俳壇の動き・期待される統合へ萌し」等でみてきたとおりである。この思いは、若き十代作家による俳句革新を標榜して、卒業間際に発行した「牧羊神」へと結実。しかし、資金難等の問題があり長くは続かなかった。創刊号が一九五四(昭和二十九)年二月に、一九五五年九月に発行される十号の頃は空中分解寸前の状況になっていたらしい。八号と九号は発行されたのかどうかその姿は未だみえない。

4 寺山修司の模倣問題(6)—作品素材の共通性と不変性—

言葉に対する感応の強さが原因で生じる問題が寺山にはある。ジャンル越えと模倣問題である。

「青高新聞」第36号（昭和三十年十月五日）の記事を手掛かりに、俳句大会の企画実施についてみてきたが、次に興味深い創作上の特質について考えてみたい。

寺山修司さん（全国学生俳句コンクール）第一位
先般雑誌『俳句研究』主催で行われた全国学生俳句コンクールにおいて本校第四回卒業の寺山修司さん—現在早稲田大学在学、今年の三月頃より腎臓を悪くし病床に伏している—は先に全国短歌コンクールで最優秀の成績を獲たが、今度も俳句で第一位を獲得、文壇の注目をあびている。

ここに言う「先に全国短歌コンクールで最優秀の成績を獲た」は、一九五四（昭和二十九）年十一月『短歌研究』五十首詠募集特選に「チエホフ祭」（原題「父還せ」）が選ばれたことを指している。この受賞は、寺山修司の新しい飛躍を用意したが、同時に短歌創作の手法の在り方をめぐり物議を醸した。寺山は自作の俳句をアレンジ、引き伸ばし短歌に仕立て投稿したのである。それだけならまだよかったが、著名な俳人の句までを引用し引き伸ばしをして短歌に仕立てたことが問題になり「模倣小僧出現する」（「俳句と短歌特集」『俳句研究』昭和三十年二月号）と激しく批判された。たまたま募集の締め切り日が間近に迫っていて創作する時間がなかったので仕方なくそうなったとも考えられるが、寺山の高校時代の作品創作態度をみると決して特別なことではなく、一つの言葉（作品）に触発された感動を俳句や短歌、詩に、さらに小説にも成す、という態度が随処にみえる。「序にかえて」の最後で「木苺」の語例はすでにみたが、次章で述べる『生徒会誌』や、Ⅱ部第六章「東奥日報」への作品投稿状況などからも、この手法が顕著に窺える。

第24号（昭和二十七年十二月十二日）で八甲田山を遠景に、その麓に広がる田園に藁塚が写されている季節写真に添えた詩をあらためてみよう。

海の見えない刈田の上に
そこぬけの空が
今日もひろがつている
鴉はまだ二七三×一四の
計算が出来ずに
考え込んでいた。
藁塚よ　おまえの中で
ゆうべはどんな事が起つたか。
こらえきれない　かなしみに
北風がまたブリキの笛を
吹きならした。

少年の性の目覚めを暗示させるこの詩のキーワードは「藁塚」である。そしてこの作品の素材は、次のような俳句に仕立てられている。

藁塚のぬくみに触れて踊りにゆく（「暖鳥」27・12「生徒会誌」28・3）
藁塚のうらで牧師が村を画く（「山彦俳句会」27・11）
冬藁や家の兎へ洩日さす（「山彦俳句会」28・1）

作品発表年が近接しているので、どちらを先に作品化したか判定できないが、藁塚のぬくもりに官能の匂いを含ませながら俳句に仕立て変えたとみえる。さらに藁のぬくもりや匂いは、第28号（昭和二十八年十一月六日）学勢欄に掲載された小説「花の手帳」のテーマでもある。「藁塚」という季語が持つイメージに寺山の内面的感情（性の目覚め）を付加して作品化していく。それぞれの作品の素材は共通で、高校生の寺山の心情が那辺に有るか物語っている。たとえば、

芯くらき紫陽花母へ文書かむ（「暖鳥」「牧羊神」昭29・6、「氷海」昭29・7）
森駈けてきてほてりたるわが頰を埋めむとするに紫陽花くらし
（「森番」『われに五月を』昭32・1、後に「埋めむ」を「うずめん」と表記を改め歌集『空には本』（昭33・6）に所収後『初期歌篇』（昭45・11））

俳句から短歌へ創り直される。同じ素材でジャンルを跨いで、実に器用に作品化する少年寺山の常

套的な手法が批判の的になったわけである。
もう一例を第26号（昭和二十八年三月十二日）に掲載された「地の果て」と題された短歌をみたい。

地の果て
①革命の歌がこもれる町の空まわらんとする梅雨の風見よ
②地の果てにしあわせありと尋ねきてしづかに迅き海の風聴く
③春の鵙声きりおとし啼く日なり国に採詩の官あらぬゆえ
④望遠鏡青くさみしき円形の冬の天ゆく飛行機の唄
⑤春の畑へだてし運動会なれば地のオルガンに君も舞ひおり
⑥詩もついに非力なりしかわが屋根にすみれの花は咲く由もなし
⑦麦馬車の子が吹きすぎし草笛を父恋ふ唄のごとく聞きおり

この七首の短歌を一読すると、直観的に短歌らしくない印象を持つ。短歌の特性である物語性や私性が薄く、俳句を引き伸ばしたような感がする。⑥の歌は、以下に再掲する俳句アやイを引き伸ばし、アレンジしたと言ってよいだろう。

⑥　詩もついに非力なりしかわが屋根にすみれの花は咲く由もなし
ア　詩も非力かげろふ立たす屋根の石　（「青高新聞」昭28・3）
イ　詩も非力たんぽゝの野にまじる石　（「山彦俳句会」昭28・4）。

さらに④の短歌は、次に再掲するウやエの俳句の引き伸ばしであろう。望遠鏡という言葉を通して作り出す心の風景を俳句と短歌に仕立てる手法である。

④　望遠鏡青くさみしき円形の冬の天ゆく飛行機の唄
ウ　望遠鏡青し落葉がひるがへる　（「山彦俳句会」昭27・12）
エ　望遠鏡かなし雪崩は白の果てへ　（「生徒会誌」昭28・3）

②の歌の「風を聴く」というモチーフは、この頃の寺山俳句に多く見られる。「わがつかむ崖の高さの風を聴く」「風を聴くすでに春虹消えし崖」などがある。後に「駈けてきてふいにとまればわれをこえてゆく風たちの時を呼ぶこえ」という短歌に繋がる詩想である。つまり寺山短歌の個性の原点はこの手法にあるといえる。俳句の創作と分ち難くある短歌が寺山短歌であり、短歌の創作と分かち難くある俳句が寺山俳句なのである。寺山作品は詩も小説も詩想が同じで、発表の形式が違っているだけである。どちらが先で、原点であると確定するのは難しい。

「川柳の悲劇」（「青高新聞」第25号）で、俳句は全人生を賭けるに値するものであり、リズムがあり、詩想と思想を持ったものであると述べているが、そのことは俳句にとどまるものでなく、詩、短歌にも言えることであろう。愛誦的価値に乏しい川柳を批判するからこそ、何度も同じ句を持ちまわし使用する。このような寺山修司の詩論の前では、周囲の模倣の批判は通用しないことになる。

寺山修司の言葉に力がある理由の一つは、彼の言葉が俳句の修業によってイメージを喚起する力を獲得し、表現するべき心情を誰よりも映像的に立ち上げるからであろう。ここでみる七首の短歌は俳句的で未熟な歌といえるが、寺山修司がジャンルに拘りなく、表現したい思いを歌にした初期歌である。俳句でも短歌でも詩でも小説でも自己の心を動かした言葉で、心を形象することに意義を感じていた。つまり表現したい詩想の強さがジャンルの拘りを捨てさせたともいえる。ジャンルにとらわれず、表現したい思いを書く。立ち止まって居られないほどの生易しくない孤独を抱えていた中学時代からこの兆候はみえている。寺山修司の作文は、作文にして作文にあらず、小説にして小説にあらず、詩と思えば散文日記のごとくであると曖昧模糊としてある。それこそが寺山的であったわけである。

次に、厳しい批判に晒された模倣の問題についてもう一つ触れておきたい。文化祭の一環として催された全日本学生俳句コンクールの京武久美と寺山修司の入賞作品抄をもう一度みていただきたい。

（夜明けの色）抄　京武久美

父還せ空に大きく雪投ぐる
夏つばめ母を疑ふほど貧し
肉喰ふために頬をよごして炭おこす
メーデー歌湧き帽子に髪あまる

（燃ゆる頬）　寺山修司

便所より青空見えて啄木忌
花売車いづこへ押すも母貧し
煙突の見える日向に足袋乾けり
葱坊主どこをふり向きても故郷

京武氏の「父還せ」、「メーデー歌」の類似句と思われるような俳句が寺山修司にもある。例えば、

父還せランプの埃を草で拭き（『われに五月を』）

作文に「父さん還せ」とかきたりし鮮人の子も馬鈴薯が好き「チエホフ祭」
啄木祭のビラ貼りに来し女子学生の古きベレーに黒髪あまる「チエホフ祭」

それは、言葉をまるで盗んで作っているような感じすらある。しかし、そもそも短い十七音の俳句で、季語や席題などという約束事があるので、自然にそうなりがちであるわけだ。それを模倣として批判するか、言葉が喚起するイメージに感応して探りあうように作品を成していくとみるか、微妙なところであろう。

言葉に感応すると言えば、次の事例などまさにそうであろう。寺山修司高校二年、「青高新聞」第25号（昭和二十八年二月九日発行）に載る俳句論（文芸論）「川柳の悲劇」を紹介した。その文章の真下に、一年後輩のI・R女史の気になる詩が二編ある。一編を引用する

「鏡」
外ハ木枯デス。
瑠璃戸カラ樹々ノ
ウナリガキコエマス
梳イタ髪ガ
私ノ胸ヲ汚シテ
母ノ声ガ鏡ノ中カラシマシタ　（二八・一・一三）

この詩と、次の寺山の代表的な俳句を読み比べると、両者が影響しあっていたことは明らかである。

秋風に母が髪梳く鏡の傷　（「山彦俳句会」昭27・12）

うつむきて影が髪梳く復活祭　（「寂光例会」昭29・2、「暖鳥」「牧羊神」昭29・6、「青年俳句」昭29・7、『わが金枝篇』掲載後『花粉航海』所収）

秋の曲梳く髪おのが胸よごす　（「山彦俳句会」昭27・12、「東奥日報」「暖鳥」昭28・1、「青森よみうり文芸」昭28・2、「青い森」「青森高校生徒会誌」「七曜」昭28・3、「牧羊神」昭29・3、「俳句研究」昭29・9、「青年俳句」昭31・12、『われに五月を』『わが金枝篇』掲載後『花粉航海』所収）

母の梳く鏡春雪のゆたかさよ　（「寂光例会」昭29・2）

この年の「青高新聞」の文芸欄は、寺山修司の編集に任せられていた。通常詩に創作年月日が入ることはなかった。寺山が作者から聞いて入れたのか、作者が書いて提出したのか今となっては定かでないが、寺山の俳句の創作年の近さからも互いに影響を受けていたことであろう。

さらに、第26号（昭和二十八年三月十二日発行）に、同じ作者I・R女史の次の三句をみても、

①　虹消えて母の鏡はくもり易し

② 目とづれば稲妻わが身より発す
③ 冬雷のひびく距離にて師と逢へり

②からは『花粉航海』の巻頭を飾る寺山の代表句を想起せずにはいられないだろう。

目つむりていても吾を統ぶ五月の鷹

この句の初出は「青年俳句」創刊号、一九五四（昭和二十九）年三月である。その後「暖鳥」（昭和二十九年六月）を経て、『われに五月を』『わが金枝篇』『花粉航海』掲載後、「わが高校時代の犯罪」に所収されている。結論を急ぎ模倣と処理せずに、作品が生み出される一つの環境であったと思いたい。若い才能が互いに影響を受けながら作品を成す刺激に満ちた場であった。

最後に、戦後の復興を合言葉に現実の世界では封印された「父還せ」の想いを詠う作品をあげ、寺山文学の真の理解には戦後の時代背景や我が国古来の詩歌の創作方法などを鑑みなければならないことを添えてこの章を終えることにしたい。

納屋暗し麦でランプを拭く母よ（「青高新聞」第28号、昭28・3・12）
父還せ空に大きく雪投ぐる　京武久美　（「青高新聞」第28号、昭28・11・6）
父還せランプの埃を草で拭き（『われに五月を』昭和三十二年一月初出）

注

（1）「青高新聞縮刷版」1号（昭和24年2月20日）～100号（昭和43年11月8日）（青森高校刊行委員会、昭和四十四年十月）及び県立青森高校図書館にて新聞の原版コピーを参考にした。

（2）『寺山修司記念館①』「引出1」の解説文より引用（テラヤマ・ワールド二〇〇〇年八月二日）

（3）金澤茂『修司断章』（北の街社、二〇〇七年）（直接引用）『青森高校物語』（北方社、一九八八年）（参考文献）

（4）『寺山修司俳句全集・増補改訂版〈全一巻〉』（あんず堂、一九九九年）、『寺山修司の俳句入門』（光文社、二〇〇六年）は、（「青高新聞」昭和二十九年二月九日）となっているが、この一年の違いは寺山修司の表現活動を考える上で重要な意味を持つので昭和二十八年に訂正したい。

（5）『俳句研究』（昭和三十年八月）八月号に「全国学生俳句祭入選発表」として関係記事が出ている。それによれば、伊藤レイ子氏九位、京武久美氏はそれに続く十位とある。

（6）久慈きみ代「寺山修司俳句（素材）と短歌（物語性）の関係―初期歌と俳句の関係をみる―」『青森大学・青森短期大学研究紀要』（第29巻第2号二〇〇六年十一月）で詳細に論じる。

第四章　青森高校『生徒会誌』にみる寺山修司

1　『生徒会誌』の寺山修司作品を読む

寺山修司の在学時に発行された青森県立青森高等学校の『生徒会誌』は、昭和二十七年度版、二十八年度版の二冊がある。しかし、本章では、掲載作品のない卒業年の二十九年度版と特別寄稿「墜ちた天使」の載る三十年度版の四冊をながめてみることにする。

なぜ高校一年時の昭和二十六年度版『生徒会誌』がないかといえば休刊していたためである。「青高新聞」第25号の「数年来作られていなかつた生徒会誌は十万円の予算で本年度から復刊が予定されていたが、卒業も間近に迫つていよいよその編集にとりかかつた。すでに編集会議も開き、その内容も一応決定しており、発行は三月十日前後となる模様である」という予告記事から休刊していたことが理解できる。

『生徒会誌』にみる寺山の掲載作品は、他の仲間たちと比較して、質、量ともに群を抜くものである。寺山修司がこの生徒会誌の編集企画に具体的にどのようなかかわり方をしたか、その詳細を確かめることはできない。不確かな推測をするより、編集のあり様を理解するために、「青高新聞」第29号に載る生徒会誌企画記事を長くなるが引用してみたい。新聞には、編集会議らしき集まりをしている生徒の写真も載っている。

生徒会誌企画着手・第二次原稿募集中
二十八年度生徒会誌は刊行委員会を中心として、運動、文化の各クラブ代表者（四名）参加の下に十二月一日に第一回の企画会議が開かれ、ここに生徒会誌編集に着手した。この生徒会誌は今年で第二号を迎えたのだが充実された立派な会誌を完成さすため編集委員一同慎重に精一杯の努力を傾けている。生徒会誌はいうまでもなく本青高新聞と並んで唯一の総合的機関誌であるのみならず、本校が如何に誇るべき伝統を維持発展して来たか、その一年間の全生徒の学業クラブ活動成果がどの程度上げられたか、歴史書として欠くことの出来ないものである。なお本会誌の発行予定日は二十九年三月十二日（卒業式）となつている。主な内容は次の通り一、巻頭言（校長、教頭）二、各先生及び生徒の研究発表　三、全学年座談会　四、二十八年度十大ニュース　五、青森高校戦後の復興　六、P・T・A同窓会だより　七、文化祭・修学旅行　八、文芸　九、進学、就職状況　十、生徒作品、依頼作品　その他　となつている。第一次作品募集を締切りましたが、なお第二次作品募集をおこないます。締切日は一月末日までですから冬季休暇中を利用してどしどしお書きになり、大いに御応募下さい。【筆者注：全文そのまま引用。傍線筆者】

「大いに御応募下さい」の文字をみるとたった一人で作品の創作から編集、印刷まで熟していた「週刊古中」の「大募集」の大きな太文字や「ふるって応募下さい」と仲間に何度も呼びかけていた少年寺山の姿を思い出す。「週刊古中」時代と変わらない企画編集の手法を想像させるが、中学時代と異なり環境は格段によい。寺山には幸せの時代であったろう。終戦（古中新聞時代）から五年経た彼は、才ある友人たちに巡り会っていた。第三章で確認してきたように友人からの刺激は、企画や編集のみならず、創作される作品にも大きな影響を与え、質の高い作品を発表し続けていた。特に俳句は、この時期が寺山俳句の頂点であったと思われるほどの水準に達していた。

「生徒会誌企画着手・第二次原稿募集中」の時期は、寺山は三年生、十二月一日といえば卒業間際で、進路の問題もあり悩みの中にあったであろう。が、俳句評論、俳句「浪漫飛行」、詩、詳細な文学部活動報告と多量な作品を寄せている。特に文学部部長としての活動報告からは、並外れた企画力がみえる。母の居ない孤独な寂しさを気にして立ち止まる時間もないほど、彼は前へ前へと進んでいる。後年寺山が好んで使った言葉「ふりむくな　ふりむくな　うしろには夢がない」（『さらばハイセイコー』）や「ふりむくな　ふりむくな　男のうしろにあるのはいつも荒野ばかりだ」（『戦士の休息』）の世界そのままだ。

以下『生徒会誌』の中の寺山作品を具体的にみながら、文芸評論の確かさや寺山俳句の完成度がどのレベルにあったか具体的に検証してみたい。青森高校『生徒会誌』の寺山作品は完成度が高いものであるが、そのほとんどは一般の方が目にする機会がない。すっかり青年になった寺山修司の姿がそこにはある。かなりの分量になるが引用したい。

2　『生徒会誌』掲載作品を読む

昭和二十七年度版【高校二年】

①詩　　「すみれうた―ひめゆりの塔へ―」「高原歌」
②俳句　「海唱抄」「少年歌」
③創作　「麥の戯畫」（小説）
④文学部活動報告

①詩　「すみれうた―ひめゆりの塔へ―」

すみれの花が咲く頃には
また、かなしい海が
耳をいじめましよう。
だが―
バベルになつてしまつた塔には
もう火の匂ひはありますまい。
僕の中のさみしい空氣層。
いつも爆音があけてつた穴を
繕つていたつけ―。
少女よ。
あなたの祈りは
母のことだつたでしようか
いのちのことだつたでしようか。

僕はまた
あなたのひとみに　雲を映して
ふるさとの葡萄を
食べたかつた。

「高原歌」
高原で
いたづらな少年が
山羊にうまのりになつて
海の見えるところまで
のりまわした。

白い雲が
大きくながれ
私は草で汗を拭きながら
それを見ていた。

そこにはいつも
オルガンがひゞいてくる。

遠い夏の記憶では
私は
はだしで教会に入つた罰に
神父さんに立たされていた。
そして
いたづらな目で
少女に合図をおくりながら
百合の匂ひをかぐ
真似をしていた。

②俳句
「海唱抄」
望遠鏡かなし雪崩は日の果てへ
藁塚のぬくみに觸れて踊りにゆく
山鳩啼く祈りわれより母ながき
玫瑰に砂とぶ日なり耳鳴りす
冬の貨車海邊の町に煙とばす
雪おろす望郷の果て海青し

「少年歌」

雁わたる壁へ荒野の詩をひらく

万緑へよごれし孤児が火を創る

燕の巣母の表札風に古り

秋の曲梳く髪おのが胸よごす

鷹舞へり父の遺業を捧ぐるごと

花薔麦や雲の日向は故郷めく

〝ひめゆりの塔〟観後

風つばめバベルの塔を君知るや

冬薄虹祈りの怒涛聴こゆ日ぞ

③創作　麥の戯書　二年　寺　山　修　司

私はその頃

青い地平線を信じた。（ローマン派の手帳）

それは秋の最後の日とも思われるような、ある日のことであつた。私は佐山という級友と學校の裏の海岸を歩いていつた。そのとき、私は日のあたつているむこうの波堤から二人の女學生があるいてくるのを認めた。一人は籠に入つた小鳥を持つていた。まもなく私たちは風のようにすれ違つた。その一人はどうも信子らしかつた。秋の日にかすかな匂いがしたとき、私は遠い日の麦わら帽子の匂いを思い出した。私はひどく息がはづんできた。

「どうしたんだい」

「何、一寸知つている人のような気がしたものだから……矢張、違つていたよ。」

それはM……という名の小さな村の秋であつた。私と母は草の匂いのする牛小屋の裏にたつた二人で間借りをしてくらしていた。丁度、十円銅貨のように田舎はなんでも表と裏が背中あわせになつている。それで私の夜明けにはいつも牛の鳴き声がつきまとつているのだつた。そんな頃から私は、理科がきらいであつた。それでときどき村の學校をなまけては教会のみえる麦の畑へ行つてねころんでいた。地の果てへひらけたその麦畑には、雲雀と私しか知らない風の匂いがみちている。そんな私をいつも心配してくれるのは母であつた。だから、そういう日の二、三日あとには決つて化粧した母が學校へ来ているのだつた。

ある日曜。私はその日の町からの帰りにとつぜんの雨に遇つた。私は草で顔を拭きながらあわて丶教会へとびこんでいつた。戸口から聖堂まで教会は暗い百合の匂いがしている。私ははだしのために中へは入つていけずに教会のすみつこにかくれていた。合唱がおわつた。そしてもじもじしている私のそばをたくさんの母や若者や少年が通りすぎていつた。ふと私は一人の少女とすれ違いながら、なぜだか私には分らない合図をされた。そんな気がした。私はその少女のあとを追つて戸口へ出ていつた。すつかり雨が晴れている。私はひどく息をはづませてヴィルジニイを追うポオルのように人ごみに少女をさがした。愛の秩序――そんなものは村では不要であつた。私はいまの少女の麦わら帽子の匂いにすつかり魅せられてしまつた。まるで悪い天使のギタルにおどらせられた蛇のように――しかしあわて丶とびだした戸外には、もう少女を見出すことは出來なかつた。つばめの尾だけがみえる。私は軒にか丶つている虹をぼんやりと見上げた。

試験休みがきた。麦の丘へ少年たちはとびだしていつた。あるいは新しいスケッチブックのために、そして少女のために……。それらの日々、雲は象のようにゆつくりとはしつてゆく。

別れしときは

別れしときは……

私は馬車へつんだ干草を今日は町へ運ばなければならなかつた。憂うつな青空がまるで無関心にひろがつて道の上を雲雀が歩いている。車輪の下がぜい、ぜいと鳴つた。そのとき、私は私の行く手にひとりのかがみこんだ少女をみつけた。秋の宿題―それは少女をみつけだすこと。その傍を通りすぎるとき私のメランコリックな神經は知らんふりをしていたのに、私はその少女の動作を覗きこんでしまつた。

「どうしたの。」

少女はだまつて、まぶしそうに私を見上げた。そして緒の切れた下駄をひょいとさしあげてみせた。

私の馬車は腰かけ台が広すぎる気がする。ふと私の冒険心がそうさせて。

「僕の馬車にお乗りよ、町へゆくんだから……。」

少女は、はじめ一寸ためらつたがやがて私に手を引いてもらつてその上に乗つかつた。麦わら帽子……。お前はまるで、私の本棚のイエンニーのような顔をしていた。私はもじ〳〵しながら

「どこへ行つてきたの。」

「画をかきに―でも損しちやつた。―小川へ落ちたんですもの。」

はづかしそうにお前は、それでも笑いをふくんでうつむいた。そんなお前の横顔を、私はそれ

となしに盗み見ていた。村の學校には見られない薔薇色の頰の持主、ルーベンスの色彩は私にはとても不釣合すぎるようなので。そのあとの麦の径を、私の口は虻の羽音のように、にぶつてしまい、口笛か何かを吹きながら、馬車のはやすぎるのを気にしていた。そして下駄を修理しているお前に、ふと顔をみられたような気がしたと思うと、馬の尻が大きな回転を左にみせた。

……Sという町……そこにはうすい空色の屋根と塔と時計が見えた。―あゝ、何かを言いださなければ……。

ふいに、「もういゝわ……。本当にどうも有がとう。」お前はそういうと露の草の上へ小さな腰をまげてとびおりた。「さよなら……。」そして小走りに人ごみへ入つてゆく。私は頰をふくらませてたゞ何ということもなしに汗をふいていた。お前がふりむいてくれないか―。しかしお前はたゞの一度もこつちをむいてくれなかつた。やがて私の目の中には生意気そうな、のどの赤い燕だけがのこつた。それから二、三日が過ぎた。ある日のこと。私は町へ魚を買いにいつた機会に、一度町のコーヒーをのんで見ようと考えた。その辺の人ごみには赤や青の看板とペンキの白い美しい店が何軒も並んでいた。丁度、昼なので店はたくさんの人が混んでいた。ふと、覗いた絵硝子の中から少女が私を手招きしている。そんな気がした。私は一寸小首をかしげた。気のせいに違いない。しかしそれは本当であつた。少年のアヴアンチユル。私は入つてみようときめて扉をおした。レコード。―舞踊への観誘《ママ》―。少女がにこ〳〵と私のそばへやつてきた。

「なアんだ、君だつたの」

「おわかりになりませんでしたこと。」

お前は肩をちゞめて笑つて。「コーヒーを飲みにいらしたのね。」私はだまつてうなづいた。

「おうむのそばの方がい、わ。あつちよ。」卓の上に透明のコツプがある。風の匂いがあの麦わら帽子の匂いであつた。椅子の上にそれがありコツクはまるで黒ん坊のようなかおをしていた。私はお前の前ではきまつてもじもじしていた。「私、あの曲好きよ。」そしてお前はそのあとで…先日はどうも有がとう—と云った。密談—コーヒーの匂いは私には強すぎる。私は泣きたいような顔をして坐つていた。お前のたのしいおしやべりに向いながら…

麦の季節がすぎると空の灰色はこらえきれないような雪にかわつた。學校では大ていの生徒が、もう大人になるための練習をはじめていた。(煙草をわざともつて歩いたりして)そんな日々、ある生徒が妙な匿名の手紙をもつてきたことがある。彼はそれをストオヴのまわりで大切そうにみんなにみせてやつていた。みんながそれに妙な興味をおぼえたのはたしからしかつた。私ももう髪をのばしたりして母を困らせはじめている。あ丶、彼がそんな手紙さえ持つて来なかつたら—。私は魔がさしていた。私もみんなと同じようにへんな匿名の手紙が欲しかつたので、その日、私は家へ帰ると早速馬小屋へ行つた。雪の晴れた悪魔の小康の日であつた。そしてペンを大切そうにうごかして、こんなことを書いたのである。「僕は逃げる決心をしました。僕の家はやはり暗くて、そして母の再婚の話があるのです。海の見える町へでも、あなたと逃げてしまいたいのです。今夜六時、町の駅へ來て下さい。」

それから、この冒険的なアイディアにひとりでほ丶えみながらポストにそれを入れた。桃色の手の眼と会いながら。あ丶、何ということだろう。私はその投凾のあとで、やはり愛の秩序につきあたつたのであつた。急に私はさみしくなつた。

私はお前の家を知らない。S町N丁目H番地というところを知らなかつた。それは本当なのに……。私は郵便局へ走つていつた。そしてハガキを一枚買つた。「かわりの父がくるなんて全くうそです。だから僕の手紙はよみしだい破いて下さい。僕は魔がさしていたんです……」ペンを持とうとするとそれは妙なマンドリンのような音をたて、ハガキの上へころがつた。あゝ、無意識の芸術のなんと美しいことか。ハガキの上には青いトカゲの絵が出来あがつてしまつた。私は泣きたいような顔になつた。そしてもう一枚の十円銅貨を惜しそうにポケツトからつかみだした。それも本当なのに……。

私はいたづらのあと始末をしなければならなかつた。ジャケツのえりをたかくして駅のうしろの柵に立つていた。五時—。一寸はやい。私はもう一ぺん駅の構内をあるいてみた。そしてまん円い黒いボタンをひろつた。拾うほどの価値もなかつたけれど、捨てるには惜しかつた。それでそのボタンは私の手ににぎられることになつた—。ガス灯が立つている。そのときふいに私はお前の青いオーバーを見たような気がした。本当だつたろうか。しかし私は、ことんと首をちゞめると駅の大時計のうしろからもう一度一寸だけ目を出してみた。あゝ、お前が立つている。赤い長くつをはいて……。私はとつぜん頭の中で悪い天使のトランペットを聞いたような気がしてコンクリートの中をホームの方へ向つてかけだしてしまつた。そしてこわごわとうしろをふり返つてみた。お前は四方をみまわしながら次第に入つてくる。私は急に目をつむつた—。終止符。

そして麦わら帽子の匂いの中でいつまでも風を聞いていたいと思つた。(完)

④報告　文学部　顧問　川俣和・部長　寺山修司

伝統を残さないことが伝統のようになつていた部だけに雑誌名も毎年変りそして特色も毎年変

化をみせて来ている。それが文學部の性格とでも云おうか。それだけに今年の活動は清新であり若々しかつた。しかし腰くだけぎみになつたこと、少年趣味的匂いの濃かつたことは三年生の不振にかんがみていなめないことであつた。

さて本年の行跡をふり返つてみるとまず読書会があつた。これは第一として芥川龍之介の〝鼻〟を中心とした作品をとりあげ、彼の、悪魔主義的方向についての川俣先生の講演を聴かせてもらつた。(討論共)

次に作品発表会に於ては各自の作品批判が行われ、又その他の例会に於てもいろ〳〵なプランが部員を迎えていた。毎水曜に部会をもてたということは大きなプラスでもあつたと思われる。予算不足のマイナスは部費ではいかんともしがたくついに活版雑誌の発行が出来なかったことは自他共に残念であつた。

水曜会中で最も評判のよかつたプランは川俣先生の〝現代文學史〟でこれは先生の手刷になるプリント配布の上教養として興味があり、熱のこもつたものであつた。

夏から秋にかけての県下高校生文芸コンクールは本校主催で部員達の右往左往になるものだつたが県最初の試みだけに熱狂的な参加を受け詩二百、俳句二百その他の参加をみた。

又文化祭には作品集〝麦唱〟を発行し一部十円で飛ぶような売行きをみせた。

文化祭にはその他各種展示などをみ恒例の読書調査グラフも他高校の協力をみた。

その他の部員の文學活動を拾うと〝日本短歌〟では寺山修司が推選をうけ山本東晴らも作品を発表した。寺山は県短歌大会で四位に入賞した。例年の啄木祭には詩の部に寺山が二位。梅川狩之が三位に入賞、又県詩祭に於ては京武久美が一位。寺山が三位に入賞して気を吐いている。三谷忠夫、樋口明子等は東奥日報にも詩をよせ樋口はするどい感性にひらめきをみせた。伊藤レイコは東奥日報読書文芸の俳句に推選を受け、その欄には田辺喬や佐藤大近藤昭一らも活躍した。生徒作品欄も八割は本校文學部によつて占められ實に多彩な外延的発展を示している。

その他友人との交流が窺い知れるものを、紹介する。まず京武久美氏の「抵抗性（レジスタンス）について…山彦作家中心…」という俳句論である。その中で次の寺山俳句を引用し、以下のようにそれぞれの句を評している。

1　紅蟹がかくれ岩間に足あまる
2　燕の巣母の表札風に古り
3　短日の鍵穴の奥葬はじまる
4　ふるみぞれ廢塔の孤児鶏むしる
5　爆音が来て野の虹を切り落す
6　冬の葬列吹穀なおも燃えんとす
7　一語軽んぜらしが白き息のこる
8　枯野ゆく棺の人ふと目覚めずや

1　単なる花鳥諷詠句ではなく、抒情性、知性の中に暖かい感情、生活の断片を含む句。
2　自己燃焼させた純化の句で母に対する感謝、愛情のこもる作者の切実なる意志の叫びである。

親しみ易い抒情の佳句であり、捨てがたい抵抗である。

3、4　ドギツイ言葉で表現された野卑な句。

5　詩的で胸に広まる抵抗感を出している句。

6、7、8　ドラマ的句で、若さで燃やした句。

寺山が後に3、4の句を持ち回さなかったことをみれば的確な鋭い句評であるといえる。

さらにこの版には、近藤昭一氏の俳句評論「新しい俳句とは」が京武久美氏に続き掲載されている。後れを取った形になった寺山修司がどれほど悔しがったか、『生徒会誌』次年度版の評論「林檎のために開いた窓―現代紀行ノート―」がそのことを如実に語っている。野脇中学校新聞の時も「青高新聞」記事にみる俳句大会でも同じ姿がみえた（第一章と第二章参照）。彼の闘争心と負けず嫌いは、子供っぽくさえ感じられる。

昭和二十八年度版【高校三年】

①研究評論　「林檎のために開いた窓―現代紀行ノート―」

②詩　「アンブレラ・リズム」「OPERA」「航海日誌」

③俳句　「浪漫飛行（その一）」「浪漫飛行（其の二）」

④文學部活動報告

①研究評論「林檎のために開いた窓―現代紀行ノート―」(1)

いつか「万緑」で中村草田男がこんなことをいつていた。高屋窓秋という俳人、彼もまた新興俳句の旗手のひとりであるが—その高屋窓秋が何かの句会にやおら草田男のそばへ寄ってきて説くとなくつぶやくとなくこんなことを語り出したというのである。

「どんな小説の名作だつて全篇のことごとく見事である訳ではない。どこか一カ所頂点があつてそこにあらゆる良さが盛りあがりそれが全体を凜然と一糸のたゆみもなく支配している。このほんの二、三行の絶対的な文句の有無が名作、凡作を決定する。詩人はこの二、三行の文句を射とめたるに命を賭けるべきだ。」

草田男はそれを更にシェークスピアにもつてゆきその作品「マクベス」の根本をFair is faul, and faul is fair（同じようなリズムでありながらその意味において「きたな《ママ》」と「きれい」の二語の対立でこの戯曲全体の本質に適合している）と説いている。彼はやがてそのストーリイの発展と共にこの作品のクライマックスの「生命を育くむ罪な眠りを殺した」場面—すなわちダンカン王をマクベスが殺した場面以後の何か圧しつけられるような黄色い緊張感に話をすすめ Sleep no more! の一語の発見で章を結んでいる。

草田男はそして最後にいう。「かかる絶対的把握と絶対的辞句の獲得との境地へまでわれわれも亦一生を賭けてぢりぢりと前進してゆきたいものである」と。

ここにいま芭蕉の「奥の細道」と草田男の「津軽」の二つの紀行がある。私はその後者—草田男が私たちの故郷の林檎の町へ来た時の詩篇津軽のための道案内を試みようという訳であるが、その前に私たち学生衆知の「奥の細道」の芭蕉と草田男の大きな立場の違いについてちよつとふれてみよう。芭蕉はその柴門の辞の中の一節、許六離別の詞の中でも、また幻住庵の記においてもたよりなき風雲に身をせめ花鳥に情を労してようやく生涯のはかり事とさえなれば終に無能無才にしてこの一筋につながる。五臓の神をやぶり老杜は痩せたり。賢愚のひとしからざるもいづれか幻の栖ならずやと思い捨て臥しぬ

といつているように「くやしさ」というよりはむしろ「あきらめ」に近い悲壮な決意に充ちた詩人であつたからその日その日がある意味での臨終に近くいつ死んでもそのときの句が辞世といえるような作品態度を持つていたと思つて差支えなかろう。決意においてはそれによく似たものを持つている西東三鬼あたりとは全く立場を異にする草田男はルオーあたりを思わせる作風と「私は二百年生きるつもりなのだ。だからすべては途上にある」という旗をかかげているだけ芭蕉のそれと正反対なのは勿論である。

こうもり傘一つ持たないこの詩人の旅は

赤児さめし右車窓より夏暁くる

の一句をもつてはじまる。

現代俳句においては旅の句にいい作品—というよりは人間的な感動にあふれた作品が非常に少ないといわれているが、都塵から逃れた詩人、すなわち一庶民が美しい風景に見とれている間—「かなしいまでに裸の人々の The bottle of existence」の場である生活を忘れたいと思うのは安易になる恐ろしさを勘定に入れてさえも仕方ないことと私は思うのである。

さてこの章。「津軽」に近く啄木の町にさしかかつた所で草田男は次の短歌を前書きして作品を並べている。

降り立ちし降摩《ママ》ケ原の

停車場の
朝の虫こそすゞろなりけれ　啄木

降摩ケ原といえばこんなフイルムがあるとはなしに私の脳裡をちらとかすめる。学生帽に、はかまをはいた少年が胸をはつて、胸をはるがためにさみしい口笛を吹いて朝のやや長い停車の間に小便をしているのである。都にあこがれ文藝に跪づきながら何遍でも民衆のいつわりの豪奢につつかかつてゆく青年啄木の純粋さを思うとき、次の作品はおのづからなる詩情にかがやいていはしないだろうか。

晩夏シグナル高し渋民村低し　草田男
片陰細き渋民村を見下しぬ
野に咲けど渋民村辺眞赤な百合

私の友人はよく「俳譜は卽興でなければいかんね」という。私は若いからそして特に文学少年ぶるのが好きなもんだから一句を作るにさえデスクに原稿用紙を拡げないと気がすまない性質だしすぐつつかかるような調子で「君に僕らの俳句がわかるもんか」とやりかえす。しかしよく考えてみると卽興ほどその人の文学的素養（これを平畑静塔は俳人格と呼んでいる）を如実に現わすものはなかろうとも思うのである。それでたまたま僕は感心（感動ではない）させられることがある。次の草田男が啄木の町を経て来青第一の作品は明らかに卽興と思われる。

大鰐なる増田手古奈氏に招かれて一泊す
みちのくの一宿晩夏の合歓の辺に　草田男
象潟のはせをの合歓も晩夏の合歓

はせをの合歓というのは

象潟や雨に西施が合歓の花

という芭蕉（はせを）の「奥の細道」の一句をふまえてあの越王勾践から戦略上呉王夫差に送られた美人西施の貌の象徴として用いられた場合の合歓の花を指すのであろう。

増田手古奈氏というのはホトトギスの同人で大鰐の医者。その作品に。

初蝶のひらきたる翅美しや　手古奈

がある。

ここで私は近代人の呼吸とリズムについてちよつと思いあたるふしがある。映画「巴里の空の下セーヌは流れる」はオムニバス映画としてはちよつと例を見ないような構成で全部を一筋の糸であやつり人形のように主役、脇役なしに均等に動かしているものであつたがあの映画の「呼吸」――あるいは話と話のつなぎ目の空間がぎりぎりの線で現代人の「脳の呼吸」と一致、というよりは合致していると思つてひとりで感心して帰つて来たのであつたがそれが現代の俳句にそのまま通用していた事に気付いたのである。

破調というと非常に老俳人連中（無論アルチザンにすぎない）がいやがるのであるが五・七・五の約束がいつごろから五・七・六とか七・七・六といつた近代的なリズムに移りつつあるという事実はただ単に「数列上の命乞い」と片つけるにしてはもう時代が進みすぎてはいないだろうか。

津軽の中から「六音止め」を拾うと。

みちのくの晩夏描くを旅人見る　草田男

灸据えられ泣きわめく声津軽は秋

歌声にさも似し楽よ林檎丸む

など十七句もあり「津軽」以外の代表的なものにも

蝌蚪に告ぐ吾には父亡く母は疎し　草田男

瑠璃蜥蜴故郷焼けて海残りぬ

帯赤く扇づかいの歩む乙女

勿論これは草田男だけに限つたことではなしに現代に住み「時間の音楽」に身をゆだねる者みんなの悩みでもある。

さてこの詩人。十和田湖にさしかかつては十句の作品を残している。芭蕉は松島にさしかかつた時には「ちはやぶる神の昔、大山祇のなせるわざにや。造化の天工、いづれの人が筆を振い詞を盡くさん」とその驚きをのべ一句の作品も残さなかつたこととともよい比較の例となろう。作品はいづれもその豪華さよりも格調とか重感におかれているのである。

湖上銀河簾の影ある障子　草田男

この湖に想羽冷えて夏のおし

川口爽郎氏は「津軽」を評してこれらを七十八句中の圧巻といつていたが、逆に私は草田男の即興性がこの大自然の前には「器用負け」したのではないかと思われた。それは私の学生期に見た十和田の印象の悲しさにも似た偉大さのせいかもしれないし、あるいは草田男の作品と私の鑑賞度の間の溝の深さかも知れないけれど。

梯子の裾に腰かけ仰ぐ旅の虹

「俳句」二月号に誓子や不死男の座談会がとりあげられているが、これは例によつて草田男の

「人間」が話題にのぼつている。誓子は「最近の句集『銀河依然』ね。あれに出ている草田男の写眞はそれほど悲劇的じゃないね。」といつている。三鬼は専ら「草田男の悲劇性」に一の「見方の創作」といつたものをなして眞直面に説いているがその一節に「松山へ行つた時同じ句会か何かで偶然逢ったんですがね。その時去つてゆく草田男の後姿がまるで悲劇的なんだ。ヒヨイヒヨイ二、三間づつ跳ぶようにしてやがて見えなくなつたんですけどあれは悲劇的だつたな。」

草田男は総髪に少し似た髪かたちをした一見線の細い詩人で、梯子の裾でも木の根でも座つたらちよつとのことでは立ちそうにもないようなしんもありそうにも思われた。一見「甘えつ子」といつた「世間知らず」な面とその弱さのすばらしさを兼備しているといつた感じでこの作品には自分をデッサンした上に色彩づけて額にまで入れたというほどの感慨を与えられた。「道があればそれにはロマンスがある」といつたイタリアの詩人の名は忘れたが津軽は夏半ば、黒土に薊の咲いた道は故郷の文学少年太宰治をしのぶには充分であろう。太宰はその処女作（だつたような気がする）「思い出」の中で馬車と森とランプと梟の小景に父への慕情をかきならし石をけりながら自己の野心を歌つている。

　薊と小店太宰の故郷へ別れ道　　草田男
　秤林檎太宰の故郷この奥二里

ほこりつぽい道筋のしかも二つに道の別れた眞中に小店があるのだろう。小店では勿論、大学ノートからビスケツトまで並べたてているのである。大方はこの店で林檎を秤ってもらう間の草田男に店の婆さんが太宰の思い出話しでもしてくれたのだろうか。

　太宰の通い路稲田の遠き雲の丈　　草田男

川口氏は更にこの句を評して太宰の作家として歩んだ道それは「稲田の遠さ」でもあり又自己に対して最も苛烈、その内部深淵に一切を求めようとした太宰、稲田の遠さにまた毅然として光り立つのが「雲の丈である」と書いてあるが〔津軽盲信（暖鳥五月号）〕僕はこの解釈には大変不満であつた。

「稲田の遠さ」がある意味での「場」として太宰の作家として歩んだ道と解釈するのに仮に一歩をゆづつても、その「遠さ」に毅然として立つのが雲の峰の高さだというのは詩情を大きくこわしてはいわしないかと思うのである。草田男はArtistでありArtisanではないはずだからその種のイデオロギーを安易に弄するとも考えられないしこの稲田はやはり稲田なのがよい、と私は思うのである。そして遠さは道程の遠さで一向に構わないし、少年太宰治のその野心じみた空想をかけた道すがらの果てにあつたその雲の峰が、今作者草田男の立つ果てに、昔のような「遠さ」で今も湧きつつあるのだと私は思いたい。

「津軽」の最後の句は

歌声にさも似し楽よ林檎丸む　　草田男

という句である。

草田男がSleep no more探究の意気込みでこれら「津軽」の作品を生んだかどうかはわからない—が私はあえてこの個々の独立性に乏しい大作「津軽」をもう一度読み返してこれらを一篇の作品と見なし、さてこの一連中でのSleep no moreに匹敵するのはどれだろうと考えて見た。

歌声にさも似し楽よ林檎丸む　　草田男

という最後の句もチエツクに残つたことは勿論である。蜀山人が古今の序にからまして

「歌よみは下手こそよけれ天地の　動き出してはたまるものかは」と歌つたというのは逆にいえば、眞の詩歌は天地を動かすものだというパッションそして文学畑以外の一社会さえも鳴動させ得るという力が前提にされている事はいうまでもない。

そこでこれらの作品が果たして「下手こそよけれ」―勿論この下手というのは表現上の下手のことを指すのではなくて意図したものの純化のされ具合と私は考えたい―の「下手」であるか、それとも天地を鳴動させるような作品であるかということを考えた場合、私はどうやらこれらの作品（「指頭開花」や「白砂青松」と比較の上で）は「下手」の部類に入るのではなかろうかという結論にたどりついたのである。しかしその結論を提出する前に私は「眼」ということに触れておきたい。

「眼」―小林秀雄は志賀直哉を評して、それは見ようとしてものを見ている目ではなく、見えてくる目なのだと書いてあつた―が私は草田男のこれらの作品を生む場合の眼はちようど小林秀雄のそれと対照的に万象を目でもつて奪つているというような、つまり「詩」のためにまばたきなしに開いていているそれなのだといいたいのである。

この眼―つまり開いたまんまの目がその才能と反射作用を為して多作しているのであるが、しかしときに閉じない目は「空があつて茶碗が為る―老子」の理屈で、あまりにも詩の次元に泳ぎすぎて一つの結晶点とか盛りあがりを失つたのではなかろうか。作品個々にSleep no more! というような「詩の頂点」を盛ることには成功しながら「津軽全体」が、やや報告に終始したのはこの「開きすぎた眼」のためと私は見たい。そんならこの眼の「開閉」の調節はどうすればいいというのだろう。さア、私はわからない。（二九・二・五）

②詩

「アンブレラ・リズム」
鶯は夜のオペラ歌手。
オペラを帽子に伏せてしまえば
暦がめくれる
劇場──
Bar──
ステツキはつまらないけれど
バーテンはガラスの髭をつけている
〈ビールを飲みすぎたのね〉

すると黒ン坊がオートバイに乗つて
空から堕ちてくる。
いやらしい太陽は笑いころげて
これはふしぎな砂漠の曲藝師。

堕ちる黒ン坊、さかさのオートバイ。
のつぽのサボテンにぶつかると

粉々に消えた。
また
暦がめくれる。

お　酔いどれの
馬の紳士よ

「OPERA」
ガラスのホテル
茶色い蹴球選手
幕には黒ン坊のシヤボンの
ような模様がありまさあ

オートバイに乗つて幕が立去《ママ》ると
魚の幽霊
あいつの帽子には
白い太陽がかくしてある
熊の観客はみんな昼寝して

これはふしぎな
飛行舞台―なんで

支那のハナミでおまえの
鼻を切りましよう
鉛の涙に酔つぱらつてさようなら
ピエロは消されてしまつた。

終演でございます
奥さま

「航海日誌」
奥さま化粧室はこちらです
トランプの裏の
黒ン坊はジヤズマンの憂鬱
ギターの中の小鳥の巣
石鹼玉の幸福と
ADIEU―置手紙
ジゴロのえくぼ

ぼくのコックは
海が大好き
乗客・紳士淑女の諸君。
鸚鵡のモノローグを御存知かね

春は島にある
島は六月の化粧水のむこうで
コンニチワ
コンニチワ

③俳句
「浪漫飛行（その一）」
―プロージット。空しくなつた恋の為に。―金子黎子
一章
秋の噴泉かの口笛をな忘れそ
風の葦わかれの刻をとゞめしごと
赤まゝの咲く逢びきふたり家なき子
小学校のオルガンの思い出。
おまえは名を雅子と言つた。

おまえのうしろには、いつも黄昏の湖があつた。
母校の屋根かの巣燕も育ちおらむ
ひとり遠く山火尋め来し少年時
あひびきの小さき食欲・南京豆
夏井戸や故郷《くに》の少女は海知らず
「幸福つてやはりルノアルのいうように幸福をさがし続けることなのかしら」
夏手袋いつも横顔さみしきひと
こゝで逢びき落葉の下を川流れ

× ×

わかれても残るたのしさ花大根
われに復るや田舎線路の夏たんぽゝ

「浪漫飛行（其の二）」

二章

—古びたアルバムには、いつか消えてしまつた友達や恩師の顔がある。
その髭とさみしい花束のために　—プロジット。ふたたび。
いまは床屋となりたる友の落葉の詩
口開けて虹見る煙突工の友よ
種蒔く人おのれはづみて日あたれる
蟇《ひき》の子も故旧のうちや水輪大き

冬の猟銃忘却かけし遠こだま
車輪繕う地のたんぽゝに頬つけて
—先生。御迷惑かけました。口笛とそして詩と燃ゆる頬をもつて僕は出かけてゆきます。
さようなら。もう帰りません。
大揚羽教師ひとりのときは優し
山の教師は燕の歌も方言で
崖上のオルガン仰ぎ種蒔く人

××

詩死して舞台は閉じぬ冬の鼻

三章

小鳥の為の赤いノートから

卒業歌遠嶺のみ見ることは止めん
母は息もて竈火創るチエホフ忌
鶯鳥の列は川沿ひがちに冬の旅

（二八・十二・篇）

④報告　文學部顧問　川俣和部長　寺山修司【他の部の五倍ほどのスペースの報告文である】
「青春はかへり見るとき微笑でなければならない」とは美しくも力強い言葉である。

私たちの手で私たちによって築かれたバベルではない水晶の塔をこゝにふり向きながら文学をする幸福を再び去る者へのはなむけにして、明日への光としようとするものである。

○……刊行物、さて今年刊行されたものは「青い森」「麦唱」「魚類の薔薇」の三種類七冊である。「青い森」は会員の手によつて印刷された学生俳句雑誌で、本校生徒の俳句作品の他に大阪、北海道、奈良などの会員や中央俳壇の作家よりの作品ものせて四回発行。又「麦唱」は文化祭に、二年生の手によつて編集、発行。「魚類の薔薇」は本年創刊の詩の同人誌で、活躍はむしろ今後に期待される。

○……行事。三月には県高校生俳句大会が本校で行われた。県内在住の俳句作家を選者に迎えて、参加は約八校三十名。本校三年近藤昭一君が綜合で第一位で賞品を貰つている。八月には横浜で全日本学生文学コンクールというのが行われて、本校からも参加し、俳句部門及び短歌部門で本校の寺山修司君が第一位に入賞。京武久美、伊藤レイコらも賞を得た。

十月には県学生文学祭を本校で主催し、これにはのべ数百の原稿が集まり部員を喜ばせたが、入賞は詩部門一位が本校の京武久美、寺山修司、短歌部門一位が寺山修司、俳句部門一位が近藤昭一、創作部門は該当作品なしであつた。また同じく十月には本校主催、全国俳句研究会の応援を得て全日本学生俳句コンクールを主催。これは北海道から九州まで約千句にわたる投句と有名俳人の協力で無事終了したが、綜合第一位は本校の京武久美君、二位も本校の寺山修司君、三位本校近藤昭一君と圧倒的な入賞を数えた。

文化祭にはその他、詩人手蹟展覧会、全国俳句雑誌展覧会、部員作品展示などを開催して好評を博した。十一月に入ると現代詩研究会が開催され、参加は少数であつたが「時間」「青ガラス」「現代詩研究」など近刊詩誌や北人詩会提供の資料を基にしていろいろ学ぶところが多かつた。同じ十一月には本校が提案して青森県高校文学連盟を結成。又毎週土曜の定例俳句会は今年も真面目につづけられ、已に四十回の多きを数えている。その他では川俣先生の講演が部員間で喜ばれた。

○……作品発表。部誌、同人誌を除いた本校の文学部員の作品発表機関には、学校新聞、生徒会誌の他に次のものがあげられる。中村草田男「万緑」では寺山修司、京武久美らが活躍し、充分にその中堅作家としての面目を発揮した。又近藤昭一は中島斌雄の「麦」でその新人として清新さを買われ、伊藤レイコは橋本多佳子の「七曜」に作品を発表した。又讀賣新聞では前述の人たちが作品を発表。高木仁郎は東奥日報の十枚小説にその作品を寄せた。東奥日報にはその他佐々木嘉津子、樋口明子、近藤昭一らも作品を発表、寺山修司、京武久美は綜合誌や郵便局ニュースなどからも作品を依頼された。俳誌「寂光」では寺山修司と手塚ひろむが現代俳句と寂光作品をめぐつて論戦を展開、（「Ⅱ部第八章「寂光」と寺山修司」に論戦記事掲載）その他「蛍雪時代」「学燈」などの詩、俳句欄にも部員の活躍が目立つた。山村一郎は「麦唱」にその手腕をふるい、同誌には好短篇を発表した。

○……思潮、俳句会では現代俳句革新の名のもとに多く参集したが、その思潮の主なものを挙げると近藤昭一は社会性レジスタンスを説き、テーマ文学としての俳句を主張し、伊藤レイコは一貫したロマンチシズムを、又、寺山修司、京武久美はヒューマニステックな憧憬や人間描写を試みた。詩ではネオ・リアリズムの東義方とシュール・リアリズムの寺山修司が対立、京武久美は一種のモダニズム的傾向にその面目を発揮した。

○……終わりに、青高文学部は常に青森県の学生文壇の中心であるだけに有望な新人が非常に多い。詩では二年の樋口明子。佐井和子、佐々木有子、一年の坂本美幸、塩谷律子、附田絢子、小山内明子、増田裕子、小宮山径子、俳句では二年の張間明子、一年の坂本美幸、似鳥洋子、佐々木瑠美など。
○……追加。更にこの二月には山口誓子の題字を得て寺山修司、近藤昭一、京武久美と奈良の丸谷タキコ、石野佳世子、大阪の松井寿男の合同句集「雲上律」が企画され、更に全国から十代の俳人五十名を迎えて俳句研究誌「牧羊神」Panが創刊した。

昭和二十九年度版【昭和三十年発行、寺山修司卒業年、掲載記事無し】

昭和三十年度版【昭和三十一年三月十六日発行】
特別寄稿　小説「墜ちた天使」
【昭和三十年から三十一年と言えば、寺山には歌人としての新しい道が開けつつある時である。特別寄稿されたこの小説は後に『われに五月を』（作品社、昭和三十二年）に収録される。大幅な変更がみられないので引用を省く。俳句同人誌「寂光」（昭和二十八年十一月・十二月号）に発表された俳論「墮ちた雲雀」とは異なる】

3　完成された寺山俳句

『生徒会誌』に掲載された作品からも核になる言葉、寺山の詩想を担った言葉がさまざまなジャンルで作品化されるという傾向がはっきりみえる。このことは第三章「『青高新聞』の時代」でも述べた。文学部の報告文からは、俳句会主催校としての多忙な日々が知れる。学生服の下に全力疾走している もう一人の野心に燃えた文学青年の姿が透けてみえる。

「序にかえて」で触れたが、寺山は中学校卒業時には、自撰歌集『咲耶姫』（殉情歌集）を、高校二年の春には自撰句集『べにがに』を「表紙日付昭和二十七年一月、昭和二十七年三月二十七日印刷、昭和二十七年四月一日発行」とかなりの日数を費やしまとめている。

寺山修司が俳句に急接近にしたのは、友人京武久美の俳句が新聞に掲載された影響を受けた高校一年の夏休み以降である。高校二年の春発行の『べにがに』（四十句）は、各結社誌上、新聞紙上に掲載された自信の句を中心にまとめたものであろう。中学卒業時に発行した鮮やかなターコイズブルーの表紙の『咲耶姫』（殉情歌集）同様に、『べにがに』は燃える夕陽の色を想わせる表紙絵の凝った装丁が施されたものである。周知のように、寺山修司の高校三年間の創作活動の中心は俳句にあった。しかし、『べにがに』後、自撰俳句集らしき句集は出されていない。卒業年の生徒会誌「文学部の報告」にみるように行事が目白押しで、

三月には県高校生俳句大会が本校で行われた。
八月には横浜で全日本学生文学コンクールというのが行われて、本校からも参加。
十月には県学生文学祭を本校で主催。のべ数百の原稿が集まる。
十月には本校主催、全国俳句研究会の応援を得て全日本学生俳句コンクールを主催。
北海道から九州まで約千句にわたる投句と有名俳人の協力で無事終了した。

これらのどの大会にも寺山修司が企画運営の中心に居たわけであるから、さすがの寺山もゆっくり句集をまとめる時間はなかったであろう。

創作上でもその忙しさは同じであった。現代俳句革新を標榜して、新たな俳句を目指した勉強会も頻繁に行い、俳句をアルチザンの手から離して真の文学として確立することを模索し、青森県学生文壇の中心として自覚的な日々を過ごしていたことが、『生徒会誌』や「青高新聞」（「川柳の悲劇」）の評論から読み取れる。行事の企画実施、創作と多忙を極めていた寺山が、自選句集の発行に代わるものとして、青森高校『生徒会誌』の一九五二（昭和二十七）年度版、一九五三（昭和二十八）年度版を、各学年のまとめをする場として利用していた節がみえる。中学生の頃から寺山はどんなに忙しくても、どのような精神状態にあっても、自作品集の編集と発行を手放すことはなかった。企画、編集、カット、ガリ切り、印刷、製本とすべてを一人でやってのけていた。

当時、寺山修司たちは、高校一年の文化祭後誕生させた「やまびこ」（後「山彦」「青い森」と改名）句会を毎週土曜日ごとに開催、俳誌「青い森」を月例発行していた。創作した俳句の数は相当あったであろう。その中からの自信作をまとめて、『生徒会誌』に応募した。独立句集と異なり数こそ少ないが、読者数は格段に多く、権威ある雑誌であるというのが寺山の認識であったろう。なればこそ、寺山は卒業後もニュース記事を送り小説を寄稿してきたのである。『生徒会誌』の掲載作品は、自選句集に匹敵する重さを持つものであるという寺山の自覚のもとの寄稿であろう。そのような彼の認識に沿ってわれわれも読む必要があろう。『生徒会誌』にある俳句は異常なほど自作を活字にすることを欲していた寺山の独立句集に匹敵するものであった。

おのが名の活字となるがいとしくて今日も又書く歌好きの友　（中学三年『白鳥』より）

これから当時の俳句の完成度を検証してみる。

俳句の上に付した「五」は『われに五月を』、「わ金」は『わが金枝篇』「花」は『花粉航海』の略字とする。たとえば五・わ金・花と付されている句は、後に『われに五月を』、『わが金枝篇』、『花粉航海』に収載されていることを示す。不再録は句集に収載されないことを示す。

『寺山修司俳句全集増補改訂版〈全一巻〉』（あんず堂、一九九九年）では、「浪漫飛行」を自撰句集の扱いにし、昭和二十八年十二月発行と明記するが、「浪漫飛行」は青森高校の『生徒会誌』昭和二十八年度版（昭和二十九年三月）に発表されたものであるらしい。『べにがに』のような独立した句集としての体裁のものはないようだ。現在調査中である。

『生徒会誌』（二十七年度版）　高校二年のまとめの句と位置付ける。

「海唱抄」

不再録　望遠鏡かなし雪崩は日の果てへ　（本誌初出、昭28・3、以下発行日省略）

不再録　藁塚のぬくみに觸れて踊りにゆく　（「暖鳥」昭27・12）

五・花　山鳩啼く祈りわれより母ながき　（「山彦句会」昭27・11、「青い森」昭27・12、「七曜」昭28・3）

五・花　玫瑰に砂とぶ日なり耳鳴りす　（本誌初出「三ツ葉」昭28・1、「牧羊神」昭30・9）

不再録　冬の貨車海邊の町に煙とばす　（「山彦句会」昭27・11、「青い森」昭27・12、「青高新聞」昭28・3、「氷海」昭28・4、本誌以外は「町へ」）

不再録　雪おろす望郷の果て海青し　（「山彦」昭27・11）

「少年歌」

不再録　雁わたる壁へ荒野の詩をひらく　（本誌初出）

不再録　万緑へよごれし孤児が火を創る　（「断崖」昭28・2、「青い森」昭28・8）

五　燕の巣母の表札風に古り　（「山彦句会」昭27・12、「暖鳥」昭28・1、「青い森」昭28・3）

五・わ金・花　秋の曲梳く髪おのが胸よごす　（「山彦句会」昭27・12、「東奥日報」「暖鳥」昭28・1、「青森よみうり文芸」昭28・2、「七曜」昭28・3、「牧羊神」昭29・3、「俳句研究」昭29・9）

不再録　鷹舞へり父の遺業を捧ぐること　（「青い森」昭28・3）

不再録　花蕎麦や雲の日向は故郷めく　（「山彦句会」昭27・12、「青い森」昭28・3）

〝ひめゆりの塔〟観後

不再録　風つばめバベルの塔を君知るや　（本誌初出）

不再録　冬薄虹祈りの怒濤聴こゆ日ぞ　（本誌初出）

『生徒会誌』（二十八年度版） 高校三年のまとめの句と位置付ける。

「浪漫飛行（その二）」

―プロージット。空しくなった恋の為に。―金子黎子

一章

五・花　秋の噴泉かの口笛をな忘れそ　（本誌初出、五・花では「口笛」を「ソネット」とする）

不再録　風の葦わかれの刻をとゞめしごと　（「暖鳥」昭28・2、「青い森」「青高新聞」昭28・3）

不再録　赤まゝの咲く逢びきふたり家なき子　（本誌初出）

小学校のオルガンの思い出。

おまえは名を雅子と言つた。　おまえのうしろには、いつも黄昏の湖があつた。

不再録　母校の屋根かの巣燕も育ちおらむ　（「山彦俳句会」昭28・4、「青い森」昭28・6）

不再録　ひとり遠く山火尋め来し少年時　（本誌初出）

五・わ金・花　あひびきの小さき食欲・南京豆　（「青い森」昭28・8、「暖鳥」昭28・10、「牧羊神」昭29・7）

わ金・花　夏井戸や故郷《くに》の少女は海知らず　（「青い森」昭28・8、「牧羊神」昭29・7）

「幸福ってやはりルノアルのいうように幸福をさがし続けることなのかしら」

不再録　夏手袋いつも横顔さみしきひと　（「牧羊神」昭29・2、「七曜」昭29・4）

五・わ金・花　こゝで逢びき落葉の下を川流れ　（「天浪」昭29・2、「牧羊神」「七曜」昭29・4）

不再録　わかれても残るたのしさ花大根　（「暖鳥」「青い森」昭28・8）

不再録　われに復るや田舎線路の夏たんぽゝ　（本誌初出）

「浪漫飛行（其の二）」

二章

―古びたアルバムには、いつか消えてしまつた友達や恩師の顔がある。
その髭とさみしい花束のために　―プロ《マ》ジツ《マ》ト。ふたたび。

五・わ金・花　いまは床屋となりたる友の落葉の詩　（「万緑」昭28・12、「暖鳥」昭29・1、「牧羊神」昭29・2、「俳句研究」昭30・8）

五・わ金・花　口開けて虹見る煙突工の友よ　（「青森よみうり文芸」昭28・1、「学燈」昭29・1、「寂光例会」昭29・1、「寂光」「牧羊神」昭29・2、「俳句研究」昭29・9）

わ金・花　種蒔く人おのれはづみて日あたれる　（「暖鳥」昭29・1、「牧羊神」昭29・2、「七曜」昭29・4）

不再録　蟇《ひき》の子も故旧のうちや水輪大き　（本誌初出）

不再録　冬の猟銃忘却かけし遠こだま　（「暖鳥」昭29・1）

五・花　車輪繕う地のたんぽゝに頬つけて　（「学燈」昭29・1、「氷海」「俳句研究」昭29・9）

―先生。御迷惑かけました。口笛とそして詩と燃ゆる頬をもつて僕は出かけてゆきます。
さようなら。もう帰りません。

五・わ金・花　大揚羽教師ひとりのときは優し　（「暖鳥」「万緑」昭28・12、「蛍雪時代」昭29・1、「牧羊神」昭29・2）

不再録　山の教師は燕の歌も方言で　（本誌初出）

五・わ金・花　崖上のオルガン仰ぎ種蒔く人　（「山彦俳句会」昭28・11、「暖鳥」昭29・1、「牧羊神」「学燈」昭29・2、「氷海」昭29・3）

わ金・花　詩死して舞台は閉じぬ冬の鼻　（「寂光例会」「寂光」「暖鳥例会」「暖鳥」「東奥日報」昭29・1、「牧羊神」昭29・2、「氷海」昭29・3）

三章

小鳥の為の赤いノートから

わ金・花　卒業歌遠嶺のみ見ることは止めん(む)　（「牧羊神」昭29・4）

五・わ金・花　母は息もて竈火創るチエホフ忌　（「七曜」昭28・12、「牧羊神」昭29・2、

五・わ金・花　鶩鳥の列は川沿ひがちに冬の旅

「学燈」昭29・4、「俳句研究」昭29・9）（「わ金」では「チエホフ祭」）（「山彦俳句会」昭28・5、「万緑」昭28・8、「七曜」昭28・10、「暖鳥」昭29・1、「牧羊神」昭29・2、「俳句研究」昭29・9）（二八・十二・篇）

以上、青森高校『生徒会誌』に掲載された各学年の総まとめ的句歴の追跡を試みた。これを高校二年進級時に発行した自撰句集『べにがに』と比較すると、高校二年、三年と学年が進むにつれ進歩していることが、俳句の上に付した五・わ金・花の文字の増え具合から確認できる。三年の頃には、寺山俳句は頂点に達していた。山彦俳句会の仲間たちは、青森県の俳句キングとして君臨し、新しい俳句、抵抗性のある俳句を作ろうと、理論武装もしっかりできていた。寺山修司「林檎のために開いた窓―現代紀行ノート―」、京武久美「抵抗性について―山彦作家中心に―」、近藤昭一「新しい俳句とは」があった。記念すべき十代による俳句革新運動を展開する「牧羊神」発行の機は熟していた。

以下には高校一年時の俳句をまとめた『べにがに』四十句を引用する。『生徒会誌』にみる句と比較すると寺山俳句の進歩の跡が顕著だ。おそらく寺山俳句は一九五三（昭和二十八）年、一九五四（昭和二十九）年の頃が頂点であったのかもしれない。雪深い青森の長い冬の夜、一人黙々と編集作業と創作に邁進した。文学に秘めた野心と内奥にある孤独感がそうさせたのであろう。『べにがに』の燃えあがる火が空の夕焼けと一体になるさまを想像させるオレンジ色の表紙は印象的である。もちろん、製本、印刷、表紙絵、すべて寺山修司一人の手によるものである。『べにがに』の表紙に「昭和二十七年一月」の日付。奥付に「昭和二十七年三月印刷四月発行」とある。編集作業に時間を費やしていたのであろう。

作品をみよう。俳句の下の（　）は寺山修司が入れたものである。暖は「暖鳥」、東は青森県の日刊紙「東奥日報新聞」、読は「青森よみうり文芸」、寂は「寂光」、辛は「辛夷花」、七は「七曜」を意味する。校は学校関係の雑誌、新聞を示している。「青高新聞」（第18号）に記載されている「文化祭記念校内俳句大会」で地位（二位）に入った俳句であろう。

五　　　蜩の道の半に母と逢ふ（暖、東、万）【後、蜩を「ひぐらし」とする】
わ金・花　麦熟る、帽子のみ見え走る子よ（万）
　　　　金魚腹を見せ飛行雲遠し（万）
わ金　　コスモスやベル押せど人現れず（暖、校、東）
わ金・花　蟻走る患者の影を出てもなお（東、暖）
　　　　晝の虫百姓の女土間に眠る（寂）
　　　　焚き落葉へ少女の手紙青くけむる（読、七）
　　　　枯野来て少女の母と逢いにけり（読）
　　　　そこより闇　冬ばえゆきてふと止る（読）
　　　　いま逝く蝶声あらば誰が名を呼ばむ（読）
　　　　寒雀とぶとき胸毛かくさずに（辛）

初荷船帽振れば帽をふりかえす（辛、読）
餅を焼く百姓の子は嘘もたず（暖）
狂院の窓ごとにある寒灯（暖）
病者らの視野冬雲のせり上る（暖）
紅蟹がかくれ岩間に足あまる（七、暖）
背をぐんとはる鉄棒や鰯雲（山、東、読）
冬の葬列吸殻なほも燃えんとす（暖）【吸殻→吹殻もある】
ちゝはゝの墓寄りそひぬ合歓のなか（読）
わ金・花
影を出ておどろきやすき蟻となる
わ金・花
枯野ゆく棺のひとふと目覚めずや（暖）【後に「ひと」を「友」「われ」と改めてゆく】
片影を出てよりわれの影生る
言ひそびれつゝいくたびも炉火をつむ
父の馬鹿　泣きながら手袋かじる（読）
虹うすれやがて記憶に失せしひと（寂）
冬鏡おそろし恋をはじめし顔（暖）
記憶古りて凍蝶の翅欠きやすし（東）
わ金・花
冬墓の上にて凧がうらがへし（寂）【断崖27・6】
冬浪がつくりし岩の貌をふむ（暖、東）
わが声もまじりて卒業歌は高し（東、辛、七）

一木がありて野分をまともにす【断崖27・6「一本の木あり」に改める】
土筆芽へずしりと旅行鞄置く
おもいきり泣かむこ、より前は海
鉄柵のなかにて墓標相触れず（暖）
冬の雁―byeの一語果てしとき
母の咳のとゞくところに居て臥す
もしジャズが止めば凩ばかりの夜（寂）
一杭をのこし囲を解きおわる
西日はじきかえして汽鑵車が退る
老木を打ちしひゞきを杖に受く（七、寂）　（以上四十句）

寺山の代表句が、いくつかあるが、彼の境遇を知る読者としては、次の句が印象に残る。

いま逝く蝶声あらば誰が名を呼ばむ（読）

父は逝く時、自分の名を呼んでくれただろうかと、父の最期を想像する作者を思わずにはいられない。異国で逝かなければならなかった父の最期。父は、誰の名を呼んだのだろうか、なぜ故郷へ帰れなかったのか、寺山には永遠の問いであり続けた。「疫病流行記」に登場するセレベス島の羅針盤売りの羅針盤に北がない、北を指す針がないと何度も出てくる。北のない羅針盤を僕の父は買ってしまったのだろうか。それが彼の疑問への答えなのかもしれない。

4　多ジャンルでの活躍の芽生え

「青高新聞」と性格を異にする『生徒会誌』は、発表できる作品の量が多い。そして学年末に発行されるために、その学年のまとめ的作品の発表の場となる。第1節の引用でみたように「青高新聞」によれば、十二月に原稿募集がされ、翌年の一月末が最終締め切りとある。即時性が身上の新聞と異なる取り組みをしなければならない。

先に述べたようにその特徴を寺山は利用し、各学年の自作作品をまとめて発表する場とした。高校時代、小説、詩、短歌、俳句、評論と各ジャンルにわたって作品を精力的に発表し続けている。それは後の多ジャンルにわたる芸術活動を彷彿とさせる。「青高新聞」でみてきたように、同じ言葉が多様なジャンルの作品に拡散していく様子を生徒会誌にも具体的に追ってみたい。

一九五二（昭和二十七）年度版の『生徒会誌』に、「ひめゆりの塔」観後と題した俳句がある。

　風つばめバベルの塔を君知るや
　冬濤虹祈りの怒濤聴こゆ日ぞ

「ひめゆりの塔」観後とは、映画をみての感動を俳句にしたものである。「ひめゆりの塔」（今井正監督）が上映されたのは一九五三（昭和二十八）年の新春。戦争の傷がまだ生々しく残り、人々の生活に暗い影を落としていた。この映画を観た寺山と同年代の義姉は涙がぽろぽろ出て辛かったと話している。「ひめゆりの塔」を寺山は「バベルの塔」と表現した。穢れない希望に満ちた優秀な若き乙女たちが、戦争という理不尽な事件で命を落とす。寺山は、その救いのない感情を作品にする。「ひめゆりの塔」を建て鎮魂してもらったところで、所詮はバベルの塔だと、しかも「君知るや」乙女たちは、なにも知らないと、俳句に仕立てた。

声高に戦争の傷を直接表現しない寺山だが、乙女たちの「祈りの怒濤」の声は、彼自身の声でもあったろう。「冬薄虹」の俳句は意味がわかりづらいが、この俳句のテーマは、「すみれうた―ひめゆりの塔へ―」という詩になり、『生徒会誌』に発表されている。その詩を読むと「祈りの怒濤聴こゆ日ぞ」は、乙女たちの最期の祈りであることがわかる。

「すみれのうた―ひめゆりの塔へ―」

すみれの花が咲く頃には
また、かなしい海が
耳をいじめましよう。
だが―
バベルになつてしまつた塔には
もう火の匂ひはありますまい。
僕の中のさみしい空氣層。
いつも爆音があけてつた穴を

繕つていたつけ——。
少女よ。
あなたの祈りは
母のことだつたでしようか。
いのちのことだつたでしようか。
僕はまた
あなたのひとみに　雲を映して
ふるさとの葡萄を
食べたかつた。

核にある詩想をいろいろなジャンルの作品にする場をみたが、この詩想は、今では寺山修司の代表歌となっている「マッチ擦るつかのま海に霧ふかし身捨つるほどの祖国はありや」（「祖国喪失」『われに五月を』後に『空には本』収拾）に引き継がれている心情でもあろう。直前にみた「いま逝く蝶声あらば誰が名を呼ばむ」は父の最期だけではなく、「ひめゆりの乙女」の最期に思いを馳せた句ともなり、命ある者の最期を見据えた普遍的な重い句として屹立してくる。

さらにもう一例引きたい。やはり一九五二（昭和二十七）年度版の『生徒会誌』であるが寺山は、小説「麥（麦）の戯畫（画）」を発表している。思春期をむかえた少年の秋の日の思い出を描いたものとして創作されている。遠い日の麦わら帽子の思い出に重なる、少女との背伸びした淡い恋のエピソード。教会での遭遇、鼻緒の切れた少女と馬車に同乗、コーヒーの初体験、「海の見える町へ二人で逃げたい」という手紙を書くが待ち合わせ場所の駅で立っている少女を見て逃げ帰ったことを少年が思い出す小説である。詳細については引用した全文を参照されたい。

その最後は「(少女の)麦わら帽子の匂いに魅せられ、その中で、いつまでも風を聞いていたいと思つた」とある。寺山に創作のイメージを喚起させる素材「麦わら帽子」「少女」「海」が散りばめられている。後にこの素材は次のような俳句や短歌に成されている。

夏井戸や故郷の少女は海知らず

海を知らぬ少女の前に麦わら帽のわれは両手をひろげていたり

小説「墜ちた天使」(『生徒会誌』寄稿後、『われに五月を』収載)の引用を省略したが、小説に登場する「黒ン坊」「鸚鵡」なども寺山修司が同時期の俳句に仕立てた奇抜な素材であった。

海館風景「暖鳥」(昭和二十七年五月号)

海のホテル鸚鵡と黒ン坊は仲が良い
だれもみていないオウムと風の接吻
海凪ぎて黒ン坊赤いネクタイもつ
黒ン坊はひるねオウムはいつも「こんにちは」
黒ン坊にあらぬこと言うオウム舌赤し
黒ン坊の口笛海には幸がある

と、こなれの悪い俳句が十一句中に六句も並ぶ。寺山がこれらの言葉の虜になっていたことを思わせる俳句である。

ここで、もう一度引用した小説「麥の戯畫」に戻ってみたい。そこには、「天使のギタル」「薔薇色の頬」「ルーベンス」「コックはまるで黒ン坊のような顔」「風の匂いがあの麦わら帽子の匂い」と拘りの言葉が散りばめられている。モダンで聞き慣れない、これらの言葉はどこからきているのだろうか。どうも堀辰雄の「ルウベンスの偽画」からの引用のようだ。夏の終わりの軽井沢を舞台に彼と彼女の淡い恋を描いた短編である。「ルウベンスの偽画」とは、彼が彼女を想像するイメージを言う。この堀の小説に「頭の悪い天使がときどき調子はづれのギタルを弾きだす」とまず「天使のギタル」が出てくる。寺山小説では「まるで悪い天使のギタルにおどらせられた蛇のように」とある。「鸚鵡のそばの方がいいわ」は、寺山の小説では、コーヒー店での彼女の台詞として使用される。堀の小説で、吸取紙に書きつけた主人公である彼の詩は、

ホテルは鸚鵡
鸚鵡の耳からジュリエットが顔をだす
しかしロミオは居りません
ロミオはテニスをしてゐるのでせう
鸚鵡が口をあけたら
黒ン坊がまる見えになつた

とある。その他堀の小説には「籐椅子に腰かけた彼女」の写真、「薔薇の皮膚」等もある。もうこれ以上の引用は必要ないであろう。両作品は題名も共通である。寺山は堀の小説の模倣、真似をした。堀の小説の言葉に感応、イメージを喚起され、小説、俳句、詩「アンブレラ・リズム」「OPERA」「航海日誌」を創作し、一九五三（昭和二十八）年度版『生徒会誌』で発表した。一九五三年「暖鳥」七月号の「山のあなた」には、

高原へつきました。胸がいたくなるほど柵によつて馬車を見送つてくださつたあなたが、急になつかしくなりました。白樺の匂ひがまるで鋭い朝の、そんな私の窓からは海を見たいと思つても見ることができません……。

で始まり、「堀辰雄さんが亡くなりましたね」とある。「四季が手にはいりました」の文言もみえ、かなり堀辰雄に傾倒していたらしい(2)。現代俳句もプルーストやラディゲのような詩情と文学性が欲しいものですと、堀文学を匂わせながら俳句論をやわらかに展開してもいる。

このように寺山はいつでも言葉に突き動かされていた。言葉を素材に、俳句、短歌、詩、小説の世界に入っていった。あらゆるジャンルへの出没を可能にさせた原因はこのあたりにありそうである。第三章4「寺山修司の模倣問題―作品素材の共通性と不変性―」で述べたように俳句と短歌の境界が曖昧にみえていたのも同じ理由であろう。言葉から受ける詩想に突き動かされる寺山の姿がある。心に湧き上がる詩想を相手に伝える言葉（具体的なイメージを喚起する言葉）探しと、探しあてた言葉を

どのように配置するべきかを考え続けているために、ジャンルを越境することにつながった。

高校二年生の寺山は俳句と異なる堀辰雄のような小説家の世界に入ろうとしていたのであろう。が彼が堀の言葉に感応し小説を密かに模索している時、ライバルの京武久美氏や近藤昭一氏は俳句論を寄稿した。すこぶる負けず嫌いな彼は、次年の『生徒会誌』には研究評論「林檎のために開いた窓―現代紀行ノート―」を寄せて、名誉を挽回しただけでなく、小説に没頭せずに俳句の世界に戻っていく。

もし、寺山が他の文学者のように小説に取り組み俳句に戻らなければ、どうなっていたのだろうか。興味深い。このあたりが寺山芸術の分岐点になっていたと考えられる。

注

（1）『寺山修司俳句全集増補改定版〈全一巻〉』（あんず堂、一九九九年）では、「昭和二十九年二月五日」と創作の日付が記されているのみである。『寺山修司の俳句入門』（光文社文庫、二〇〇六年）には「初出不詳昭和二十九年二月五日」とある。おそらく、青森県立青森高等学校「生徒会誌」（昭和二十八年度版、昭和二十九年三月十二日発行）が初出であろう。「生徒会誌」昭和二十七年度版に、ライバルである京武久美氏が「抵抗性について」、近藤昭一氏が「新しい俳句とは」と、それぞれりっぱな俳論を発表している。寺山としては、俳論を書かないわけにはいかなかっただろう。

（2）青森大学第二〇回寺山修司忌（平成二十五年五月二十二日・水）で行われた「特別記念トーク」の席で、筆者が「寺山修司は小説家になろうとする野望があって堀辰雄に心酔していたようですが、如何ですか」とゲストの京武久美さんにお訊ねすると「その通り」、「堀はいい、読むように、いつも奨められていました」と即答された。

小菅麻起子「『空には本』における同時代文芸という方法」『初期寺山修司研究』（翰林書房、二〇一三年）に寺山の初期短歌が堀辰雄の小説「燃ゆる頬」の影響を受けているとの指摘もある。

第五章　「三ツ葉」との交流

1　「三ツ葉」について

寺山修司と「青高新聞」や「生徒会誌」との関係をみてきたが、本章では、あまり知られていない「三ツ葉」（青森県立黒石高校俳句会）との交流を探ってみたい。

高校時代の寺山修司は県内外の高校生俳句仲間と句会などを通して俳句創作はもとより、句論や文芸論などを競いあって親しく交流している。中でも青森県立黒石高校の俳句会「三ツ葉」の編集者中西久男氏（故人）とは、「青森よみうり文芸」の投句仲間として、県内の高校生俳句大会などを互いに協力して開く句友として、親密な間柄であった。中西氏は寺山修司より一年上、昭和二十八年四月には社会人となっているが、俳句に関しては寺山修司が先輩格で同人雑誌の発行などについても助言、指導を行っている。このような関係から寺山修司は、京武久美氏と一緒に「三ツ葉」に熱心に俳句を投稿していた。

しかし「三ツ葉」の活動は、青森県内の一部の人を除いては、ほとんど知られていない。「三ツ葉」には、『寺山修司俳句全集全一巻』（新書館）から大幅な増補をおこなった『寺山修司俳句全集増補改定版〈全一巻〉』（あんず堂）に収録されていない寺山の俳句が二十数句みられる。それらの未収録俳句を中心にして、「三ッ葉」と寺山修司の交流を紹介したい。

青森高校の「山彦」俳句会・俳句雑誌「青い森」や弘前高校俳句同人誌「かたくり」に触発されて、わが黒石高校でも、俳句雑誌を発行しようと「三ッ葉」が出されたようだが「三ッ葉」の発行状況の全容は不明である。今手元にある一九五二（昭和二十七）年七月発行の「三ッ葉」（コピー）の奥付をみると、昭和二十七年六月創刊、発行人中西久男・編集三上清春、発行所青森県立黒石高校「三ッ葉俳句会」となっている。中西氏が高校三年、寺山が高校二年の時の創刊である。黒石高校の図書館などに問い合わせてみたが、資料は残されていないようだ。

今回、私の少ない手持ちの資料と、山形龍生「寺山修司と「三ッ葉」」『作品集山の温泉』（平成十四年、二九八～二九九頁）を参考資料に、発行状況を復元してみた。なお山形氏は、「三ッ葉」復刊号（昭和三十二年六月）の編集発行人である三上龍司氏（故人）所蔵の「三ッ葉」（六冊）を基に「寺山修司と「三ッ葉」」の項をなされたとお聞きする。

昭和二十七年【筆者注：◎は寺山俳句が載る号である】
六月号（創刊号・不明）◎七月号・八月号・九月号（不明）◎十月号・十一月号・十二月号（不明）

昭和二十八年
◎一月号（二月号～七月号まで休刊）◎八月号、◎九月号・十月号（不明）、◎十一月号・十二月号（不明）

昭和二十九年
◎新年号、二月号～六月号（不明）、◎七月号（三周年号）

昭和三十二年六月から、編集発行人三上龍司氏（故人）により復刊。昭和三十四年三月まで発行。

2 「三ツ葉」の中の寺山修司の俳句

寺山修司が「三ツ葉」に投句した時期は、寺山が最も俳句に熱中した寺山俳句の完成期であり、毎週土曜日の「山彦俳句会」をはじめ、「青い森」「暖鳥」「寂光」「東奥日報」「青森よみうり文芸」「青森毎日俳壇」「七曜」「万緑」「氷海」「断崖」「天狼」等へ休むことなく作品を投稿し、スポーツを競うような感覚で採択結果に一喜一憂していた頃である。

以下、俳句を通して「三ツ葉」との関係を具体的にみるために「三ツ葉」寺山作品リストを作成した。俳句の下にある（初出句・全集未収録）は、『寺山修司俳句全集増補改定版〈全一巻〉』（あんず堂）の第二部〈句集未収録篇〉にも収録されていない俳句であり、「三ツ葉」以外の俳句誌や句集に見られないことを示す。また、俳句の下（ ）内には、「三ツ葉」以外の掲載句歴を示す。なお、「三ツ葉」掲載作句の類似句や校正、添作句と思われる句がある場合は「 」を付して並列した。特に類似句や校正、添作句の部分は、俳句作家としてご活躍される山形龍生氏の学恩を受けた。俳句の下に付した五・わ金・花の文字は、「五」は『われに五月を』「わ金」は『わが金枝篇』「花」は『花粉航海』の略字とする。

昭和二十七（一九五二）年　高校二年生

七月号

風を聴くすでに春虹消えし崖（「暖鳥」昭27・5、「七曜」昭27・8では「風荒し」と改作）

月見草耕牛つので風を押す（初出句・全集未収録）
野火ちかしポケットの冷え指先に（初出句・全集未収録）

十月号

葦折ってゆきぬ丘にて吹くならむ（「山彦俳句会」昭28・5、「青い森」昭28・6）
されど流転流燈おのれ燃やすとも（「麦唱」昭27・10）
師の葬に逢えるどの子も祭りの子（「麦唱」昭27・10、「七曜」昭27・10）
木の実ふる谺にわが名呼ばすとき
「木の実ふるわが名谺に呼ばすとき」（「麦唱」昭27・10）
胡桃割る閉じても青き地図の海
「胡桃割る閉じても地図の海青し」（「麦唱」「牧羊神」昭30・9、『われに五月を』昭32・1）
崖たかし海霧にわが声たしかむる（「麦唱」昭27・10）
母へ帰る枯野の昏れをふりむかず（初出句・全集未収録）
流灯ながすおのが足もと灯にふれて（初出句・全集未収録）

昭和二十八（一九五三）年　高校三年生

一月号

雪嶺や豚のはやあし村を出る（「山彦俳句会」昭27・11、「青い森」昭27・12、「辛夷花句会」昭27・12、「辛夷花」昭28・1、「氷海」昭28・4）

玫瑰に砂とぶ日なり耳鳴りす（「生徒会誌」昭28・3、「牧羊神」昭30・9、「五・わ金・花」所収）
サーカスの跡や冬帽とばんとす
「サアカスのあとの草枯帽ころがる」（「氷海」昭28・4、「辛夷花」昭28・1・2、「青年俳句」昭31・12）
流すべき流燈おのが胸照らす（「青い森」昭27・12、「青森よみうり文芸」昭28・1、「七曜」昭28・3、「胸灯す」「俳句研究」昭29・9、「胸よごす」）
「流すべき流灯われの胸照らす」（わ金・花）
おもいきり唄わん冬の崖なし前（初出句・全集未収録）
訣れの理説きつゝ母が凍する（初出句・全集未収録）
【その他、昭和二十七年十一月二日、黒石高校で、三ツ葉会主催の〈県下高校俳句大会〉が開催されている。その結果もこの一月号に掲載されている。その中から寺山修司の句をあげる】
天位　雁わたる少年工のまずしきペン
「わたる雁少年工のまずしきペン」（「山彦俳句会」昭27・11）
人位　夜の木枯祈りしあとも灯を残す（「山彦俳句会」昭27・11）
天位　父すてる亡きふるさとの大根抜く
「父すでに亡きふるさとに大根抜く」（「山彦俳句会」昭27・11）
人位　大根を干して貧しく隣り合ふ

「大根を干して貧しくとなりあふ」（「山彦俳句会」昭27・1）

天位　新米を掌にあふれしめ農夫の髪

「新米を掌にあふれしめ農夫の髭」（「山彦俳句会」昭27・11）

八月号

土の蛙愚直ひたすら少年詩

「土の蛙愚直ひたすら少年時」（「山彦俳句会」昭28・7、「青い森」昭28・8）

教師恋し階段の窓雁かえる（「青い森」昭28・8）

「教師と見る階段の窓雁かえる」（「氷海」昭28・11）（「暖鳥」昭29・1、「俳句研究」昭29・9、「雁わたる」『われに五月を』昭32・1）

ふるさとの夜明けの草履露めくよ（「暖鳥」昭28・9）

母の汽車出て残雪の柵平ら（初出句・全集未収録）

メーデーや納屋まで牛の糧こぼす（初出句・全集未収録）

少女に二句

ついに告白なくて訣るゝ朴咲く頃（初出句・全集未収録）

おもかげは夜の向日葵ほどさだか（初出句・全集未収録）

【この号には寺山修司と中西久男の往復書簡がある。寺山が新しい俳句を目指していたことがよくわかる手紙である。次節3「現代の俳句はもはや老人の玩具ではない」で寺山の書簡の全文を引用する】

九月号

岩燕かすめし岩をわが裸足（「青い森」昭28・8、「氷海」昭28・11）

夏井戸や故郷の少女は海知らず（「青い森」昭28・8、「生徒会誌28年度版「浪漫飛行」」昭29・3、「牧羊神」昭29・7）（わ金・花）

夜なきそば明日を期す友貧しからむ

「夜なきソバ明日を期す友貧しからむ」（「暖鳥」昭28・11）

霧と林檎ロシヤ訛りの一漁夫（初出句・全集未収録）

麦一粒主義まげし肩去りゆくよ（初出句・全集未収録）

葦と口笛あをむけに学校遠し（初出句・全集未収録）

校窓より紙屑捨つる帰燕の日（初出句・全集未収録）

十一月号

車輪繕ふ地のたんぽゝに頬つけて（「生徒会誌28年度版「浪漫飛行」」昭29・3、「学燈」昭29・1、「氷海」昭29・2、「俳句研究」昭29・9、（五・花）

大揚羽教師ひとりのときは優し（「暖鳥」「万緑」昭28・12、「生徒会誌28年度版「浪漫飛行」」昭29・3、「蛍雪時代」昭29・1、「牧羊神」昭29・2）（五・わ金・花）

いまは床屋になりたる友の落葉の詩（「万緑」昭28・12、「生徒会誌28年度版「浪漫飛行」」昭林の秋母のけむりを幸と云わむ　29・3、「暖鳥」昭29・1、「牧羊神」昭29・2、「俳句研究」昭30・8）（五・わ金・花）
「林の秋母のけむりを幸といはむ」（「暖鳥」昭28・11）
肥桶ならぶ果てに雲わき多喜二の忌（初出句・全集未収録）
大夕焼逢うは家路の故郷人ら（初出句・全集未収録）
父と自炊の窓あけ放ち夕ちゝろ（初出句・全集未収録）

昭和二十九（一九五四）年　高校三年、大学一年

新年号

ここで逢びき落葉の下に川流れ（「天狼」昭29・2、「牧羊神」昭29・2、「七曜」昭29・4、「五・わ金・花」）
夏手袋いつも横顔さみしきひと（「生徒会誌28年度版「浪漫飛行」」昭29・3、「牧羊神」昭29・2、「七曜」昭29・4）
大望いまも線路横切る土蛙
「大望いまも線路よぎる土蛙」（「暖鳥」昭29・1）
愛あれども食ねばならじ蟹工船（初出句・全集未収録）
望郷のさむさを頬に山下りぬ（初出句・全集未収録）

七月号

青む林檎水兵帽に髪あまる（「牧羊神」昭29・2、「暖鳥」「氷海」昭29・6、「俳句研究」昭29・9（「五・わ金・花」）

崖上のオルガン仰ぎ種まく人（「山彦俳句会」昭28・8、「生徒会誌28年度版「浪漫飛行」」「暖鳥」昭29・1、「牧羊神」昭29・2、「学燈」昭29・1、「氷海」昭29・3（「五・わ金・花」）

種まく人おのれはづみて日あたれる（「生徒会誌28年度版「浪漫飛行」」昭29・3）

口開けて劇を見る母一茶の忌

「口開けて喜劇見る母秋の蝶」（「暖鳥」昭29・2）

懸巣憩う高さに窓あり誕生日（初出句・全集未収録）

尻あげて校廊拭きゆく復活祭（初出句・全集未収録）（耕群）

冬灯に足袋を繕う喜劇演じきて（初出句・全集未収録）

所在不明の「三ツ葉」がこれから出てくることを期待しつつ、あくまで資料が入手できた範囲で復元してみた。二十二句のあんず堂版全集への未収録句が認められた。また、寺山修司が言葉の表記に細かく神経を使い、片仮名表記から漢字表記へ、さらに漢字を平仮名表記にする様子や、単語の位置交換によりイメージを鮮明にしようと努力している跡が、類似句や校正、添作句と思われる句をながめる中からみえてきた。創作の場で作品の醸し出すイメージを注意深く、厳しい態度で探っていたということであろう。もちろんこのような推敲の重ねは寺山に限ったことではないが、彼の編集作業のあり様は、特別な感じがする。そして、この夥しい推敲、編集作業が彼の作品を育ててゆく力になっていたのであろう。

3　「現代の俳句はもはや老人の玩具ではない」

「三ツ葉」一九五三（昭和二十八）年八月号は、半年間の休刊を経て復刊された記念すべき号である。自分たちでガリを切り手刷りの印刷であった「三ツ葉」から、製版所印刷となってリニューアル復刊された。発行者中西久男氏の意気込みが感じられる。寺山修司も休刊の詳しい事情を親しい中西氏から聞いていたのであろう。「三ツ葉」の新たなる出発を期待し、復刊を勧める書簡を送っている。寺山の理想とする俳句観がよくわかる貴重な書簡（俳句論）である。ここに全文引用したい。

往復書簡　みつばいろいろ　寺山修司

「みつば」大分長いこと出ませんね。一つの空白期をぬけてのあたらしい詩情はそれだけに楽しみです。そこで一つ。編輯子である貴男に、こんな事を考えていたゞく事にしました。それは、その編輯があまりにもありきたりの、田舎じみたものからぬけだす事への一つの挑戦と、そして俳誌ではない俳誌への試みです。「万緑」を見る時と「ホトトギス」を見る時に感ずる時代差とその感覚は、前者がシヤープな、より文学的なセンスで纏められているとするならば後者は前世紀的で趣味的です。（全く編輯だけで考えたとしても）私達は久保田万太郎の「俳句は文学でなくてもい、さ」などというつぶやきをより太いクレパスで塗りつぶしてしまわねばなりません。キエルケゴールに「もし私が黙つていたとしたならば、石だつて黙つてはいまい」という意味のアフオリズムがあります。これを言葉を更えていうならばもし俳句作家をしてその情熱の短詩型への完成への努力をなさなければ外国文学の翻訳と、何でも横文字にしたがるいわゆる海外文学者という人たちをして、いたづらにつばを吐きかけられるのみだ、という事になりましよう。草田男氏に代表される現代の俳句はもはや老人の玩具ではないことを貴男は御存知でしようね。そうしたらそんな小さな趣味団体に採報されても、誰もついて行かなかつたとしても、あなたはその仕事を休む事は許されない筈です。あなたの実作と編輯の下に又一つ文学史に残る快事がなされるかも知れませんからね。御健吟を祈つて「みつば」復刊の早期なる事を渇望します。【「みつば」の表記は寺山に従った】

中西久男君

この寺山の書簡に対する中西氏の返事が、半年ぶりの製版所印刷版の「三ツ葉」復刊であろう。直接には「県俳壇の寵児!どうだい近況は!「三ツ葉」八ケ月ぶりに編輯致しました」という書き出しで返信をしている。が、寺山がいうところの新しい現代俳句についてはふれず、「青い森」は県の俳句王道を行く集団の中でもリーダーのスタジオであり、ダークホースの「三ツ葉」とは力の差があり羨ましいが、自分は努力で進んで行きたいと、決意を述べた返信をして済ませている。

中西久男氏に宛てた書簡にみる寺山の考えが具体的になるのは、半年後の一九五四(昭和二十九)年二月に「青い森」の仲間たちを中心に創刊される十代の俳句研究誌「牧羊神」の発行ではなかったろうか。寺山修司は、すでにこの頃、十代俳句作家による文学史に残る俳句改革を目指していたのである。老人の玩具、趣味的俳句の採報に満足できない所まですでに彼はきていた。この書簡はそのことを示す貴重なものである。寺山はアルチザンではない文学としての俳句の確立を若い仲間たちと目指そうとしていたのである。

「三ツ葉」に投句された数がどれ程であったか、その全容が不明なのは残念であるが、先頭を行く者の孤独感をちょっぴり垣間見せながら、若い仲間たちと切磋琢磨し、活き活きと前進している寺山の姿がそこにはあった。

Ⅱ部　作品投稿の日々

「寂光」　木村横斜を選者として一九二四（大正十三）年十月に興した俳句結社「松濤社」の俳誌である。高松玉麗により一九三〇（昭和五）年四月に創刊される。「松濤社」は『青森県句集』も同年十月から出版し続け、県俳壇発展のために尽力をした。「寂光」の高松玉麗は中央俳壇との交流を持たず郷土俳句を提唱、方言を多用した。寺山修司は「寂光」の郷土俳句について「安易に青森に住んでいればよいわけではなかろう。知性による再発見が必要であろう」と「詩のないアルバム」の中でその方向性を批判。

「暖鳥」　一九四六（昭和二十一）年二月、吹田孤蓬により青森俳句会の機関誌として創刊される。青森俳句会は青森市にあったいくつかの小句会が解散して、一九四〇（昭和十五）年三月に立ち上げ結成された超結社の同人句会である。「和して同じない自由な気風」が愛されていた。高校生の寺山修司や京武久美が参加した頃、青森高校の教員宮川翠雨、成田千空、新岡青草等が会員であった。若い寺山修司たちは、新しい俳句の手法を試みて活動している「暖鳥」を信頼し、「暖鳥」もまた高校生の俳句活動を支援し、その才能を高く評価するという良好な関係にあった。

成田千空　一九二一（大正十）年～二〇〇七（平成十九）年
　戦後「暖鳥」の創刊（一九四六（昭和二十一）年）に加わり青森県俳壇の中心的存在となるが、同年、中村草田男が主宰誌「萬緑」を創刊するやいち早く参加。昭和二十八年に第一回萬緑賞を受賞し中央俳壇でも注目を集める。一九八三（昭和五十八）年に師の草田男が逝去、「萬緑」同人等より再三上京を勧められるが固辞。在郷のまま農業と句作の日々をおくる。故郷津軽（五所川原市）の風土に根ざした作品を、この大地より生み続けることを表明する。二〇〇一（平成十三）年から「萬緑」代表となる。
　寺山修司は「千空さん」と慕い、尊敬していた。当時の「暖鳥」会員の中では年も若く、寺山たちの良き理解者であった。

第六章　「東奥日報」女性名のペンネームによる投稿

はじめに

かくれんぼの鬼とかれざるまま老いて誰をさがしにくる村祭　「捨子海峡」『田園に死す』

この歌は、寺山修司がわが歌の総まとめとして世に送り出した、第三歌集『田園に死す』にある彼の代表歌の一つである。子供時代の遊びである「かくれんぼの鬼」をとかれることなく老いてしまった者が、隠れている仲間を村祭に探しにくる。よもや隠れている遊び仲間など居ようはずがない。たった一人「鬼」であり続ける取り残されたわが身の異様な孤独と、当時の仲間（自分）を探し出さなければという焦りが漂い出ている歌である。「村祭」という場面設定は、大人になった嘗ての仲間たちにも昔を思い出させる時空であり、昔「鬼」であった頃の心を想起させる。そして一瞬ではあるが、鬼であり続けた者を想い、自分の過去を想い立ち止まらせるという効果を持つ。探すと言えば、寺山修司は、確かに昔から仲間を探し求めていた。

名も知らぬ春の小鳥に唄われて心顫ひし病む少女かも　「たわむれ」

夢多き歌を作りて時雨る夜を一人すごせる病む少女かも「夕べの唄」『咲耶姫』【傍線筆者】

右の歌が載る『咲耶姫』は、青森高校入学時に、彼が中学時代の短歌をまとめた自筆ペン書きの凝った装丁が目を引く歌集である。「咲耶姫修司近詠」の奥付を持ち、寺山修司と立派なサインがあり、歌数は四十五首である。京武久美氏が寺山からもらって所蔵している。「文芸あおもり」（一九九四年七月141号）に「たわむれ」の部分を削除して公開された。寺山修司研究者やファンの間ではかなり有名な歌集である。が、記念展示会等では、鮮やかなターコイズブルーの表紙を持つ歌集が展示されるものの、収載されている短歌は一般に読まれる機会はほとんどない。寺山修司自身は、かなり自信があったらしいが、後年みられるような彼独特の瑞々しい感性はみられない。そのため習作短歌として読み飛ばされているが、当時の彼の飾りのない心の深層がみえる大切な歌集であると私は考える。

たとえば引用した二首の「病む少女」は寺山修司自身であろう。病的な自分の心を自覚しながらも、創作の道に突き進んでいる姿がそのまま歌になっている。しかし、注意深く読むと、無防備に寂しく不安な彼の心のあり様を詠った次のような歌も、この歌集を編む半年前の『白鳥』にはかなりあった。

（I部第二章「新資料文芸誌『白鳥』を読む」参照）

ねむられぬまゝに窓辺にもたれつゝかの肺病のハーモニカ聞く（「郷憶哀」『白鳥』）
肺病の子にもらいたる青に透く玉に映りしふるさとの家（「郷憶歌」『白鳥』）
春雨の部屋にこもりてさみしくもあわれわが歌恋こうる歌（「かの瞳」『咲耶姫』）

『咲耶姫』では周到に校正され削除される。『白鳥』にみるロートレアモンを彷彿させる短歌は一首もみえない。一人で、何か（誰か）を求めて、何かに突き動かされるように、創作している孤独な自分の姿を「病む」者として不安な目で見つめている異様な歌である。このような体験は誰にでもあり、詩や歌、俳句などに気持ちを託すが、ある時期がくると忘れる。が、抜け出せずに創作活動を続けた人が「かくれんぼの鬼」であり、寺山修司であった。そして、まるで病むがごとくに作られていく作品を、まず発表する場と共感してくれる仲間を探し続けた。

本章では、彼の作品が孤独な密室から共感を求めて新聞という公の場所へ出てゆく様子を、青森県の「東奥日報」への投稿状況から確認してみたい。同時に本章は、「あんず堂版俳句全集」と『寺山修司短歌全歌集』（風土社版）に収録されていない作品の紹介もI部第五章の「「三ツ葉」との交流」から引き続き行ってゆくものである。

1 「東奥日報」に投稿する動機

本章末に収録した【資料4】「寺山修司「東奥日報」への投稿履歴」は、寺山修司が高校時代に「東奥日報」へ投稿した足跡である。

新聞に投稿するようになった理由は二つある。一つは中学生時代、学級新聞や学校新聞、学級文芸雑誌などにおいて編集委員として活動すると同時に、詩、短歌、俳句、小説などを「一人過ごせる病む少女かも」の心境で書き集んだ作品に共感する魂を探していたという内的必然性からである。

もう一つの理由は、寺山修司の強い負けず嫌い、異常とまでいえる競争心に火がついたためである。野脇中学時代仲良く編集委員をしていた創作仲間の京武久美氏の俳句が「東奥日報」に掲載されたのを知って、どちらかといえば俳句より短歌や詩などを作っていた寺山修司が「負けてなるものか」と俳句に熱中し、投稿を開始。ペンネームで投稿するほどの力の入れようであった。

2 「東奥日報」に掲載された俳句（投稿句だけでなく、記事の中に紹介された句も含む）

寺山修司が高校生時代に発表した俳句はよく調査されている。現在「雪天」主宰者、元『暖鳥』会員の新谷ひろし氏のご尽力の賜物である。有難いことにそのほとんどが『あんず堂版俳句全集』に収録されている。

このような研究状況の中で、ほとんど手付かずの状態にある女性名のペンネームで投稿された十六句を以下に紹介する。発表年月日などの詳細は本章末の【資料4】を参照されたい。なお掲載するにあたり以下のようにする。☆印の付いた三句はあんず堂版に収録。無印は未収録。□は判読不能の字。「石岡じろう」については寺山本人の句であるか確定するにいたっていない。氏名の下の（暖）、（べ）は「暖鳥」や「べにがに」に掲載されていることを示す。

紫苑咲いて海辺の墓に人はなし　梅原洋子
横丁の鶏頭赤し復員者　石岡じろう
ふるさとの螢揺れつつ近づけり　桂木雅子

合歓咲くや外人墓地に糸の雨　島原裕子
風立つて詩集に黄蛾亡びけり　桂木純子
初霜や牛乳瓶のほのぬくく　島原裕子
ページ白し一字一字と蟻あるく　島原祐子
☆冬の葬列吸殻なおも燃えんとす　石原葵子（暖・ベ）
朝霧や物持たぬ手はポケットに　夏桂子
母の便り木犀にひざをそろえけり　中原康子
秋燈下われ病みおれば母近し　梅原洋子
☆記憶古り凍蝶の翅欠けやすし　梅原洋子（ベ）
ふりむくや□凍て人無表情　中原康子
雲ゆくや校庭の木を背にして読む　島原裕子
月ほそく黒猫の尾のそりかえる　桂木純子
☆寒雀とぶとき胸毛かくさずに　島原祐子（ベ・辛夷句会新年）

ペンネームで投稿された俳句にも寺山らしい感性がみられる句があるが、総じて佳句が少ないように思う。

次に「東奥日報」に掲載された俳句全般について概要を述べてみたい。総数五十六句（うち本名での投句四十句ペンネームによるもの十六句）と、かなりの数である。うち八句が後に『われに五月を』『わが金枝篇』『花粉航海』に収録されている。腕試し的に投句され、まだ厳しい寺山流の自己選句を経ていない俳句から、八句が収録されている事実は、この頃の寺山俳句がすでに、後年読み返しても公にできる完成度の高い俳句であったことを示すものであろう。Ⅰ部第四章3「完成された寺山俳句」でも述べたが、寺山修司の俳句は、高校時代に完成していたと考えてもよさそうだ。

なぜ彼の俳句が若くして完成度の高い作品になり得たか、大雑把な言い方をすれば、完成度の高い作品を作る大勢の師や仲間がいて、その中で彼の負けず嫌いがプラスに作用したためであろう。また彼がよい作品、本物を見抜く高度な編集力やそれを生かす企画力を持っていたことも影響したと考えられる。編集力や企画力が句作に影響を与えるかと不思議に思われるだろうが、寺山修司の生涯における芸術活動の足跡を眺めれば、納得できるのではないだろうか。たとえば、「天井棧敷」の演劇活動でも、才能のある人物を見抜き、自分の周囲においてその才を開花させる。彼は才能を嗅ぎ分ける不思議な臭覚を持った目利きの編集長であった。

先にも述べたが『咲耶姫』は、青森高校入学時に中学時代の作品をまとめた自筆ペン書きの自作出版歌集である。一年後には、自選句集『べにがに』（四十句）も、過去に創作した俳句をまとめ、『咲耶姫』同様の方法で自作出版している。中学時代の学級新聞制作で培った編集力を発揮して、作品をまとめ公開し、さらによりよいものを求め、企画を練り直し再構成して、何度も何度も校正していくというのが彼の創作パターンである。まとめられた自前の作品集は、常に手元に置き眺め読み新しいイメージを得る資料として活用する。得たイメージは、さらに再編集されるという彼の創作パターン。このような循環する行動パターンの遂行には、なみなみならぬ努力とエネルギーを必要としたであろう。才能があってのことではあろうが、この費やされた多大な労力が完成度の高い俳句を生む原動力になってもいるのである。また、過去の作品を再編集してまとめ、新たな企画本にして公開し区切りをつけ、先に進んでゆく表現行動のあり様は、寺山独特のものであり生涯続けられている。たとえば俳句でいえば、『われに五月を』と『わが金枝篇』に半数以上新しい句を入れ、再編集して『花粉航海』としてまとめている。その後更に『わが高校時代の犯罪』と題して、主に中年期に作ったものを発表するという具合に、まめな編集者ぶりを発揮し続けた。その編集作業の過程で言葉は研かれ続ける。そしてその行動の原点は中学生の頃、すでにできていたことになる。もちろん短歌でも詩でも同様である。生前に寺山がまとめた『寺山修司短歌全歌集』(風土社)は、大幅な歌の入れ換えがなされまとめられている。

寺山修司独特の俳句の編集作業は、俳句から短歌へと活動の場を移行する時も「青年俳句」を利用して、行われている。「新しき血」と題して、寺山修司の十代の俳句の総決算的意味を持つ俳句百四十六句が発表された。その時同時に、寄せた散文「カルネ」の中で、俳句との別れを宣言し、本格的に短歌の世界へ活躍の場を移している。詳細についてはⅡ部十章「「青年俳句」と寺山修司」で述べる。つまり、彼は中学生の頃から一貫して、節目、節目に自分の作品を編集しまとめ発表してから先に進んでいる。まとめられたものは、大切に保管され、彼のさらなる創作に貢献し続けたと思われる。この事実は、彼の芸術活動を考える上で重要な意味を持つのではないだろうか。新しく創作活動を起こす時、言葉による論理的な裏付けを持つ必要があると自覚していた節がみえる。この緻密さは豪胆にふるまってみせた寺山の隠れた一面であろう。

3　進化する短歌

「東奥日報」にみられる短歌は、全部で十九首、次に示す歌である。

昭和二十五年　なの花の咲ける畑の月の出に病める子のふくハーモニカの音
昭和二十六年　朝の道にいちょうは金の鳥に似し若葉ふらして立ち並びけり
積わらに寝て雲見ればたくましう父の声する風の中より
線香花火を胸にともして病院のほの暗き中庭に一人いるかも
母を入れて風呂焚きおればふるさとの空澄ませつつジエット機の飛ぶ
昭和二十七年　今年こそは癒えむといえる友の目に光あるのをたしかめて来し
芒野の芒は花穂たちそろへみな一面にわれより高し
夢にさめて朝となりたり病室に一番列車の行く音きこゆ
①音たてて墓穴深く母の棺おろされしとき母目覚めずや
②古びたる碗と枯れたる花ありて父の墓標はわが高さなる
校庭にポプラそよぎて移りゆく師にわれらみな校歌うたひぬ
去りし師が授け残しし素読のこえ師のごとくわれも高く高く読む
③母と居てひそかに祝ふ誕生の灯は降る雨に洩れてゐるらし
ミシン踏む母は若葉の窓ひらきときどき庭の子にほほゑめり

くるところまで来て崖を手でささえ髪吹きすぐる迅き風聴く
廃園の枯草ふかく連れだちて来てさりげなく帰る日課よ
暗がりに母の髪油の匂ひして瞳がわたれり戸のすきまより
落葉ふる教会堂の前の店に兎買ひたく見つつかへりぬ
卒業の唄が耕地にひびきて母のふる鍬はあさくせわしき

昭和二十八年

これらの短歌は、俳句と比較し、みるべきものがあまりない。そのことは寺山修司も充分承知していたのであろう。俳句のように後の歌集にそのまま収録された歌は一首もない。つまり『寺山修司全歌集』に収録されていない歌ということになる。

中学卒業直後に歌集としてまとめられた『咲耶姫』も啄木、白秋、晶子などの歌を模倣した詠み方で習作短歌のレベルである。後の寺山修司の短歌と比較するとその落差に驚く。寺山が秀歌を詠むにはもう少しの時間と俳句による言葉の修業を必要としていたようだ。それでも秀歌に向けての変化の兆しはある。有名歌人をまねた、いかにも短歌、短歌したものは姿を消している。『咲耶姫』に頻出していた「あはれ」「かなし」「さびし」などの心情語も消えている。一語もない。変わりに目を引くのは、明確な場面情景の構築が成され、寺山の心情をその構築した情景に託してゆく表現である。後に高い評価を得る物語性のある寺山短歌を彷彿させる作品がみえている。

十九首の中からいくつか選んで具体的に「進化を始める歌」を読み解きたい。次の作品は、『咲耶姫』から半年後、一九五一（昭和二十六）年十月二十三日に掲載された俳句と短歌である。俳句に夢中になり始めの頃である。

西向いて人なつかしや赤とんぼ　寺山修司
紫苑咲いて海辺の墓に人はなし　梅原洋子
横丁の鶏頭赤し復員者　石岡じろう
ふるさとの螢揺れつつ近づけり　桂木雅子
合歓咲くや外人墓地に糸の雨　島原裕子

ア　積わらに寝て雲見ればたくましう父の声する風の中より　寺山修司

俳句五句は新聞に続けて掲載されている。短歌一首は、離れた場所の短歌のコーナーにある。寺山修司名の作品は俳句一句、短歌一首である。が、実は、これらはすべて寺山修司の作品である。ペンネームが使用されているのである。ペンネームの使用は、俳句に熱中するあまり、できるだけ多くの作品を発表したい、そして、他者からの批評を期待していたためであろう。俳句を日記のように作っていた生活（高校一年の夏から高校三年、大学一年夏頃まで）が歌を進化させる原因になったようだ。

ア　積わらに寝て雲見ればたくましう父の声する風の中より
イ　麦わらに父の声する風の中より（「あんず堂版俳句全集」）

実は、アの短歌はあんず堂の本では、俳句イとして記載されている。何度新聞をみてもその日付に、イの俳句は探しあてることができなかった。そのため短歌のコーナーにある似た言葉を持つアの短歌がイの俳句として誤って記載されたと判断した。短歌アを俳句イとするこの行き違いをみて寺山修司のこの時期の進化する歌が作られてゆく過程をみたような気がした。つまり、高校三年間の寺山修司の短歌は、俳句を内包した、或いは俳句に侵食されたというべきか、俳句と密接な関係を切り結んだ短歌であり、そのことが、寺山の特殊な雰囲気を持つ短歌を生む。その特殊性は、彼の個性であり、後年、映像的でイメージがしっかりした、リズム感のある短歌が生まれる要因になったのだろう。例えば冒頭にあげた歌のうちの①、②、③の歌は、上の句あるいは下の句を俳句として独立させることは容易い。実際寺山修司は①、②の歌についてはそうしている。そして俳句にしやすい短歌は、後の寺山らしさを窺わせる短歌でもある。「東奥日報」紙上の歌と限定して、俳句と短歌の密接な関係をさらに考察してみたい。

4 「東奥日報」にみる寺山修司の俳句と短歌の関係

まず、一九五一（昭和二十六）年十一月二十五日と、十二月四日に載る寺山の短歌と俳句を比較してみる。

ウ　線香花火を胸にともして病院のほの暗き中庭に一人いるかも
流すべき流灯われの胸照らす　（初出「青い森」昭27・1）『花』
寒の雀鍛冶屋はおのが胸照らす　（初出「寂光横斜忌句会」昭29・1）
胸に抱き胸の火となる曼珠沙華　（初出「わが高校時代の犯罪」昭55・4）

エ　母を入れて風呂焚きおればふるさとの空澄ませつつジエット機の飛ぶ
　母の風呂焚けば夜汽車は遠くさむし　（初出「山彦俳句会」昭28・4）

「おのが胸を照らす火」は、寺山修司の生涯のテーマであることが、歌ウに並んだ類似句の昭和二十七年、二十九年、五十五年と続く創作年月日から窺える。ある喩として機能している「おのが胸を照らす火」の内実は、具体的に情景化された歌ウによってどのような意味を持つ火であるか理解される。「胸にともして」いる微かな希望の「線香花火」は、一年後、三年後、に言葉を変えて詠まれ、そして約三十年後、ついに「曼珠沙華」となる。

歌エも俳句に直されたとみられるが、上の句のやさしい情感を下の句の無機質なジエット機と対比させている構図が寺山らしい。俳句では、「夜汽車は遠くさむし」とその対比を一層強調させている。

次は、翌年、昭和二十七年から昭和二十八年に投稿された短歌をみる。この二年間は、最も俳句創作年月日をみると短歌の詩想から俳句が生まれている例といえる。

作に熱心であった期間であるが、寺山は短歌や詩、小説の創作も手放すことはなかった。後の多ジャンルでの創作活動に繋がる姿勢を保ち続けていた。が、さすがにこの時期の短歌は俳句に侵食されている、あるいは俳句を内包しているともいえようか。つまり、ウ、エより短歌オは、一層俳句との距離を近くし、親密度を増しているのである。

オ　音たてて墓穴深く母の棺おろされしとき母目覚めずや
カ　枯野行く棺の友ふと目覚めずや【『花粉航海』には「棺のわれ」と改作し収録】

右の一九五二（昭和二十七）年二月二十八日に載る歌オと、同年十二月二十一日（夕刊）で紹介された俳句カは、その親密な関係が一目瞭然の作品である。カの俳句は「棺の友」が「棺のひと」とされ、一九五二（昭和二十七）年二月「暖鳥」にも発表された。これらの俳句と短歌は非常に密接な関係にある。死という厳粛であるはずの事実も生に反転する可能性があるというテーマを俳句と短歌に仕立てたもので、寺山の得意とする物の見方捉え方であろう。歌オの上の句の部分を省きテーマを切り取った形で力の俳句に仕立てる。短歌が俳句を内包している例といえる。俳句の場面切り取り法による抽象性の高い表現法があればこそ、短歌オのような奇抜ともみえる情景設定を可能にしていったとも考えられる。

習作の多い『咲耶姫』的短歌からの離陸する姿がここにあり、後の寺山修司らしい短歌への種が蒔かれたといえる。ちなみに短歌オは「母」を「父」に変えて、第二回「作品五十首募集」（『短歌研究』）に応募し、みごと特選を得た中の一首である。周知のように原題は「父還せ」であるが「チエホフ祭」と改題された。

次の歌と俳句の組み合わせも右に述べた関係と同様に短歌が俳句を内包している例であろう。

暗がりに母の髪油の匂ひして瞳がわたれり戸のすきまより（昭27・12・28、夕刊）

暗室より水の音する母の情事（初出「わが金枝篇」昭48・7）

次の歌キは、創作年月日からみると、俳句のテーマである「くるところまで来る」と「風を聴く」

を合せて成された歌であろう。俳句が先行したとみられる。俳句も短歌も完成度は低いものとなっている。しかし、寺山修司の中で、「風を聴く」というテーマは大切なものであった。後にクのような歌になって完成してゆくとみえる。歌ウの「胸照らす」火もそうだが、彼は一つの素材（言葉）を生涯問題にし続けている。

キ　くるところまで来て崖を手でささえ髪吹きすぐる迅き風聴く（昭27・7・1）
　　くるところまで来てさむき唄うたう（初出「暖鳥」昭27・5）
　　春星やくるところまで来てしまふ（初出「寂光」昭27・5）
　　風を聴くすでに春虹消えし崖（初出「暖鳥」昭27・5）
　　わがつかむ崖の高さの風を聴く（初出「寂光」昭27・8、9号）
ク　駈けてきてふいにとまればわれをこえてゆく風たちの時を呼ぶこえ（『空には本』（昭33・6）
　　【後に『初期歌篇』（昭46・1）収録】

次に上げる歌ケは、高さへの拘りをみせる歌であり、同時期の俳句でもさかんに「わが高さ」「われよりひくき」と詠む。

ケ　古びたる碗と枯れたる花ありて父の墓標はわが高さなる（昭28・3・23）
　　木の実落つ少女の墓はわが高さ（初出「青森よみうり」昭27・1）
　　冬凪や父の墓標はわが高さ（初出「学燈」昭27・5）

崖たかし海霧にわが声たしかむる（初出「麦唱」昭27・10）
雲雀あがれ吾より父の墓ひくき（初出「氷海」昭29・2）
懸巣ゐる高さに窓あり誕生日（初出「七曜」昭29・4）
駒鳥憩う高さに窓あり誕生日（初出『われに五月を』か「青年俳句」）【後に『花粉航海』では「駒鳥いる」となる】

コ　芒野の芒は花穂たちそろへみな一面にわれより高し（昭27・1）

コの歌もやはり、直接関係する俳句を上げることはできないが、同時期の「高さ」への拘りをみせた歌の一つとして注目される。その高低への拘りは次の「向日葵は」の歌に結実し、彼の代表歌になっている。

向日葵は枯れつつ花を捧げをり父の墓標はわれより低し（チエホフ祭）
列車にて遠く見てゐる向日葵は少年の振る帽子のごとし（チエホフ祭）

戦後まもない混乱の中にあって、寺山世代が短歌や俳句に熱中した。しかし、短歌も俳句も現在とは違う。当時、自分の生き方、青春の自我の形成に関るようなテーマは、あまり詠われなかったろう。しかし右に述べてきたように、寺山のテーマは、まさに青春の自我そのものであった。「胸を照らす火」や、時の「風を聴く」ことも、「父の墓標」の高さに拘り、それを越えようとする思いも、「自我の形成」の喩である。孤独な日常の中にあって、耳を澄まして自分を統べるものの声を聴き、その本質を見極め、邂逅を果たそうと努力する日々であった。

歌サの「耕地に鍬」も当然「青春の自己確立」を願う若い青年の思いを表した喩であろう。寺山修司は、当時、通常俳句や短歌では詠まない大きなテーマに拘り続けて比喩的に詠った。そこには、心情語を散りばめて実体験を詠う従来の短歌と異なる言葉によって真実を構築しようとする自覚があったろう。映像を見るような確かな景を描き出す。それを可能にしたのが、俳句の場面を切り取って提示する表現方法ではなかっただろうか。寺山修司の俳句と短歌の関係は、これからさらに検討しなければならない問題であるが、別の機会にしたい。

サ　卒業の唄が耕地にひびきて母のふる鍬はあさくせわしき（昭28・4・26（夕刊））
卒業歌なれば耕地に母立たす（初出「青高新聞」昭28・3・12）
母の鍬せわしくあさし菫咲き（初出「辛夷花」昭28・4・5）

まとめ

高校時代の寺山修司の短歌と俳句の密接な関係のあり様を具体的に考察してきた。同じ素材を短歌にも俳句にも成し、その関係は見誤りを生みかねないほど分ち難いものであった。初期短歌における俳句の影響を目配りすることは、『田園に死す』の完成短歌と中年期の句集『花粉航海』の俳句との関係をみる上でも重要なのではないだろうか。

これから「東奥日報」への寺山修司の投稿状況を【資料4】として復元してみる。その目的は、寺山作品の掘り起こしにある。少年期の短歌やペンネームによる投稿状況を明らかにする必要を強く思うからである。たくさんの方に若い日の寺山作品を読んでいただけたらと思う。

読書する少年老いて草雲雀　『わが金枝篇』

【資料4】の投稿作品の掲載にあたり以下のように表示した。俳句の下に付した（初出句・全集未収録）は、「あんず堂版俳句全集」の第二部（句集未収録篇）に記載がなく、「東奥日報」のみにみられる俳句であることを示す。（初出句）は、「東奥日報」が初出であるが、あんず堂版には、掲載をみることを示す。また筆者のコメントは【　】を付した。寺山修司の高校時代の創作のあり様を知る上で、参考になる友人の作品も一部引用した。

【資料4】寺山修司「東奥日報」への投稿履歴

昭和二十六年（野脇中三年〜青森高校一年）

三月二十六日

朝の道にいちようは金の鳥に似し落葉ふらして立ち並びけり　寺山修司

青空がぐんぐんと引く凧の糸（初出句）　寺山修司

八月二十七日

郭公の山道遠しふるさとは　京武久美

葦切の道ひとすじに暮れ残る　京武久美

蜻蛉生る知人は昨年越しゆけり　京武久美
九月二十七日
なの花の咲ける畑の月の出に病める子のふくハーモニカの音　寺山修司
【詩一篇「晝の一時」文芸雑誌『白鳥』で全文掲載。（I部第二章参照）】
九月三十日
籐椅子や海鳴り近き子の眠り（初出句・全集未収録）　寺山修司
祭花火静かに海の波立ちぬ　京武久美
十月十四日
八月や昆虫採集の宿題帳　京武久美
十月二十三日
西向いて人なつかしや赤とんぼ（初出句）　寺山修司
紫苑咲いて海辺の墓に人はなし（初出句・全集未収録）　梅原洋子
横丁の鶏頭赤し復員者（初出句・全集未収録）　石岡じろう
ふるさとの螢揺れつつ近づけり（初出句・全集未収録）　桂木雅子
合歓咲くや外人墓地に糸の雨（初出句・全集未収録）　島原裕子
積わらに寝て雲見ればたくましう父の声する風の中より　寺山修司
十一月十六日（夕刊）
手にうけて天を仰ぐや初あられ（初出句）【席題「初あられ」で天】　寺山修司
初あられむこうより子がかけて来し（初出句）　寺山修司

草枯や地蔵むんずと立ちいたり【席題「草枯」で地】　寺山修司
父遅し電灯に火蛾ぶつつかる（初出句）　寺山修司
【青森県句第十三輯刊行記念大会作品として】
十一月二十五日
線香花火を胸にともして病院のほの暗き中庭に一人いるかも　寺山修司
十二月一日
コスモスやベル押せど人現れず（『わが金枝篇』収録）　寺山修司
風立つて詩集に黄蛾亡びけり（初出句・全集未収録）　桂木純子
避暑地去るバスなり貝殻ポケットに（初出句）　寺山修司
西日さす墓標ななめに蟻のぼる（初出句）　寺山修司
生命線透かせば西日病室に　寺山修司
初霜や牛乳瓶のほのぬくく（初出句・全集未収録）　島原裕子
ページ白し一字一字と蟻あるく（初出句・全集未収録）　島原祐子
流星や人静かなる死を待てり　京武久美
十二月四日
母を入れて風呂焚きおればふるさとの空澄ませつつジエツト機の飛ぶ　寺山修司
十二月二十八日
秋の風教師に軽くおじぎする　京武久美
冬の葬列吸殻なおも燃えんとす（暖・べ）　石原葵子

背をぐんとのばす鉄棒や鰯雲（べ・青よ）　寺山修司
朝霧や物持たぬ手はポケットに（初出句・全集未収録）　夏　桂子
母の便り木犀にひざをそろえけり（初出句・全集未収録）　中原康子
秋燈下われ病みおれば母近し（初出句・全集未収録）　梅原洋子

昭和二十七年（高校一年〜高校二年）

一月一日
「詩」で佳作（名前のみ）　寺山修司
一月十一日
古書売るやみぞれの町の片隅に（初出句）　寺山修司
冬の海に何を見てきしか君の貌　京武久美
（文化消息「やまびこ」創刊号についての紹介記事）
一月二十三日
今年こそは癒えむといえる友の目に光あるのをたしかめて来し　寺山修司
記憶古り凍蝶の翅欠けやすし（べ）　梅原洋子
ふりむくや□凍て人無表情（初出句・全集未収録）　中原康子
雲ゆくや校庭の木を背にして読む（初出句・全集未収録）　島原裕子
捨つべきか手の蝶いまだ死なざれば　寺山修司
月ほそく黒猫の尾のそりかえる（初出句・全集未収録）　桂木純子

昏噛んでみしが記憶の人失せり　京武久美

一月二十八日

芒野の芒は花穂たちそろへみな一面にわれより高し　寺山修司

枯野来て少女の母と逢いにけり　寺山修司

二月十三日

夢にさめて朝となりたり病室に一番列車の行く音きこゆ　寺山修司

焚火の木それぞれ熱き汁を生む（初出句）　寺山修司

師走の街デパートに人呑まれ易し　京武久美

二月二十八日

音たてて墓穴深く母の棺おろされしとき母目覚めずや　寺山修司

三月一日

小さき罪雲の白さにかくしきれず　京武久美

いま逝く蝶声あらば誰が名を呼ばむ　寺山修司

餅焼いて百姓の子は嘘もたず　寺山修司

寒雀とぶとき胸毛かくさずに（べ・辛夷句会新年）　島原祐子

三月二十三日

古びたる碗と枯れたる花ありて父の墓標はわが高さなる　寺山修司

三月二十九日

校庭にポプラそよぎて移りゆく師にわれらみな校歌うたひぬ　寺山修司

三月三十日

水鳥を見つつペダルを踏みいそぐ（初出句）　寺山修司

麦 卵 長 老 静 か に 割 り て 呑 む　京武久美

胼《ひび》の手を組みつつ母のうれしきこと　寺山修司

【その他詩「夜に」で秀逸とある】

四月二十七日

わが声もまじりて卒業歌は高し　寺山修司

囲解くわれに若さが充ちあまる　京武久美

五月五日

去りし師が授け残しし素読のこえ師のごとくわれも高く高く読む　寺山修司

枯野来し牛の息太く眠りにつく　京武久美

冬 浪 が つ く り し 岩 の 貌 を 踏 む　寺山修司

五月十一日

【「作文」で入選　寺山修司　題名『母』】

六月四日

冬浪が望遠鏡を全部占む　京武久美

六月二十四日

母と居てひそかに祝ふ誕生の灯は降る雨に洩れてゐるらし　寺山修司

ミシン踏む母は若葉の窓ひらきときどき庭の子にほほゑめり　寺山修司

七月一日

くるところまで来て崖を手でささえ髪吹きすぐる迅き風聴く　寺山修司

太陽のまだ出ぬ朝のさむき河に貨物列車の車輪がひびく　京武久美

梅雨の雷赤き回転椅子回れ（初出句・全集未収録）　寺山修司

七月二十七日（夕刊）

薔薇咲いて青空の窓横に拭く　京武久美

八月二十四日（夕刊）

蟬鳴いて母校に知らぬ師の多し　寺山修司

向日葵や医師の自転車闇に置かる　京武久美

九月二十八日

梅雨つづく街の小路に入りゆけばそうめんの香の鼻につまりぬ　京武久美

十月十二日（夕刊）

廃園の枯草ふかく連れだちて来てさりげなく帰る日課よ　寺山修司

十一月二日（夕刊）

木の実降らせし粗きひびきの杖つかむ　寺山修司

霧迅し銅像のうらがわに倚る　京武久美

十一月十六日（夕刊）

短日の壁へ荒野の詩をひらく　寺山修司

十一月三十日（夕刊）

蜥蜴（とかげ）にくし昭和の墓へ父の名も　寺山修司
十二月二十一日（夕刊）
【枯野行く棺の友ふと目覚めずや（「棺のわれ」と改め『花粉航海』収録）】　寺山修司
十二月二十一日（夕刊）
冬雷や覚めやすきこと母に告げず　寺山修司
母とわれがつながり毛糸まかれゆく（昭27・5「暖鳥」「寂光」）　寺山修司
一本の毛糸に母の愛通す　伊藤レイ子
十二月二十八日（夕刊）
暗がりに母の髪油の匂ひして瞳がわたれり戸のすきまより　寺山修司
落葉ふる教会堂の前の店に兎買ひたく見つつかへりぬ　寺山修司

昭和二十八年（高校二年～高校三年）

一月十八日（夕刊）
二階ひぎきやすし桃咲く誕生日（『花粉航海』収録）　寺山修司
秋の曲梳く髪おのが胸よごす（『花粉航海』収録）　寺山修司
四月二十六日（夕刊）
卒業の唄が耕地にひびききて母のふる鍬はあさくせわしき　寺山修司
氷柱滴る母の部屋より海見えず　寺山修司
五月十八日（夕刊）

花売車どこへ押せども母貧し（『花粉航海』収録）　寺山修司

五月二十二日

麦踏みの背を押す風よ父あらば（初出句）　寺山修司

七月十日（夕刊）

色鉛筆細り削られ祭太鼓（『われに五月を』収録）　寺山修司

八月二十一日（夕刊）

舟虫や亡びゆくもの縦横なし（『われに五月を』『花粉航海』収録）　寺山修司

九月二十三日（夕刊）

ドラム罐ころげて基地に麦育つ（初出句）　寺山修司

夕焼に父の帆なほも沖にあり（初出句）　寺山修司

【右二句あんず堂版の寺山修司俳句全集では、掲載紙不明となっている】

馬小屋の闇にて捨てし百合匂う（初出句・全集未収録）　寺山修司

【右三句は三八地区高校俳句大会の席上句である】

類句　遠足や父の帆いまも沖にあり（昭和28・12「七曜」）

類句　馬小屋を揚羽ぬけでる母の留守（昭和28・12「暖鳥」）

十月六日（夕刊）

【詩で佳作　題名「逢引き」「初恋」のみ記載】

昭和二十九年（高校三年卒業年）

一月十七日（夕刊）

詩人死して舞台は閉じぬ冬の鼻（『花粉航海』収録）

〔捕捉1〕寺山修司がペンネームで投句していることは京武久美氏から以前お聞きしていた。また、小川太郎『寺山修司その知られざる青春』（三一書房、一九九七年）にも指摘がある。

〔補足2〕現時点で調査したもので完璧であるとは断言できないが、投稿された作品は大半を見つけたように考えている。このような注記をあえて記す理由は、寺山はつ『母の蛍―寺山修司のいる風景』（新書館、一九八五年）に載る「母逝く」の連作四首は、〔「東奥日報」掲載　青森高校一年の時〕とあるが、どうしても前の二首を「東奥日報」から見つけることができずにいたからである。

母逝《ゆ》く

母もつひに土となりたり丘の墓去りがたくして木の実を拾ふ

埋め終へて人立ち去りし丘の墓にはかに雨のあらく降りくる

音たてて墓穴深く母のかんおろされしとき母目覚めずや

夢にさめてまだ明けきらぬ病室に一番列車行くを聞き居り

確認できない前の二首について、歌人の佐伯裕子氏も「寺山の本質にふれる特異な「発想」がみられない。あれはいったい、どこから『母の蛍』に転載された歌だったろう。疑問は残る」。「なつかしい歌のこと寺山修司（補稿）」（「短歌」二〇一二年三月）の中で歌人の鋭い読みから、不思議な歌であると指摘されていた。

ところが今回、思いがけず、これら四首が発表された場所を知ることができた。

「いまだ知られざる寺山修司展。二〇一三年十一月二十六日（火）～二〇一四年一月二十五日（土）［会場］早稲田大学125記念室（大隈記念タワー10階）早稲田大学演劇博物館」に出かけた折に「闘病中の自作アルバム」コーナーにこれらの歌が展示されていた。「郵便局ニュース」に掲載されたものを寺山が切り抜きアルバムに貼付し、保管していたらしい。「東北短歌」の見出しの後に、四首が並び、林まさ次郎選【一八九八～一九七八・青森県五所川原市生まれ、東奥日報記者、シーハイルの歌の作者】とあり、次のような選評が載る。

〔選〕母を葬ると云う悲痛で重大な事実と四つに組んで、これだけ歌い得たのは、歌に対する慎しな態度の賜と思う。まだ若いこの作者の成長を期待する。

「郵便局ニュース」は、郵政省で発行していたが、保存していないそうである。いつ掲載されたか不確かであるが、「青高新聞」第26号（昭和二十八年三月十二日発行）に「本校文壇の近況―郵便局ニュースに作品依頼を受けて発表―」の記事をみるので、高校二年生の頃であると推測される。寺山の作品調査は、まだまだこれからである。後の二首については、それぞれみてきたように表記に異同はあるが、「東奥日報」で確認できている。

第七章　「青森よみうり文芸」への投稿──寺山短歌誕生の萌し

1　「青森よみうり文芸」に掲載された俳句と短歌

寺山修司が地元紙「東奥日報」に、作品を熱心に投稿するようすを第六章でみてきた。本章では、全国紙の青森版の投稿状況を確認したい。寺山は「青森よみうり文芸」（読売新聞青森版）と「青森毎日俳壇」（毎日新聞青森版）に俳句や短歌の投稿の足跡を残している。俳句については、『寺山修司俳句全集』（新書館、一九八六年）刊行により、その全容が明らかにされた。さらに平成十一年五月にはその新書館の全集を底本とした『寺山修司俳句全集増補改訂版〈全一巻〉』（あんず堂、一九九九年）も刊行され寺山俳句の全体像がほぼみえてきた。

しかし高校時代から大学にかけての俳句創作活動が、俳句結社同人誌、学校新聞、学内の同人雑誌、地方新聞、受験雑誌への投稿と多方面にわたっていること、同じ句を何箇所にも投稿していたこともあり、その全てを収集、整理することはかなり難しい。綿密な『寺山修司俳句全集増補改訂版』（あんず堂）にも未収録俳句があることはⅠ部第五章「「三ツ葉」との交流」、Ⅱ部第六章「「東奥日報」女性名のペンネームによる投稿」で確認してきたとおりである。「三ツ葉」二十二句、「東奥日報」十六句とかなりの未収録俳句を確認した。「青年俳句」（Ⅱ部第十章）や「三ツ葉」（Ⅰ部第五章）についいては、その雑誌名すら記されていないという調査状況にある。

本書の調査も当然完璧なものではないが、散逸が懸念される今、寺山修司の資料の散逸をなんとか防ぎ記録して置きたいという思いの下現時点の調査を報告し、新資料の発見を期待したい。手紙魔であった寺山には、私信に書かれた作品も多数あるであろう。

【資料5】の作品投稿リストを作成するにあたり以下のようにした。

『寺山修司俳句全集増補改訂版〈全一巻〉』に掲載されない俳句には下に〈全集未収録〉と付した。「青森よみうり文芸」のみに掲載されている俳句には、下に（青森よみうり文芸）と記す。「青森よみうり文芸」以外に投句歴のある句は、記入を除いてある。ただし句集に収録された俳句はその句集名を記した。

投稿時片仮名表記された語はそのまま表記し、後に漢字や平仮名表記に改められたものはその旨（ ）中に示した。【 】を付したものは筆者注である。

【資料5】 寺山修司「青森よみうり文芸」への投稿履歴

昭和二十六年（高校一年）

十月

七日　放課後のピアノ弾き終へ法師蟬（青森よみうり文芸・島原裕子名）

一〇日　避暑楽し西洋館のさくらんぼ（青森よみうり文芸）

十三日　鉦たゝき母の寝息のやすらかに（青森よみうり文芸）

二十五日　眼帯をとれば秋雲まつ白に（青森よみうり文芸）

二十七日　子の歯型雪渓のごとし青りんご（青森よみうり文芸）

十一月

七日　生命線ほそく短かし秋日受く（青森よみうり文芸）

十八日　秋晴れや自炊の口笛おのずから（青森よみうり文芸）

二十九日　背をぐんとのばす鉄棒鰯雲

十二月

六日　虹消えて何も残らぬわが掌見よ

六日　落葉焚く火に少女の手紙青くけむる

十四日　カーテンをあけ寒星にいまラジオ高し（青森よみうり文芸）

二十九日　鬼灯の上指きりの指と指（青森よみうり文芸）

三十一日　海蟹のわれへより来て爪赤し（青森よみうり文芸）

三十一日　ねがふことみなきゆるてのひらの雪（青森よみうり文芸）

【以下投稿日未確定】

冬の堤防酒場の猫の眼光走る（高校一年時・青森よみうり文芸）

鱈船は出しまゝ母は暗く病む（高校一年時・青森よみうり文芸）

シベリアも正月ならむ父恋し（高校一年時・青森よみうり文芸）

手毬つく焼跡の雲みな北へ（高校一年時・青森よみうり文芸）

【以上昭和二十六年】

海のホテルピアノのほこりを蠅なめる（高校一年時）

北風にとられじ父を還せの声（高校一年時・青森よみうり文芸）
独楽まわす枯野は窓のすぐそばに（高校一年時）【「窓」は暖鳥句会では「病窓」とある】
望遠鏡振れば真青な冬が鳴る（高校一年時・青森よみうり文芸）
【以上昭和二十七年】

昭和二十七年（青森高校一～二年）【山口青邨選】

一月
十日　退院車すれちがふとき秋の蝶
十九日　ちゝはゝの墓寄りそひぬ合歓のなか
二十五日　風花や犬小屋の屋根赤く塗る（青森よみうり文芸）
二十九日　枯野来て少女の母と逢ひにけり
三十日　燈暗し鱈場の父を母と想ふ（青森よみうり文芸）
三十一日　独楽まはる村の校庭でこぼこ（青森よみうり文芸）
父の馬鹿泣きながら手袋かじる（「べにがに」へ）

二月
一日　冬虹の鉄橋近く古書を売る（青森よみうり文芸）
一日　船去って鱈場の雨の粗く降る（青森よみうり文芸）
二日　風花や馬車は少女を載せて行く（青森よみうり文芸）

三月
二日　【よみうり文芸一月度入賞者　秀逸　秋元不死男選・選評ノートにあり】
ちゝはゝの墓寄りそひぬ合歓のなか
（選評　合歓の葉は日暮れると合掌して眠る。その中に父母の墓が寄りそつて建つている。父母への追慕の情がしつとりと詠われた。）
十三日　師の肩の光り真白に初御空（島原裕子名）（全集未集録）
十三日　死にたくなし掌に冬蝶を遊ばせて（島原裕子名）（全集未集録）
十六日　朝日さす黒板の上に新任の教師は大きく「希望」と書きぬ【松村英一選・雑誌や歌集に未収録歌】
四月
五日　【よみうり文芸二月度入賞者　秀逸　秋元不死男選】
船去って鱒場の雨の粗く降る
（選評　船が去った。作者の意識は折り返したように屈折して「雨粗く降る」と詠った。この感覚の屈折がよい。）
十六日　朝はやき教室の窓みな開けて鐘のなるまで読書せんとす【松村英一選・雑誌や歌集に未収録歌】
十月
二日　蛾をうちし手を裏にして祈るなり（青森よみうり文芸）
【同日に京武久美の左二句も入選】

四日　木の実降る何処かに父の匂ひはげし【入選句のトップ】
蟻地獄海の匂ひが吹きこもる
蜩の道のなかばに母と逢ふ【入選句のトップ】
十六日　ひぐらしの道のなかばに母と逢う（『われに五月を』）
木の実落つ少女の墓はわが高さ（青森よみうり文芸）
十一月
十二日　時雨来し帽を礼拝堂に脱ぐ
十六日　島の子は草で馬拭く鰯雲（『われに五月を』）
十九日　栗ひろふ母よりひくゝ背をこゞめ（全集未集録）
二十二日　雁わたる浮浪児の唄そろふとき（青森よみうり文芸）【入選句のトップ】
十二月【掲載作品みえず】

昭和二十八年（高校三年）【一月〜三月秋元不死男選・短歌は宮柊二選】

一月
十六日　羽抜鶏かろんぜられて鳴きやすし（青森よみうり文芸）
十六日　流すべき流燈おのが胸照らす
流すべき流灯われの胸照らす（『われに五月を』『わが金枝篇』『花粉航海』）
【同日　京武久美「垣に冬日もし薔薇あらば剪りしものを」入選】
十八日　母が縫む毛糸がはやく寄りがたし

【「縫む」は後「編む」に表記変更。「暖鳥」（昭27・11）、「青い森」（昭27・12）では、「寄りがたき」とある】

十八日　右車窓に海がとまりて秋の蝶（青森よみうり文芸）

二十三日　焚火ふみ消し孤児とその影立ちあがる（全集未集録）

二十三日　雪おろす望郷の果て海青し

二十五日　少年がナイフをみがく夜の蜘蛛

二月

六日　木の葉髪日あたる所にて逢はむ（全集未集録）

八日　吐息にも冬蝶位置を変へやすき（全集未集録）

八日　聖前夜足袋が脱がれる家の闇（全集未集録）

十三日　秋の曲梳く髪おのが胸よごす（『われに五月を』『わが金枝篇』『花粉航海』）

【四・二八よみうり文芸二、三月度入賞者　佳作】

十五日　秋は鉄瓶壁に鳴り出す母訪いたし（全集未集録）

十五日　山羊の眼に沖浪ばかり耕つづく

二十一日　冬暁の馬の尻さわやか戸の間より

二十一日　湯屋を出て旅めくや雲青空より（全集未集録）

二十一日　燕の巣母の表札風に古り

三月

十日　流すべき流燈おのが胸照らす

四月　【よみうり文芸一月度入賞者　佳作】

二十八日　秋の曲梳く髪おのが胸よごす　佳作　寺山修司【中島斌雄選】

五月

三日　菫濃し飛機に手をふる孤児たちよ【寺山の句久々に登場。巻頭】

十三日　なにとなく海に向けたる椅子なれば老いたる兵の来て坐らむか

（選評　題「父還らず」がないと判りにくいが、とにかく何か描かれようとしている。）

【短歌・福田栄一選　雑誌および歌集には未収録歌】

十五日　耕すや遠ち《ママ》のラジオは尋ねびと（青森よみうり文芸）

（選評　耕す耳に風にのってきこえるラジオ。それはまだ戦の記憶をかきたてる「尋ねびと」である。十七音の中に色々の思いがこもっている。）

十六日　列車にて遠く見てゐる向日葵は少年の振る帽子のごとし

（選評　若い感傷が出ている。）

六月　【掲載作品みえず】

七月　【掲載作品みえず・中村草田男選九月まで】

八月　【中村草田男選】

六日　夏白壁この道で花買ひしこと（山彦俳句会）

母くるべし鉄路にスミレ（菫）さくまでには

【十月十六日よみうり文芸八月度入賞者　佳作】

十三日　校庭のそのタンポポの中の石よ（全集未集録）
十三日　バスの下はすぐに郷土やみぞ清水（全集未集録）
十三日　広島やガチョウも叫ぶことは易し（全集未集録）
十四日　来て憩ふ冬田売り終へたる後も
十四日　キエン（帰燕）仰ぐほほ痛きまで車窓に寄せ
十四日　ネギ（葱）坊主どこをふり向きても故郷
十四日　蚊帳に透く母の祈りの貧しさよ
九月
八日　文芸は遠し山火をみつゝ育ち
十一日　故郷遠し線路の上の青ガエル
十一日　わが歌は波を越し得ず岩つばめ
十一日　ニオ（鳰）潜る沼辺こゝまで歌ひに来る【一人だけ、巻頭で三句採られている】
十六日　ムギ（麦）の芽に日当るに類ふ父が欲し
十六日　不漁とか岩にはりつきハマナス咲き（青森よみうり文芸）
十九日　アゲ（揚げ）ヒバリ（ひばり）職員室に湯のわくころ
二五日　卒業歌遠嶺のみ見ることは止めん
【俳句大野林火選・短歌吉野秀雄選】
十月
十六日　【よみうり文芸八月度入賞者　佳作　中村草田男選】
母くるべし鉄路にスミレさくまでには

十一月
十三日　【よみうり文芸九月度入賞者　秀逸　中村草田男選】
ムギの芽に日当るに類ふ父が欲し【「秀逸」は初】
（選評　たとえ作者に父親があったとしてもこの抒情は通用する。「完全なる父性」の希求の声である。しかもごく特殊な心理的な句のようであつて、視覚的な実感が、具体性を十分に一句に付与している。無言で何気なくて質実であたゝかい――ムギの芽に日当たる景はまさに「父性の具現」である。）

昭和二十九年（高校三年）【俳句加藤楸邨選・短歌佐藤佐太郎選】
一月
二十二日　トカゲにくし昭和の墓へ父の名も
口開けてニジ（虹）見る煙突工の友よ（『われに五月を』『わが金枝篇』「煙突屋」とある。『花粉航海』）
【巻頭で二句採られる】
（選評　よい素質。実感をどこまでも大切にすることを望む。）
三十日　巣ツバメや留守の手紙はさか差しに（全集未集録）
（選評　描写がしつかりしている。あまり技巧をろうせぬがよし。）
二月
二日　タビ（足袋）乾く夕焼を経し雲の下

十一日　山拓かむ薄雪貫く一土筆
十一日　沖もわが故郷ぞ小鳥わき立つは（『われに五月を』『わが金枝篇』『花粉航海』）
（選評　抒情新鮮）
十八日　口開けて劇を見る母一茶の忌（青森よみうり文芸）
【この句が「よみうり文芸」に掲載される最後の句。四月以降は上京先、埼玉県の「埼玉よみうり文芸（読売新聞埼玉版）」へ投稿】

五月（早稲田入学年）
二十三日　オケ（桶）のまゝ舟虫乾けり母恋し
舟虫は桶ごと乾けり母恋し（『われに五月を』「桶のまま舟虫」とある。『わが金枝篇』）
二十三日　山拓かむ薄雪貫ぬく一ツクシ【「青森よみうり文芸」投句を再投句】
二十七日　梨花白し叔母はいつまでも三枚目
二十七日　タンポポは地の糧詩人は不遇でよし（『わが金枝篇』『花粉航海』）
二十七日　塵捨てに出て船を見る西行忌【巻頭で三句採られる】
【四月・六月〜八月は掲載なし】

九月
二日　タンポポ踏む啄木祭のビラはるべく（佳作　三谷昭選）
【浦和支局版に掲載。俳句全集では日付不明】
（選評　啄木にちなんだ催しのビラを、野中の電柱にでもはつている情景。足もとのタンポポのひなびた姿と、啄木に寄せる青年の思慕の思いとが適切に結ばれている。）

なお「青森毎日俳壇」に掲載された寺山修司の句は「なわとびに赤いジヤケツを躍らす子」（昭和二十六年十二月十一日、伊藤麦子選）のみである。毎日新聞は文芸欄を持たず、昭和二十六年九月二十一日付けの新聞で、「俳句・川柳欄を新設する」というお知らせ記事がみえる。毎日数句が青森版というタイトルの下に掲載される程度である。

2　投稿状況を概観して

寺山修司の俳句は有難いことに先輩諸兄によりそのほとんどが渉猟されているので、比較的句歴をたどり易い。しかし、一番俳句に熱中し、友人たちと競い合って投稿し、腕試しの場として重きをおいた「青森よみうり文芸」への投稿句にも「三ツ葉」同様、十五句の全集未集録を確認した。つまり、「東奥日報」、「三ツ葉」、「青森よみうり文芸」にみる全集未収録句は合計すれば四十一句程になる。

山彦俳句会の仲間である京武久美、近藤昭一と競い合い、彼らの創作に強く影響されながら句作に励んだ姿が「青森よみうり文芸」からは鮮明になる。中央俳壇の著名な選者を擁する「青森よみうり文芸」は、寺山たち俳句少年には、レベルが高く、自作句の真価をプロに問う場であったようだ。

また短歌が四首採択されているが、注目しなければならない。

朝日さす黒板の上に新任の教師は大きく「希望」と書きぬ
朝はやき教室の窓みな開けて鐘のなるまで読書せんとす
なにとなく海に向けたる椅子なれば老いたる兵の来て坐らむか
列車にて遠く見てゐる向日葵は少年の振る帽子のごとし
【後に「ゐる」は「いる」、「少年の」は「少年が」(「チエホフ祭」)に改め、その後「少年の」になる】

「朝日さす」と「朝はやき」の二首は、高校二年の春に掲載された歌で、学生生活の一齣を素直に詠っている。特に「列車にて」の短歌は、昭和二十九年八月に「短歌研究」五十首詠に応募して特撰の栄に輝いた「チエホフ祭(原題「父還せ」)」の三十一首目に置かれている。後に寺山修司の代表歌の一つになる。一九五三(昭和二十八)年五月、まさに歌人寺山修司の誕生を予感させる記念すべき歌をみたわけである。他の三首はどの歌集にも収録されていない。

「なにとなく」の歌は、幼くして戦争の傷を受けた少年の思いが詠われ胸に迫る。青森時代の寺山修司の創作活動の足跡をながめると、戦争の大きな傷を思わずにはいられない。「父還らず」という題のついた「なにとなく」の歌もそうであるが、「青森よみうり文芸」に掲載された少年たちの俳句からも、寺山の父を詠った俳句からもその心情が窺える。

父の馬鹿泣きながら手袋かじる
北風にとられじ父を還せの声
トカゲにくし昭和の墓へ父の名も

シベリアも正月ならむ父恋し

麦の芽に日当るに類ふ父が欲し

我々は、戦争で傷ついた幼い魂について自覚するべきではないだろうか。後年、権威や政治、既成の価値観に与みしようとせず、物事を過激に暴き出すかのようなポーズをとった寺山修司の原点は、少年時代の戦争体験にあったのではないだろうか。

〔捕捉1〕本章は小菅麻起子氏（寺山修司研究家）調査資料を参考にさせていただいた。特に「読売新聞埼玉版」に掲載された作品は、小菅麻起子「一九九九年度立教大学院修士論文・資料編・編年寺山修司俳句リスト」に拠る。学恩に感謝する。

〔捕捉2〕昭和二十六年一月から昭和二十七年二月までの資料は、二〇〇八年十二月筆者が調査に入った時、青森県立図書館がマイクロフィルムの資料作成進行中で欠版のため一部『寺山修司俳句全集増補改訂版〈全一巻〉』（あんず堂、一九九九年）を参考に補充作成した。

第八章　「寂光」と寺山修司

1　寺山修司の俳句環境

大工町寺町米町仏町老母買ふ町あらずやつばめよ
わが息もて花粉どこまでとばすとも青森県を越ゆる由なし

この二首は寺山短歌の到達点を示す歌集として知られている第三歌集『田園に死す』（白玉書房、昭和四十年）の巻頭と掉尾（長歌を除く）を飾り、人々に愛誦されている。大工町寺町米町は、青森市に実在した町名であり、中学、高校時代にお世話になった坂本家が経営していた塩町の映画館「歌舞伎座」からは、目と鼻の先で、歌に詠まれたように並んでいた。どちらの歌も青森の郷土色を鮮明にした歌である。

『田園に死す』は、生前彼により編まれた『寺山修司全歌集』（風土社、昭和四十六年）には最初に収められている。通常の場合全集には、個々の歌集を刊行年代順に収めていくのが一般的であろう。しかし、あえて通常と異なる編集をしたのは、新しく演劇活動に進む寺山にとり、おそらく『田園に死す』が歌との別れを示す歌集として、特別の意味を持つからであろう。そして全歌集の先頭に据

えた『田園に死す』の巻頭と掉尾に故郷を詠った代表歌を置いた。歌集の跋に、

これは、私の「記録」である。自分の原体験を、立ちどまって反芻してみることで、私が一体どこから来て、どこへ行こうとしているのかを考えてみることは意味のないことではなかったと思う。もしかしたら、私は憎むほど故郷を愛していたのかも知れない。

と記しているように、故郷青森は寺山の意識の中で、重く揺れ続け、出発の原点であることを窺わせる。

周知のように、寺山の短歌デビューは、一九五四（昭和二十九）年に第二回『短歌研究』五十首詠特選を受賞したことによる。若き天才歌人、「昭和の啄木」出現とすら言われるほど華々しいものであった。その経緯については拙稿「「寺山修司」ワンダーランドへの誘い」(1)の京武久美氏の講演記録に詳しいので省略するが、受賞発表前のある日、青空を背負って突然僕のところに現れた寺山は、「いいしらせがあるぞ。ぼく、昭和の啄木になったんだ」と受賞のよろこびを顔中にあふれさせて、いつまでも自分の前に立ち塞がっていたことを京武さんは、よく覚えているそうだ。(2)

しかし、この華々しい短歌デビューは、一転、有名俳句の模倣、盗作、自作俳句の引き伸ばし歌と非難され寺山を困らせる。

本書では、なぜ寺山の歌が模倣疑惑をうけるか、彼の創作上のあり様が誤解を生む原因ではないだろうかと検証してきた。彼の短歌は、俳句を内包し、俳句に侵蝕されているために両者は分かち難くあった。寺山の意識の中で一番重要なことはジャンルではなく、詩想の有無であった。彼の詩情や思想の琴線に触れた素材（寺山の場合特に言葉）は、詩、短歌、俳句、小説と変幻自在にジャンルを越

え、作文さえも侵食していた姿をみてきた。原体験に裏打されたのっぴきならない詩情や詩想を夢中で問い続ける創作活動が模倣問題を生む結果となったのである（Ⅰ部第三章4「寺山修司の模倣問題―作品素材の共通性と不変性」、Ⅱ部第六章4「「東奥日報」にみる寺山修司の俳句と短歌の関係」参照）。

寺山が俳句の創作を猛烈な勢いで開始したのが、高校一年生の夏休み以降である。その影響は、初期短歌のみならず寺山の創作活動全般に敷延できる重要なものである。俳句と短歌、他のジャンルの作品などとの関係性の検討は、後日稿を改めることにして、本章では常軌を逸した青森高校時代の寺山の俳句創作環境を角度を変えて、寺山が愛してやまないふるさととの俳句結社での活躍を中心にこれからみてゆきたい。

まず、最初に一九四五（昭和二十）年頃青森で目立った活動をしていた「寂光」とのかかわりを丁寧にみていきたい。ことさら丁寧にという理由は、結社同人誌「寂光」と寺山修司の関係が、いろいろな事情で、なかなか公にされてこなかったからである。他結社の同人誌「暖鳥」への投稿状況は詳らかにされているのでその状況に歯痒い思いをしてきた。たまたま主宰者のお宅が拙宅と近いご縁で、「寂光」をお借りできた時の喜びは今でも忘れられない。十数年も前のことである。なんとか公開したいと考え「寺山修司青森時代試論俳句同人誌「寂光」「暖鳥」の時代（1）」として、奉職校の「研究紀要」に発表した。そのことが契機になり、「寂光」の名が知られるようになり、これからは「寂光」と寺山修司の関係も明らかにされてゆくだろうと安堵したことを思い出す。しかし十数年を経た今でも、「寂光」にみる寺山修司の俳句観（文学観）がわかる「詩のないアルバム」「堕ちた雲雀」[3]（ともに俳句評論）などの論文が読まれている様子はない。幸いなことに「寂光」には、詳しい句会記録が載っている。それらをみてゆくと、当時の俳句句会の様子も理解でき、彼が過ごしたふるさと青森の俳句環境がみえてくる。
以下「寂光」の寺山修司を確認していくことにする。

2　「寂光」への参加—俳句論争—

(1)「寂光」の発行と寺山の参加状況

( )の数字は合併号を示す。数字の右に◎記号が付されたものは、寺山修司の俳句や批評など関係記事が記載されていることを意味する。

昭和二十六(一九五一)年　高校一年
1・2・3・(4・5)・6・7・8・9◎・(10・11・12)◎

昭和二十七(一九五二)年　高校二年
1◎・(2・3)◎・4◎・5◎・6◎・7◎・(8・9)◎・(10・11・12)◎

昭和二十八(一九五三)年　高校三年
1◎・2(休刊)・(3・4)・(5・6)◎・7◎・8◎・9・(10・11・12)◎

昭和二十九(一九五四)年　早稲田大学一年
1◎・2◎・3◎・(4・5)◎・6◎・(7・8)・9・10・11・12

昭和三〇(一九五五)年　早稲田大学二年
(1・2)・3・4◎・5・6・(7・8)◎・9・10・11・12

昭和三十一（一九五六）年　【ネフローゼの病状悪化、絶対安静。大学休学】
昭和三十二（一九五七）年　【第一作品集『われに五月を』（作品社）出版】

（2）投句、投稿の内容―復元資料―

以下に記す排句や文章は、「寂光」にみえる寺山修司の俳句や評論など、その関係の記載のすべてを忠実に引用したものである。しかし、寺山の芸術を考えるうえで重要であると判断したものは、その他の記載でも多少の変更を加えながら引用した。また筆者のコメントや、「寂光」からの引用以外は【　】に入れた。

昭和二十六（一九五一）年　高校一年

八月号【この号に寺山修司の特別な親友京武久美氏の俳句初出】

●東奥日報主催の県下俳句大会は中村草田男氏を迎えて八月二十六日（日曜）青森市に開催されます、寂光人右両句会共奮つて参加されることを望みます。

九月号【高松玉麗選の寂光集に寺山修司初出】

夏萩や患者はるかに雲仰ぐ
郭公や透明の女血を吐けり
晝の虫百姓の女土間に眠る
大空に弓を射る子あり夏の芝

十・十一・十二月合併号【高松玉麗選の寂光集に採択される】

秋愁や木肌むしれば匂うもの

コスモスやベル押せど人現れず

○九月号「寂光集」を読みて　永沢耕子【寺山修司の俳句の批評部分のみ抜き書く】

晝の虫百姓の女土間に寝る《ママ》　修司　【「寝る」は原句では「眠る」】

百姓の女が仕事を終いて晝の僅かな時間を疲労のために身装も解かず土間に眠っている状態が「晝の虫」に依つて的確に描写されている。更に虫に依つて女の哀れさを一層感じさせる。

郭公や透明の女血を吐けり　修司

郭公が鳴いている最中に病のため透明となつた女が血を吐いたと云う句意であり、哀れさを感ずるが、この場合「郭公」との関連性を欠き、つけたりの様な気がする、そのためかこの句其のものに迫力がない、此の場合私ならば思切つて「雷光や」とかしたであろう、今後の力作を期待する。

昭和二十七（一九五二）年　高校二年

一月号【「寂光」表表紙の裏の推薦句の六句のうち二句目】

木枯やポケツトの何かにぎり来し【原文のまま】

【高松玉麗選の寂光集】

捨つべきか手の蝶いまだ死なざれば

朝霜や鶏は卵をかくしけり
朝霜や寡婦は鐵橋下に住む
木枯やポケットの何かにぎり来し【原文のまま】

【課題句　林檎　佐藤流葉選】

秀逸

りんご食ふ妹の素顔のりんごめき

佳作

旅愁なお青きりりんごの手に残る

●青森縣句集第十三輯刊行記念俳句大會抄

席題　霞

三光　藤原柯芳選

手にうけて天を仰ぐや初あられ　寺山修司

席題　草枯

三光　福士行思選

草枯や地蔵むんずと立ちいたり　寺山修司

二・三月合併号【高松玉麗選の寂光集】

虹うすれやがて記憶に失せしひと
病者等の視野冬雲のせりあがる

胼《ひび》の手を組みつゝ母のうれしきこと
眉にも雪他郷の驛に母と逢ふ

●二十七回横斜忌句會抄
日　時　一月六日
場　所　縣立中央図書館
出席者　玉麗、兎二、仙穂、凍蝶、滋雄、洋一、男郎花、正三郎、真、修司、久美、迪、八千代。投句　研二、錦石

追悼句
遠くゆく横斜佛に雪晴れよ　修司
互選句『雑詠』　高点順【寺山は六番目】
そこより闇冬の蠅ふと止る　修司
【「べにがに」→そこより闇冬ばえゆきてふと止る（読）とある。（読）と寺山修司によって記入されているが、読売文芸に見えず。「暖鳥」（27・2）は、ここと同じ】
席題　甘酒　男郎花選
人
甘酒を吸ふあたゝかき師の前に　修司
秀逸
癒ゆる日の近く甘酒手にぬくし　修司
席題　氷柱　滋雄選

母の薬瓶しかと氷柱をくゞり来し　修司

●二月例會抄

日　時　二月十六日

場　所　青森驛前越中屋

出席者　空朗、男郎花、光多郎、麗水、玉麗、兎二、きぬ、凍蝶、正三郎、仙穂、昭典、修司、久美、洋一、将之、滋雄

互選句『雑詠』

五点句

言いそびれつゝいくたびも炉火を積む　修司

四月号【高松玉麗選の寂光集、当時寂光集では作品を一人につき十句まで募集していた】

もしジャズが止めば凩ばかりの夜

寒き濱を去るとき一語書きのこす

賣られてゆく犬が枯野でふりかえる

老木を打ちしひゞきを杖に受く

●君子志願者の辯【前文略、関係部分のみ抜粋】　伊藤麥子

寂光集に

團栗を掌にころがせば未来あり　久美

木枯やポケツトの何かにぎり来し　修司

この新鋭の浄らかな叙情に接し得たことは楽しい。京武君の各句は玉石混肴の感。対象への切れ込みが不揃いであり、対象の選擇が不充分なせいであろう。寺山君のからは、才気がチカチカする印象を受ける。「成長を欲するものはまづ根を確かにおろさねばならぬ。上にのびる事をのみ欲するな。まづ下に喰い入る事を務めよ。（和辻哲郎）」多くを詳らかに見る事は、自然を深く見ることにはならぬ。見る眼が鋭さを増さない限り、質は依然として変わらない。外形の特性だけを見ることなしに、内部にひそむ生命をつかめなくば、浅薄にも、生きた人生と対象からいつも同一な抽象を結果するに過ぎぬと、君子志願者はオッサン的感懐をもらした次第である。

●三月例會抄

日　時　　三月十五日

場　所　　青森驛前　　越中屋

出席者　　兎二、玉麗、詠太郎、仙穂、塘月、竜宇、麗水、西蕉、修司、久美、滋雄、淡草、洋一、正三郎、ちゑ、きぬ、敏夫、緑葉、ふみを、昭典、（以下略）

宿題「当季雑詠」　席題「囲解く、春暁」抄

冬墓の上にて凧がうらがえし　　修司

教師並び卒業歌をみな顔にうけ　　久美

五月号【高松玉麗選の寂光集】

学あざむきハイネを愛し菫濃し

ジャズ寒く女の裏を見てしまふ
ガラス拭く梅雨の記憶を消すごとく
霜の崖胸を張れども壓さる、
売る古書を青イ冬日の五指つかむ　【「青イ」原句のまま】

●心の目の美しさ―二・三月號寂光集より　　成田滋雄

【前文略、関係部分のみ抜粋】武田きぬ、小林正子、寺山修司、間山東岳、高橋雅風の諸氏も書きたいと思つたが、枚數の都合に依り割愛し、何れかの機会にしたい。（中略）次に印象に残つた作品を記して筆を置く。

胼の手を組みつ、母のうれしきこと　　修司

●四月例會抄

日　時　四月十二日
場　所　青森驛前　越中屋
出席者　緑葉、敏夫、洋一、ふみを、麗水、ちゑ、修司、久美、詠太郎、甦生、仙穂、玉麗、兎二、きぬ、西蕉、勇三、ひろし、滋雄、投句、将之

互選　『雑詠』　一点句略
四点句【この前に五点句が一句ある】

母とわれがつながり毛糸巻かれゆく　　修司

席題　『春星』佳作

春星やくるところまで来てしまふ　　修司

●編輯後記
連峰社主催の弘前観櫻会俳句大会には主幹、兎二、仙穂、麗水、竜宇、正三郎、甦生、小阿彌、修司、久美の各氏が出席、互選綜合点では正三郎が第一位を獲得しました。

六月号

●松韻集「朧」相馬兎二選

遂に来ずおぼろの木立はなれけり　寺山修司

七月号【高松玉麗選の寂光集】

春雷をきく鉛筆で頬支え
電柱に肩触れ工夫霧のなか
春の虹手紙の母に愛さるゝ
虻啼いて宙のにごりの層厚し
霧ふかし深夜のラジオ壁を洩る

●蛙の繰り言—暖鳥、辛夷花作品鑑賞—　田川研二

【「暖鳥」五月号を評したものであるが、前文略、関係部分のみ記載】

泳ぎ出してなおも片手は岩つかむ（寺山修司）

これも私には、そのヨサが解らない。前記の「川の子と春耕の母との距離」【永沢耕子作】と同じ感じを受ける。

母とわれがつながり毛糸巻かれゆく（寺山修司）

私は寧ろこの句の様な素直さを採る。然し私の勝手な考え方だが、氏自身はこの句にあきたらない思いをしているのではないかと思う。

いなづまの窓みな閉めて迫らるゝ（寺山修司）

は一寸驚く、私はこれを詠んだ瞬間映画「武蔵野夫人」を思い浮べた。しかも、いなづまとひら仮名で書いて、この方の印象を薄くし（これがないと劇的効果を著しく殺ぐ事になるが）専ら緊迫した室内の空気に焦点を引つ張つてゆこうとする意図さえうかがえる。尤もこうした観方はそれこそ中年者の観方であるというのであれば、私は頭をかいて引つ込むより外はない。とに角この句は、技術的には成功した句と言えるだらう。しかし技術の後に何が残るか、これは疑問である。

八・九月合併号【高松玉麗選の寂光集】

わがつかむ崖の高さの風を聴く

母のベル押すや飛燕ののど赤し

藤椅子や女体が海の絵をふさぐ【「暖鳥」では「ふたぐ（青森の方言）」とある】

母と別れしあとも祭の笛通る

山の蟬トロッコ肩で押されくる

月見草百姓の子の影短かき

●選後に　二千句近い集稿は見応いがあつた。（中略）寺山君は、無盡藏な句の泉の所持者の如くに作品を産み出してゐるが、時には同一句を方々へ見せてゐる。どこの句会にも必ず新作品で赴いてこそ、句の泉の所持者の真価が表はれるのである。そうあつて欲しい。

　母のベル押すや飛燕ののど赤し

は好ましい。

●一句鑑賞　田川研二

　学あざむきハイネを愛し菫濃し　寺山修司

多感多情の才子を彷彿させる。私のこの時代に、こんな瑞々しい感情があつたものかと秘かに考えてみる。一口に甘いとか、感傷だとかいう評は却つて当らないと思う。
学あざむきの、自己を客観する理性と、その中になお菫に目を止めなければならぬ感性を見る。私はこの句に青年の持つ高貴さ、清潔さ、繊細さを感ずる。魂の純粋さを感ずる。あざむきは単に学校の授業は上の空で、独り野に出て好きな詩集に溺れている。といつた風に解してはいけないと思う。自れの、学問に対する態度への深い反省、そして究極には学問そのものに対する懐疑、恐らくはこうした複雑な想いをこめて作者の心象は目前の事象たる菫を感じつゝその奥に学問への懊悩を藏しているのである。すべてをその理智に判別し得て、なお一切はその魂の純粋さ、複雑さの故に混沌とするのである。

【田川研二氏は千篇一律の花鳥俳句でない若い人々の感性に驚いている】

●八月例會抄【日時、出席者の表記が変更したが、あえて統一せずそのまま引用】

一、日　時　八月十六日　旅越中屋

一、出席者　男郎花、甦生、玉麗、兎二、仙穂、洋一、緑葉、敏夫、ふみを、修司、久美、ちゑ。

『雑詠』（互選句）【寺山の句なし】

抄

大南風肖像なれば母笑まず　修司

席題「蟬」玉麗選　【寺山の句選漏れでなし】

席題「簾」兎二選　秀逸

人の死へ簾の海の昏れていし　修司

十・十一・十二月合併号【高松玉麗選の寂光集】

少年がナイフをみがく夜の蜘蛛

蟻地獄礟砲の影もておゝう

わたる雁辞書買つて靴あきらめぬ

屋根裏にハイネを読むや雁わたる

●青森縣句集第十四輯刊行　記念句會記　田川研二

【（以下右記の記録を筆者要約）この記念句会は十月十九日、善知鳥神社の本殿の十畳三間で十月の例会に代わるものとして開催された。参加者は弘前、北郡、県南八戸などからもあり、五十数名を越える盛況なものであった。その日の席題は「秋晴」「火鉢」、秋晴は互選、火鉢は高杉桂城、高田翠影、二唐空々、佐藤松星の共選となる。この会に寺山、京武氏、近藤昭一氏も参加していた】

●青森縣句集第十四輯刊行　記念句會抄

兼題　鶏頭花　阿部思水選

秀逸
鶏頭赤し誰もが母に抗らふか　寺山修司
互選　秋晴（高点順）
崖の孤児秋晴へ出て火創れり　寺山修司
【この時は八点が一位で、「秋晴れの死火山白き雲を生む」の京武氏の句と、小林正三郎氏の「秋晴れの水思ひつきり胃に泌ます」であった】
席題火鉢（共選）　高杉桂城選
夜の火鉢女医の話を嘘と知る（佳作）　寺山修司
【この句は二唐空々（秀逸）、佐藤松星（人）にも選ばれている】

昭和二十八（一九五三）年　高校三年

一月号

●横斜忌句會抄
一　日時　一月六日午後六時
一　場所　青森驛前　越中屋
一　人　兎二、仙穂、男郎花、甦生、麗水、牛鳴、洋一、敏夫、修司、昭一、久美、圭造、
【以下十名略】
忌句
横斜喪失雪の日に欠く屋根の石　寺山修司

雑詠（互選、一点句略）

魚の骨こぼす卓下に靴の冷え　修司

席題「福寿草」

福寿草母が貯めたる金わづか　修司

席題「手袋」

手袋赤し母の買ひ籠持ちたくて　修司

手袋をかじり脱ぐ癖家の闇　修司

五・六月合併号

●編輯後記

○目下青森高校生として、自由奔放な活躍をしている寺山修司君から、寂光集に対する批評稿を頂いたが、次号を飾つて貰うことにした。学生らしいきび〳〵した若鮎を思はしめる点は、一読新味を覚えること〻思う、次号をお待ちください。

七月号【高松玉麗選の寂光集】

麦広らいづこに母に憩ひしあと

青麦をきてメーデーの歩幅なほ

葱坊主どこをふり向きても故郷

来て憩ふ冬田売り終えたる後も

煙突の見える日向に足袋乾けり

●詩のないアルバム[3]─『寂光』三、四月号から─　寺山修司

美しい行ひを　心からほめることは
自分もその行ひに　たづさわることだ　ラ、ロシユフコオ

そんな言葉があるのだが「寂光」三、四月号の読後感は必ずしもそうとばかりいえないようである。なぜなら私の接し得たそれらの作品は、熱情を感じるものがあつてもそこには知性が寡く、都会的なモチーフを扱つても表現がより以上に郷土的に過ぎたりしているのだから。

たしかに「寂光」の方向の一つは郷土性への自覚ではあるかも知れない。しかし郷土性というものは安易ということに、ばかり一致するとは考えることも出来まい。

同じ郷土的な作品でも、その郷土に永く居住したというのみの理由でリンゴや岩木山をたてにふりまわす詩があると、それは単にイヤ味にとゞまると同じように、安易に「郷土」に坐つて「郷土」を詩作（思索）するのでなく吐き出すといつた風なゆき方は正しくはないに違いない。

「郷土」はすでに知性の上に再発見の必要があらう。

アメリカのトマス・ミツチエルという、何時もボケた脇役になる俳優が実に、脚本演出までに手を出していて、初めてその「馬鹿さ加減」ができるのと同じように。そして「寂光」には当てはまらないとしても、縣俳壇全体が一に俳句を「吐く」ことから「思索」することに更えねばなるまい。眞の郷土的なものはやはり一つの教養を経たものでなければ信用が出来ないということのように。

例えば細谷源二の

北海道の飴色の雨馬の尻
　口髭をたくわえるべく抗《ママ》夫慎重
らのローカル俳句にしても彼の教養が信頼がおけるから感動受《ママ》けるのである。
　例をあげると「寂光」のひとにはﾟ(少数を除いて)草田男の影響もなければ誓子や波郷の感化もみられない。そこにある独創性を作者たちは訴えたいのではあろうが単なるスケッチのもとに詩感の乏しい作品であつては、そこに趣味性がないとしても文学としての真の敬意を払うことはできないのである。私は若さのせいかも知れないが、一に理想を標榜する。そして葛西善藏や生活に疲れた自然主義文学を大文学として、たゝえることは出来ない。もし詩人をして単なる生活敗北日誌にとどまらせしめるならば、そこにはプラトンの「私の理想国には詩人は不要だ」の言葉が待つているのみだからである。
　次に組材。私は「寂光」に限らず俳壇全体のモチーフの選択には非常な不満を感じ、そこに以前から俳句文学の足ぶみを感じていたからである。
　今月号の「寂光」の句(寂光集)のみを、思想、恋愛、哲学、叙景、生活、心理、とわけてみると、生活が四十四%でトップ、次が叙景の三十四%、思想九%、心理九%となつておりあとはその他である。
　ここで注目すべきことは恋愛が一つもなかつたことと、哲学的あるいは、純象徴的(赤黄男らの曰く)が一句もなかつたことである。この際結社であるから、象徴、哲学は仕方ないとしても戀愛がないとはどうしたことか。俳壇の人は生活に疲れて理想や情熱を失つたとでもいうのであらうか。

更に、心理、思想として私がわけたのもいたずらに観念が多く、純思想としてのレジスタンスが感じられた句はほとんど皆無であつた。勿論私はその表現用語にとらわれずその底をながれるものをして思想としたのではあつたが。

マリクス《ママ》へ持つ魅力冬田に風の吹く　　鬼子

この作品は若く、情熱的であり、また中島斌雄の「麦」の作家として私は注目していたのであるが、「麦」三月号に同句が

マルクスの魅力冬田に風吹くも

と添削されてのつて斌雄の批評を頂いている。そこでこの句はすでに作品として監査を経たものとして私はここに拙見をのべたいのである。

一にこの句の作者がマルクスズムに興味をもつたといいたいのであろうが。それは徒に言葉「マルクス」そのものへの愛着だけではなかろうか。せい一杯生きぬくための本当に宗教として思想の杖としてのマルクスであろうか、ということである。

学生俳句には徒にこんな句が多いのだから。

コスモスやヴエルレエヌの詩を愛し　　久男

プッセの詩口づさみつゝ木の実拾う　　喜文

父欠きてより「罪と罰」夜をも読む　　久美

しかし私は今月の「寂光集」ではこの木村鬼子というひとの作品にめづらしく魅かれ、そのレジスタンスが未完成なまでも敬服したことはたしかである。

冬の埋葬スコップの柄に息からまる　　鬼子

には「麦」本来の野性的な人間の孤独感を味わうことができたし、また表現にもクレパス画のような太さが感じられたからである。

生活俳句が寂光集の半分まで占めていたことは方向としては決して不服を云うことはない。しかし私はこれらの寂光集の生活俳句には「万緑」のような生きぬくなやみとユーモアを感じなかつたし、啄木のような痛烈などん底の歌も感じられなかつた。

これは単に古い表現法ばかりのせいとはいえないようである。

ここで永沢耕子の作品をその頂点として考えてみたい。

このひとの作品は私は縣俳壇でも有力な一つとしてつねに注目していたのであるが、今月の四句もやはり素晴らしい。

霜やけの手をやるその頬も寒し　　耕子

にはやりばのない貧しさとかなしさ。

夜の十時霜やけの妻の帰る頃　　同

には作者のヒユーマニテイな人柄が現れてこの種の生活俳句として一頂点ともいえそうである。

しかしこの作者のいわゆるレジスタンス、すなわち強いてプロレタリアぶろうとするところにはなぜか共鳴できない。

例えば「暖鳥」四月号のスターリンの死の連作は私にはぜんぜんそれを哀しんでいるようにも思われなかつたし、感動もなかつたから、はたしてこの人の何%がプロレタリア精神に賭けられているのか。それをもつと感動ある作品によつて見せてもらいたいものである。ところで同じ生活俳句でも今度は共鳴できない方を拾つてみたい。

冬屋のちらばりピクリと肌をさす　ふみを【「冬屋」は「冬星」の誤植であろう】

しぐれ夜の街灯赤くまた青く　清春

元日の吹雪止まなく灯を恋いり　麗水

このほかにも拾うことは容易にできそうに思われた。

まず最初の句は誤植でないとしたら意味不明である。

しかし私がこの句をあげたのは主意不明のためではなくてピクリとかトロリとかウンとかキョなどの感覚語が多いことが気になるからである。

これが先生や古い作家の場合は効果を発しているとしても新人が真似てい丶こととは必ずしも言えないものと考えられるのだが如何。すなわち「寂光」に育つひとは「寂光」調を脱皮していただきたい。もつと知性か感性にすがつて青春を謳歌して欲しいということである。

二番目の句をあげたのはその句の表現のためである。

私にはこの句よりもむしろ森内修君の句の方にずつと魅力もフレツシユな感覚をも感じることが出来るから。

これらはこの句にかぎらず沢山あらう。しかしあえてこの句を切るならば「赤くまた青く」という語法は中学生の俳句作品にも見られる程度だと言いたい。この作品は新人として将来の縣俳壇を負つた一人に数えられていることを思うので一言まで。

三鬼の最近の実存哲学とか誓子のメカニズム俳句に関する評論家の山本健吉、孝橋謙二らの論争などは、結局は主題分裂の域に走り、徒に感情が先に立つ現状ではあるが、究極は共に生きゆくなやみと、俳句文学のための論争であるということを考えて頂きたいのである。また佛文学分野の桑原武夫の第二芸術論にしても真意は国文学のフンキをのぞんだということに他ならないのだから。

さて第三の句は五席に位した作者のもので決して良悪の極として取りあげるべきものではない。しかしこの句を私がどうしてとりあげたかはすぐ気づいてくれる人があつてもいいはずである。「灯りを恋いり」は単に地方人の集團では容認されうるとしても文学として、知性の場にその価値を問われたときには絶対に間違いである。

「恋う」という動詞に完了の「り」がつくときには接続は未然形(4)で「恋へば」の「恋へ」であるということは、もはや国語の問題を脱して文化人の常識でなければならない。いつかの句会でたれかゞ俳句としての価値が文法を殺さねばならぬ場合のあることを示して下さつたが、私には納得がいかなかつた。所詮文法にあわせると感動がへる句は、作品価値の乏しいものと考えられたからである。もち論例外は認めよう。しかしこの句の場合は絶対に例外を認める必要は感じられなかつたので、あえてとりあげてみた。

不贊成の句として

再軍備論じて果てず炭火つぐ　不墨

雲迅し菊白し十字架よ君を祈る　久男

村八分記事にラジオに年の暮　流鶯

らの心理、思想の安易性を更に追求してみたい。

私が真に心理、思想の句として擧げうるのは

金髪の子に指さゝれ秋の人　草田男

雪解泥道愚痴が主張になぜならぬ　清之助

らである。

前者には純化された思想の詩があり「秋の人」における敗戦時代の日本人の悲劇がある。何とかなしい葦の流離であろうか。

後者には小市民のつぶやきがあり、いかりがある。弱い人間のそれはコトバにならぬ抗議とでも言おうか。

前述の三句を私はこの二句に比べて評しようとするのではない。たゞこれらには多く感動と腹の底からの慟哭がないことを不満とするのである。

再軍備を論じてもこの作者は賛否を論じているのではない。おそらく憲法が改正になれば「憲法論じて」になろうし、徴兵令がしかれゝば「徴兵令論じて」になるであろうところの田舎小成的心理を不満とするのである。

原爆の子をみて美句で祈つても村八分をラジオできいても作者らにとつてはおそらくそれは、風刺以前のモチーフに過ぎないに違いないのだから。

こゝで二、三、「寂光」誌にいつも感ずることを言つておきたい。

一に観念語のおゝいこと。二には愛情ではない人情が多いこと。更に詩情に乏しく類想の多いことである。

また逆に長をのべれば、単なる寫生にとどまつていないこと。ふんゐ気が熱意によつて包まれているること。素朴なことなどをあげえようか。

最后に今月の作品から一、二、拾つてむすびたいと思う。

輝ける雪嶺温泉に湿浴《ママ》す　凡亮【湿浴は温浴の誤植か】

この作家はついに「天狼」の二句作家になつてしまつた。私なんぞは誓子の選のメカニックなやり方にたえきれず近星集に場所を変えてしまつたのに、この人は終止熱意をもつてのしあがつて、最后の栄冠を得たことにまず敬意を表したい。しかし遠星集のゆき方はその知性に於ては、文壇一のものとしても誓子選のマンネリには多少の問題が課されつつある現在である。私はむしろ藤内薄暮のように、天狼選者の交代制を支持すると共に、遠星集作家の知性模倣には不賛成である。この句もやはり、冷いスケッチとして頭のよい句であり立派ではあるが、所詮非情の句であり、大きな感動がないことはいなめない。

霜やけの妻はも《ママ》炭労ストを支持　耕子

私はこの作品をもつて四月の寂光集の一としたい。「寒雷」同人の古沢太穂、赤城さかえらのものには、多くこれらの組材があり、つねにその情熱には主義以前の問題として心うたれるのである。

梅雨です助《ママ》です破防法など存じません　さかえ
こほろぎ止めよわが発言はいま大切

そしてこの作品にも同様のものを感じられよう。ここに主義の合つた夫婦を見、革新的な世紀の先駆者たるべき一作者とその妻を感じるからである。新藤兼人の「愛妻物語」のように、その妻は「よき半分」であり、またたのしい友であるに違いない。

妙なラクガキをしてしまつた。

薄い一冊の俳誌をしみじみとながめながら、こんなことを書いて、それが諸作家の創作欲を減じなければしあわせである。こんな俳句への序章をのべながらも私には、いまだダンテのベアトリーチェのような創作の杖をつかみ得ないで、なやんでいるのだから……。「真の教養は何らかの目的を必要としない」の言葉にすがつて、私は更に目的なしのなやみがつゞくに違いない。

まるで銀河の星を籠に拾つてあるくように。（二八、五、五）

【以上全文掲載。ラ、ロシユフコオは、仏の箴言格言作家（一六一三～一六八〇）】

●編輯後記

○寺山君は試験勉強最中の寄稿と聞いていますが、誌上を借りてその厚志を深謝します。

八月号

●編輯後記

○先月号に於ける寺山君の『詩のないアルバム』の反響は、木村鬼子君、手塚ひろむ君によつて先ず論陣が張られ、蚊に攻められる灯下ながら実に楽しく、嬉しく編輯を終えた。

【編輯後記に述べられているように、八月号は寺山に対する二人の反論が載せられている。この論争は、俳句には多くの感動と腹の底からの慟哭が大切であり、そのためには深い教養が必要であるとする寺山に軍配があげられるようだ。寺山が高校三年の春にはすでに文学の本質を俳句創作を通して、理解していたことを示す文学論である。実作は理論とおりにいかないと羞いをみせつつ書いたこの文章に、「寂光」の同人が早速反論を八月号に寄せた。手塚ひろむ氏の「『詩のないアルバム』について―私の考えと意見」である。文の要約をする。

寺山修司の「詩のないアルバム」は、誤った独断的考え方であるので彼の考え方を糺し、併せて自分の考えを述べる、とする書き出しからかなり立腹していることがわかる。項目を立てて反論している。
●草田男らの影響と感化
「寂光」の人は草田男、誓子、波郷の影響や感化を受けた俳句がないという寺山の指摘に反論。書や絵のようにその神髄を学ぶ絶対的流派と違い、俳句結社は、その技を磨く便宜的なものであるから、草田男を絶対と崇め同じような句を作る必要はない、とする。
●都会俳句と地方俳句　モチーフ
寺山修司の「ローカル俳句にしても教養に信頼がおけるから感動を受ける」という指摘に、俳句を都会（生活・現代）俳句と地方俳句に分け、知性とか教養に関係なく地方俳人が自然と対決しながら自然を主導する緊張感のもとに実作すると本当に優れた俳句になると反論。
●教養と芸術
寺山君は「教養を感動の尺度として作品の価値を決定づける」というが、作品を通して作者の経験（精神）が鑑賞者のうちに再生産される多寡によって、感動の多少が決まるのだと主張。寺山のこの教養主義は、芸術鑑賞の非常識で作者のみならず芸術そのものを冒涜する、と強く反論する。知性と感性は必要ないとする考えである。
●再びモチーフについて
俳句は散文詩ではないのだからモチーフと表現が一番大切である。そしてそれが俳句の価値を決定づけると説く。最後に「調」その他について結社の中で鍛錬して確立すべきであるとして結んでいる。

そして、さらに寺山が反論を投稿したのが次にみる「墮ちた雲雀」である】

十・十一・十二月号

●「墮ちた雲雀」【全文記載】

── もし私が黙つていたら　石だつて黙つてはいまい　── キエルケゴール

過ぎてしまつた日に佐藤春夫の創作を、作品合評で河盛好藏が採りあげて「キリンも老いては

ロバに劣る。」といつた風のことを書いた事があつた。それを読んだ佐藤春夫が憤然として

「あれは俺の最高の傑作だ、批評家なんかに俺の作品が判るもんか。」

──それから數ヶ月、文藝春秋には色彩で麗々しく「佐藤春夫、河盛好藏に嚙みつく。」という見出しの漫画がついた。

手塚ひろむ兄

あなたの文章を讀ませて頂きました。学習の合間に書いた私の「詩のないアルバム」がどのように讀んでいたゞけたか楽しみでもあり、心配でもあつたのです。しかし正直を云つて、私は全くがつかりしてしまいました。ヴォーヴナルグという人の引用句のように「知つていることと、知つている仕方とを」用ひて同じことを説明しなければならないということは哀しいことだと思います。

しかしもし私が黙つていたなら、全く私は播いた種は捨てた砂粒ほどの仂きもしないように思われたので、こゝにもう一度、身のほどを忘れたアヴアンチユルを試みることにしましよう。

天 の 青 さ 広 さ 凍 蝶 お の れ 忘 れ　　多佳子

この凍蝶が宙で命脈が絶えなければ幸せです。

あなたは（最初に草田男らの影響がない）ということを指摘して、絵画（私には印象画とは何だか

わかりませんが）や書道を例にあげておられます。

そして俳句は結社だから「技をみがくための便宜的方法の故に存するのだから。」と言っておられます。しかしそれは私の云つたこととは全く違いはしませんか。

私が誓子と草田男と波郷を並べたのは一つの派を押しつけたのでは決してなく、まるで違つた例えば東郷青児と安井曾太郎と堂本印象の三人とでも云つた並べ方なのです。

お判りでしょうか。

私があげた三人は單に現代俳句の代表者としての、芸術派の代名詞にすぎないのです。あなたがもし、久保田万太郎のように、「俳句は芸術でなくてもいいさ」と云われるのでしたら、私の説明は無意でしょうが。

「草田男に心酔しているらしいが」とのお言葉は、もし私の作品を並べての上の御批評でしたら承わりましょう。

しかし単なる都合のよい辻つま合わせなのでしたら、あなたは「誓子に心酔しているらしいが」とでも云えたことでしょうね、私はこの文章全体に見られる、このような安易的不必然性を残念に思います。

この最初の部分のピントのづれが続くセンテンスを主題分裂に導いたのでしょうか。

「部会俳句（現代俳句）を生活俳句だと定義する。それも生活を非情な心でよんだ俳句だと考える。」というあなたの文章は大変な錯覚です。

私はローカル俳句と都会俳句という分け方を用いるならば一にはそれはモチーフが中心だと考えるのが正当だと思います。なぜなら住む所によつて決して詩精神に違いがあるわけはなく、そしてまたフイクシヨンを肯定しているからです。だから都会俳句が現代俳句で生活俳句であると定義づけられて地方俳句がそうでないとなるとまるで「寂光」には生活俳句はないというような定義になつてしまいその上地方にいる私たちには「第二芸術論」に反駁できないということになりそうな心配があるからです。

私の云い方からすると東京の真中にいてもローカル俳句はあり得ます。一例をあげるならば

春耕や母さきに帰り鶏よぶ声　昌夫

春野の人なに跳びたるや杖ひかり　清之助

鮎太る渓声ならぬ歯切れよき　春苺

これらはみな東京の作家です。例えフイクシヨンだとしても、また旅の句だとしても、佳いものだと思いませんか。そしてどれも生活俳句であり、その上決して非情ではありません。

私は都会生活を非情でよんだものだけが生活俳句だという考え方はだからまるで反対です。生活をむしろあたゝかく見てやることこそ、詩としての美しさを加えると思いますから。

次に、「風流ということの新しい解釈が現代俳句の生命だ」という考え方は「天狼」のどの同人の言葉か知りませんが、それを全く肯定しているあなたの独断にはおどろかされます。

現代文学の使命はそんなものではあり得ません。人生のために更に大きな必然性から生れでる高尚なもの、純粋なものがそれでなければならないのですから。

そして地方俳人と都会俳人の詩精神に違いがあるというあなたの意見はまるで無意味です。只地方人が一般に知性が低いという事と、時代の流れに乗り得るに遅いという事、そしていつしか田舎臭に馴れてゆくという事だけが問題なのです。なぜなら都会俳人は結構すぐれた風土俳句を

作つておりますし、そして意欲ある地方の俳人はすぐれた都会の俳句を作ります。しかしいづれこれらは大したことではありますまい。現代俳句は生活と風土のみで全部を占めているのではないのですから。なにとはなしに擧げられた高尾窓秋と松本たかしの四句はあなたの企てた意図に苦しみますが、私にとつてはどれも無感動です。

「郷土を知性的に再発見せよ」という私の意見をあなたが「郷土を人文地理学的に再検討せよ」と解しているのには私は思わず微笑したのですが、その次には私自身、そのように解釋される書き方しか出来なかつたのかとむしろ炎天歩きのピエロのような気持になりました。知的に見なおすということは、私の句でおそれいりますが「牛小舎がこゝにあつて台所の灯が洩れている」という内容の

牛小舎に灯が洩れてありチエホフ忌　修司

という俳句、これを「チエホフ忌が今日であつた」ということに気づいたということがもし知的な発見だと云えるならば例になり得ましよう。そしてこんな拙句の例ではなしに、見わたせば、古い材料にでも新しい何かがある場合、例えば細谷源二の

突貫のごとし藁抱きつまづけば　源二
秋の蝶とまれば遠き帆のごとし　源二
足そろえこほろぎ囲む家にねる　樽男

なんか読んでいたゞければ好例でしよう。

次に教養ということですが、ヘツセに「真の教養は何らかの目的を必要としない……」とあるように、決して学歴とか学問のようなものを指すのではなく、映画とか読書、創作など広

い勉強により育まれるものなのです。すぐれた俳句作家はだから教養人ということになります。逆に教養人でなくてすぐれた文学者があり得ないということになりましよう。あなたの感動の三句は私にとつては単なる叙事であり少しも詩としての感動がありませんでした。

郷土俳句として少しく私の興味をひいたものを八月号から引かせて頂けば

薔薇白し農夫戦帽まだ捨てず　飛砂男
蝌蚪に足生まれ無神論者農になし　凡亮【蝌蚪《かと》はおたまじゃくしの意】
遠蛙対せば瞳にある意に触る、　仙穂

次に象徴のこと。

私が云つた赤黄男らの純象徴の句とは

軍艦が沈んだ海の老いたる鷗　赤黄男
荒地にて向日葵ならび首切られ　高弓
北風の癈（廃）兵院の蜂の死期　重信

これに句集「蛇の笛」とか高柳重信の新刊の「伯爵領」などを指すのです。

大体俳句のような短詩型では多かれ少なかれ象徴味を生んでくるのですが、私は写生句が象徴句だという考え方には不賛成であつて、たとえば、

古池や蛙とびこむ水の音　芭蕉

をスランプ脱出の芭蕉の「こころの音」というような解釈やさらにそれを深く掘り下げるというような国語学的な行き方は文学以後の問題だと思うのです。

作者の意図に解釈されている内はともかく、単なる老俳人が「花の蜂」を詠つたのを評論家が考えた挙句
「花は蜜が沢山あるからアメリカに違いない」「すると蜂は日本ですか」「いや吉田さんかも知れませんよ」
こんなナンセンスさえ生まれかねないのですから。

寒灯やカーテンの襞襞に影　　みどり

はたしかに写生句としてはうまいかも知れません。しかしこれが心理の陰翳といった象徴に解釈されるならば、あゝ日本にはなんと象徴詩人が多くなることでしょうか。

私はここに学生俳句と社会人俳句というあなたの分類を全く容認できません。

それで思想俳句に関する問題をこゝにはつきりさせたいと思います。

八月号には木村鬼子兄の「マルクス」の句に関する辨明がのつていました。

そして「高校生たるものには」とだんびらをふりかざして「風の吹く」と「風吹くも」の違いに力んでおられます。そこで私は鬼子兄に、大学生たるものが、レジスタンスといえばすぐ抵抗＝共産思想、と考えるという危険さ、というよりも文芸用語としてのレジスタンスというものについて考えて頂きたいのです。

鬼子兄はそれを全く知つておられない様子です。だから俳句の底を流れるというのが、作者のひとつのものにぶつける情熱であるということも理解できず、更に宗教といえばすぐ教徒、（―何々教）という風にしか考えることができないのです、そして

マルクスへ魅力冬田に風吹くも　　鬼子

マルクスへもつ魅力冬田に風の吹くを異つた句だと云い張るような脱線にもなりましよう。しかしもつと大切なことがあるのでしたね。

再軍備論じて果てず炭火つぐ　不墨
雲迅し菊白し十字架よ君を祈る　久男
村八分記事にラジオに年の暮　流鶯

これらをあなたは「思想としての何かを持つていて」といつておられます。しかし「何か」といつた安易さでは決して真理は追求できないでしよう。だからこれらは決して表現が練られていないから草田男たちに及ばないのではなくて、土台がすでに「思想」というよりは「思想的」な言葉にすぎなかつた事に悲劇があるのです。啄木にたしか、

神ありと云いはる友を
説きふせし
かの路傍の栗の木の下《もと》

というのがありましたが、これは啄木の思想がはつきりでており、しかも少年の日常生活もにじんでいるように感じられます。ところが

再軍備論じて果てず炭火つぐ　不墨

の場合は賛成なのか、不賛成なのかまるで川柳のような一寸した生活スケッチにすら及ばぬ結果となつたのでしよう。「何か」でないもつと妥協なしの詩が欲しいと思います。

春の鵙国に採詩の官あらず　育宏

祈るごとき若葉多しや国独立　照雄

おしまいに俳句をならべましょう。

まず観念語の入つたもの

群鳥立つて花散つて魂の行方　幸子
運命や枯木の上に星ありて　祐二
ぼたん雪街は虚栄の灯をともす　麗水
過去の汚点すべてを雪に埋めたき　句外
人の世の生くる道あり冬晴れり　敏雄

これらのどの語が観念語なのかすでにあなたにお判りのことでしようね。

そして文学としてよりむしろ何か修身か儒教臭のようなものの強ささえ感じられるのは私ばかりではないことと思います。

次に私の云つた愛情ではない人情という語の説明私が「愛情ではない」人情といつたのはいわゆる浪曲的人情のことを指すのです。だからこれらは「人情マイナス真の愛」とでもいつた型で早いはなしが自己心酔の前時代的なものをいつたのです。

たとえば

秋刀魚食う女役者の過去かなし　久男
ほろにがき悔よ夜道の雪きしみ　せつ子
朴訥な戀よ膝の手ふれ別る　玄茶

など、そして本当の愛の句と思われるものを挙げれば、

雪まぶし抱かれて息のつまりしこと　多佳子

金のすきはるかな母の祈りおり　波郷【「金の芒はるかなる母の禱りおり」の誤植か】

冬薄暮いくたびもその顔呼びき　波郷

夏帽の笑顔瞼にありて亡き　楸邦

×　×　×

いつの間にか長々と書いてしまいました。中村汀女の作品に

咳の子のなぞなぞ遊びきりもなや　汀女

というのがあります。

理科や英語の本を前に積んで、そして卒業を前にしてはどうやら僕は「咳の子」にはなっていられないのです。

手塚ひろむ兄。私は私の文芸観を基にして、ようやくこれだけ書く時間を持てたことを自分に喜んでいるのです。

しかし安易な妥協とか、「何か」といつたあいまいな考えは最も前進をはゞむものであり文学には決してつきまとわせてはならないものだと私は考えます。

（八月二十四日）

●例會抄

時　九月十九日　於越中屋

人　玉麗、男郎花、浜茄子、ちゑ、恒子、せつ子、仙穂、修、きぬ、正三郎、ひろむ、牛鳴、久美、修司、昭一、無限、緑葉、流翠、兎二、西蕉、麗水、甦生、義一

「雑詠」　　　　互選（一點句略）

③メーデー歌運河の冷えをみな頬に　　修司

③幸福と呼びし少年時の夕焼　　修司

【この例会は五点が最高点であり、寺山の句の前に四句ある。この年は『寂光』の同人と寺山との間に激しい俳句論争があり、嫌悪の空気が誌面からも読みとれる。青森縣句集第十五輯発刊記念俳句大會作品抄の記事もあるが、第十四回ほどの盛況さは見られなかったようである。また、この十、十一、十二月には寺山たちも不参加のようである】

昭和二十九（一九五四）年　大学一年

一月号

●横斜忌句會抄

時　一月六日午後六時

場所　驛前越中屋

人　玉麗、機雲、麗水、緑葉、無限、仙穂、甦生、ひで代、昭典、正三郎、牛鳴、きぬ、和良、玄茶、修司、久美、昭一、壽緑、せつ子、恒子、竜宇、投稿ひろむ、兎二

忌句

鵞のペンは赤く明るし横斜の忌　　寺山修司

雑詠（互選、一点句略）

【なぜか一月号の寂光集には寺山の句は見えない。選句の際に俳句論争が影響したとも思えないが……】

二月号

●県句集散見（青森縣句集第十五輯）―作品鑑賞―　田川研二

◎秋の曲梳く髪おのが胸よごす　寺山修司

◎流すべき流灯おのが胸照らす　仝

似ているようで、実は大部違う。私は後句を採る理由は君には解つていたゞけると思う。妙なことにこだわるようだが今年の横斜忌句会での

◎寒の雀鍛冶屋はおのが胸照らす　修司

を見つけて、その句作心理が解るような気がしたが、これは私の早計であろうか。

【青森縣句集は昭和五年来寂光社同人によって刊行されてきた。高松玉麗氏をアンデパンダンとして。投句者数百八十七名。田川氏の作品鑑賞に採り上げられたものは十三名である。ちなみに近藤昭一や京武久美の作品も俎上にのせられている。若いかれらの注目度が推測されよう】

●一月例會記―手塚ひろむ―

編集子から、一月の句会記を簡単に纏めて書いて欲しい、との注文でしたので、早速書くことにする。

別にメモもないので、記憶のまゝに記してゆくが、もし違つた個所（私の記憶違ひ）があつたら御寛恕を賜りたい。青森時間午後六時（午後七時）、ようやく二十余名の参加者を得て句会は開かれた。暖冬異変の最中ですらこの位だから、平年並だつたら……と思ひやられる。七時半。雑詠投句掲示終り選句に入る。

八時に席題
『火　鉢』　佐藤男郎花選
『雪薄し』　高松玉麗選
を締切り、各選者が席題選句の合間を利用して兼題の選が行はれる。それが終つて、席題入選句が夫々の選者によって披露された。仙穂氏が手馴れた手法で入選句をものし、久し振り来会のふみを氏が、これ又独自の手法で入選句をものしたのが印象深い。
八時半。いよ〳〵兼題の批評に入る。俄かに席を移動するもの多く、何時も乍ら一瞬に緊張がたゞよふ。

○ずぐりごまくるりと子にも吾にも春　　きぬ
主婦としての大きな幸福、それは我々から見れば些細なことなのだが、それを私はこの句から看取したい―仙穂、玉麗、男郎花氏
くるり……春と云ふ連繋、そこに突飛な何かを感ずるが、しかし古い観念だ―ひろむ
観念的です―修司氏

子の息の乱れ寒夜の部屋四角　　機雲
『ずぐりこま……』よりまだ悪い。全然ダメです―麗水氏
『部屋四角』の表現から来る圧迫感。それが『子の息の乱れ』を受けて一層如実なものとなつて来る―玉麗、男郎花氏
『部屋四角』によつて『子の息の乱れ』からくる圧迫感とも云ふべきものが四散する様な気がする。『部屋四角』によつて作者が妥協した様に思はれる―ひろむ

○防雪林鐵路は母の帰らむ色　修司
何かある様に思はれますが、防雪林は場所でしようか、それとも場所の限定でしようか―男郎花氏
防雪林から受ける鉄路の色、それが母の帰らん色に關連するのです―修司氏
鉄路は、自分と母を結ぶ唯一の身近なものと解するが……―ひろむ
それでは平凡です―修司氏
面倒ですね。私の想像の限界をもつてしては貴君の想像の世界まで飛躍するのは無理です―男郎花氏、ひろむ
○子を大学への話いつまでもよ寒灯下　仙穂
いつまでもよが解らないが―牛鳴氏
時間的限定がありますーひろむ
『よ』は詠嘆に用ひられます―修司氏
よく解りますが、調子が好きでないのでとりませんでした―ひろむ
○口開けて虹見る煙突工の友よ　修司
煙突工と友との關連は―玉麗
イコールです。煙突工であり又親しい友であるわけです―修司
寺山君の作品としてみれば古いですね―ひろむ
昨年のものです―修司（笑）
その外に甦生氏、兎二氏の作品が批評されたが、記憶が確かでないので省いた。僅か一時間半の批評時間は、意を盡して批評するには余りにも短かい。その點研究の必要があろう。尚この日は

何時になく活況ある批評が交され、興奮するもの、宥めるもの、その他相当突込んだ批評をするもの等々バラエテーに富んだものであつた。二月の句会は、このバラエテーの高度な展開となるであらうことを筆者は期待しつゝ、擱筆する。（一、二九）

【当時の句会の様子が理解できる例会記である。寺山は安易に観念に逃げ込む句を強く批判している】

●例會抄

日　時　一月六日午後七時

場　所　青森驛前越中屋

人　　　麗水、牛鳴、ひろむ、ふみを、緑葉、二郎、和良、仙穂、玉麗、真、無限、きぬ、甦生、機雲、昭一、修司、男郎花、玄茶、（投句、兎二、久美、昭典）

「雑詠」（互選、一點句略）

②防雪林鉄路は母の歸らむ色　修司

②口開けて虹見る煙突工の友よ　修司

席題「雪薄し」　玉麗選

◎山拓かむ薄雪貫く一土筆　修司

席題「火鉢」　野郎花選

◎一火鉢家系に詩人などなからむ　修司

【雑詠は四点が最高点である。寺山の直前に三点の久美と昭一がいる。席題は二句とも二重丸つきの一位である】

三月号

●二月例會記―手塚ひろむ―

会場の都合により二月例会は二十二日（月）に変更されて開かれた。期日変更の連絡が旨くついただろうか、この雪では……と懸念し乍ら扨《さ》て会場へ行つてみると、既に玉麗、仙穂、甦生その他の諸氏が参集して、皆の到着を待つている。何時も乍らその時間の厳守振りには恐縮させられる。そうこうして居る中にもう三十人近くの人が参集して来て、会場が狭くなつた感じさえ受ける様になる。

午後七時。席題

春　雪　　小林正三郎選

腁　　　高松玉麗選

が発表になる。途端に深刻な顔をする人、笑みを浮べる人、頬杖をついたり天井を見上げたりする人が多くなる。その中に学生俳壇の人達が一かたまりになつて、何やら話したり笑らつたりし乍ら作句に入つている。この人達の参集数が月を追ふてその数を増して来ているのは、沈退気味の『寂光』に、若さと光彩を与えるものとして特筆したい。又当日は田沢虎雄氏、石戸里子氏の御二人が新らしく出席されたが、国鉄人の入会に続くこの御二人の新加入は『寂光』に一入の清新さを加へるものとして慶びに堪えない。御二人の御精進と御健吟をお祈りすると共に、先輩諸兄姉が、常に新入会員のよき師表となられんことを望むや切である。

七時四十分。席題を締切り、披露を終り、直ちに互選句評に入る。

何時もなら、座を崩してから一瞬走る緊迫感とでもいうものがすぐ解けるのだが、今日はそれが中々とけず、お蔭様で口数の少ない圧迫感めいた空気をもつた句会となつて了つた。
　卒業期の頭《ツ》をゆくものに雲と詩《うた》　久美
最高の七点を得て、まず評の対象となる。
頭をゆくものに……難があるのではないか―仙穂、きぬ
『頭』を焦点として、そこから拡がつてゆくもの……雲と詩……卒業期によつて生きるのではないか。―修司、玉麗
しかし誰の頭にも『上手い』と思はれたのだらうか、期せずしてそんな声が起る。
　夜のドラマ静かに氷柱太りゆく　ふみを
久し振りの氏の作品。『ドラマ』芝居めいたとする評が少しくあつたが……
修司氏が云ふ様に『この〔ドラマ〕は人工的ドラマでなく自然のドラマと見た方が正しいのではないか』との評は正しい。
　言うて尚心の離る爐の二人　玉麗
この句、『二人』が大分論議の的となつた。『恋人』だとか『友達』又は『男女』とするもの等々。句の全体から見た場合、それのみに固執して、それを規定して了はねばならないものかどうか……
句評の仕方に、再考と研究の余地がある。
　涯に倖あるかこの凧ぐん〳〵ひく　まもる
大人が作つた句だから悪い―甦生
『子供が居るだらうかどうか……』に関する論議―甦生、牛鳴その他

どうも何かに固執して、大切な事を忘れた評を繰返している様に思はれてならない。

たんぽゝは地の糧詩人は不遇でよし　修司

詩人の家や、傾きて冬のばら　昭一

詩人死して舞台は閉じぬ冬の鼻　修司

以来句会に必ず登場する様になつた。難解の処もあるが、よく解る様な気もしないでもない。俳句における知的とか芸術とか云ふは端的にはこの様な句を指して云ふのであろうか……。『この様な俳句は、俳句としてどうゆうものだろうか』との要旨の勇一氏の質問に玉麗氏は『自分の肉体＝経験＝を通していないから、観念の空廻りに過ぎなくなる様な恐れがある』と云う様な答を出されたが……。

しかし、私達には目新しい（珍しい）。新しくそして意欲的な句を常に発表してくれる此等学生俳壇の方達の将来に、私達は期待をもつて注目してよいのではなかろうか。（以下省略）（二十九、二、二三）

●例會抄

日　時　二月二十二日

場　所　青森市駅前越中屋

人　　　洋一、勇三、牛鳴、甦生、機雲、緑葉、無限、二郎、和良、玉麗、仙穂、きぬ、修司、まもる、久美、昭一、正三郎、以下七名略

「雑詠」（互選、一点句略）

③たんぽゝは地の糧詩人は不遇でよし　修司

②青む林檎水兵帽に髪あまる　修司
②民知らぬ基地いくばくぞ林檎たわわ　修司

四・五月号

●世代との風交―縣句集雑感（青森縣句集第十五輯）―阿部思水―

作品の価値は年齢によつて左右さるべきものでないことはいふまでもないが、俳句の凝縮性から見て、年齢が案外、作品へ附加するものを持つてゐるのではなからうか。年齢を或は世代を考慮することによつて感銘の度合もおのづとその濃淡を増減することがあらう。いま世代への意味を探りつゝ、それ〴〵と風韻の交りを結ぶ所以である。

【十代】

この十代といふ言葉は好きでない。目覚めの頃なのである。しかし新人はこゝから先づ生れる。新人は先人が到り着いたところから出発する。そして其処から発展する可能性を多く蔵してゐる。可能性故に期待もまた多くかけられる。

老ひ給ふな死に給ふな母よいぶり炭　京武久美
母病めり橇あと深く夕焼す　田辺未知男
花車《ママ》どこへ押せども母貧し　寺山修司
母の誕生すでに地平線あたたかし　中西飛砂男
独楽まわしきて机が高すぎる　伊藤レイコ
手袋や悲しきことに触れず脱ぐ　上村忠郎

こゝの母の句、どれも少年期のこだわりのない心情を吐露して美しい。いぶり炭は流れる感傷性を圧へてゐて宜しく、母病めりは橇あとにその嘆きを奥深くし、花車は夢と現実との機微を捉へ、地平線あたたかしはその幸福感を満たしそれぞれ出色だと思ふ。

独楽の句、がつくりと遊び疲れた少年のポーズを巧みに示して呉れる、心理的な陰翳もある。手袋の句は、相手を暖く包むことの美徳を自覚した許りの年代を思ひ浮かべて味わふと又格別な趣きが加はる。この世代は、いつも遠くばかり見つめてゐる時期ではないだろうか。ロマン時代なのである。伸び〳〵と自己の世界を詠って欲しい。

六月号

【『青年俳句』（上村忠郎主宰）誕生の記事がみえる】

【寺山は大学受験を控えた一・二月でも例会にはまめに出席していた様子である。しかし寂光集への不投句は忙しさだけが理由でもないらしい】

昭和三十（一九五五）年　大学二年

四月号

●縣句集を手にして　　佐藤男郎花

【佐藤氏は青森縣句集第十六輯に掲載された作品を三つの特色ある型に大別している。その一は、中央俳壇においても論じられていた抒情の変革の問題をふくんだもの。その二は、抒情の境地にひたり、楽しみ、感激しつつ作句しているもの。その三は、永年の修練を身に滲ませ微塵の破綻もない。以上のように分類して、「私は第一の部類に属するものと思われるものの中から次ぎの作品を頂いた」として十句の中に寺山の次の句をあげる。

わが夏帽どこまで転べども故郷　修司

これらの作品にはすべて大らかな「笑」が蔵されている。しかもその「笑」は決して「くすぐり」ではなく、素材把握の確かさと描写の巧みさから来ているのに何か力強いものを感じた、と評している。後に『わが金枝篇』に掲載され『花粉航海』に収められる寺山修司の代表句に対する的確な評である】

七・八月号

【当時「チエホフ祭」（短歌研究）の盗作が中央で問題になり、窮地に追い込まれていた寺山に対する郷土からの応援メッセージである。佐藤男郎花は寺山の句を高く評価していた】

●『随筆』　盗作、盗用、模倣　佐藤男郎花【全文記載】

寺山修司君が中央誌に発表した短歌の中に、中村草田男の俳句を盗用したものがあると言うので、大分問題になつた事は、もはや旧聞に属するので忘れかけていたのであるが、最近聞いた話によれば、中央においてはその後も寺山君に對する風評が極めて悪く、爾今彼の作品は俳壇も歌壇も黙殺するとまで息巻いている人もあるということで、何だか割り切れないものを感じた。この罪は寺山君だけにあるのではなく、ジャーナリズムが必要以上に賞めそやした結果と言えないこともないからだ。いづれにしろ当の寺山君にとつては致命的な問題だけに同情に堪えない。しかしそう言はれている半面、寺山君のことにふれて、「……先輩俳人の影響乃至模倣を差引いたとしても、たしかに清新な感性が、それらの作品の中に流れていることは、認めなければなるまい」（「俳句」三月号）と言つてくれる人もあるので、一概に悲観してしまう必要はない。要は寺山君の今後の努力と活動にあるわけだ。

短歌でも同じことゝ思うが、俳句には時々盗作盗用の問題が生じる。数の中には、問題として表面化されずに、そのまゝ本人の作品として、誰れにも気づかれずにいるものも相当あるのではなかろうか。私の知つていることにこんなのがあつた。それは人の事でもあるので、明らさまに名前を出したり、作品を発表することは差し控えるが、今から五六年前のことである。次ぎ〳〵と力作を発表し、当時私達を瞠目せしめていた一人の俳人があつた。それがいよ〳〵これからという時になつて病にたおれ、遂に無き数に入る人となつてじまつた。そこで私は彼の作をせめてはガリ版刷にでもして、同僚知人に配り、彼をしのんで頂くことも、生前の彼に対する情誼であらうと考え、彼の作品蒐集に当つたのである。ところがフトその作品に、どつかで見たことのあるのにブツかつた。はてなと思つて調べたところ、何んとそれは加藤楸邨の句の盗用であつた。それが発見されて以来次ぎつぎとそれらしいのが目につくようになり、「なんだ今頃気がついたか」と死者に嘲はれているような気がして、私はその計画をやめてしまつた。私の不明もさることながら、それを発表することによつて死に鞭打つ結果となることを恐れたからでもある。

ところで俳句が兎角こんな邪道に流れるには、次ぎのような指導方法をとつている人があるのも原因しているのではないだろうか。

――『どうすれば俳句はすぐ出来るか』という性急な即製術に對して答えて見たいと思います。答は簡単です。そんな事はいとたやすき事で、何の訳はありません。一つの近道は「模倣」であります（古川克己著「一句の成るまで」一九頁）……と述べて次ぎにその「模倣」なるものの例を掲げているのである。勿論古川克己も「しかし間違えてはならないのは、これは手段であつて目的ではありません」と断わつてはいるのである。しかし「模倣」した作品が果してい丶のか悪いのかは、何かに発表して評価して貰わなければ解らない。それがたま〳〵先輩から絶賛をあびたとしたらその作者はどうなるだらうか。「実はその作は模倣でありまして……」と自ら白状する人が果してあるだらうか。それればかりではない、それ以後の彼はまぐれあたりの名声維持のために、同じ手を何回も繰返すことになるかも知れない。そして俳句の世界にあつては、模倣しても十分通るものだとの考えを持つことも予想され、盗作盗用もさして悪い事とも思はなくなるだらう。古川克己ともあらう人が、何故にこんな事を初心者に教えるのか私には理解出来ない。

模倣と創作とは極めてデリケートな関係にある事は否めない事実である。例えば、

木がらしや東京の日にありどころ　　龍之介

几巾《いかのぼり》きのふの空のありどころ　　蕪村

と並べて、芥川が蕪村の模倣したと攻撃する人はいない。「この句（蕪村の）が作者（芥川）の脳裡にあつたことは確かである」（山本健吉）としても、立派に創作として認められているのである。こうした例は敢えて古人の例を引くまでもなく、現代でも数え立てられない位ある筈である。ところがどうにも納得の行かない句にぶつかつたのである。それは。

菖蒲湯をうめる水白く落ちにけり　　虚子

菖蒲湯にうめる水白く落ちにけり　　みどり女

というのである。前者は富岳本社版「現代俳句全集」第一巻高浜虚子集に収録されており、後者はみどり女の句集「笹鳴」に載せられている。そして虚子作のは大正時代五十句中の二十八句目

にあり、みどり女のは大正八年作となつている。何れが先に作られたかは作者に聞かなければ解らないが、大正八年といえば半ば過ぎであり、虚子が大正年間に五十句よりも作らなかつたとは思はれないが、各年間から平均して選んで載せたとすれば、二十八句目は恰度みどり女の作と同じ頃というようにもとれる。みどり女は虚子の愛弟子であり、句集に収められたものの大方は虚子選であることは、句集のあとがきでみどり女自身認めている。師匠の作風に心酔すれば、遂にはこれ程までになるのだとすれば、俳句というものはまことに恐しいものである。と同時斯程までになつたのなら、外の句にももつとこれと同じようなのがあつてい丶筈であるが、この外には見当らないのも不思議である。恐らくこの不思議の鍵を握つているのは、虚子とみどり女の御両名以外にはあるまい。この句を発見して暫く経つた或日の朝日俳壇で、「何月何日附本欄掲載の何々の句は盗作であることが判つたので削除する」と虚子は怒気を含めた如くに書いてあるのを見て、私にはますます解らなくなつたのである。こうしたことは短歌の世界にもあることであらう。とすればどうやら俳句短歌の宿命的な問題のような気がする。これを無くしようとするには、俳句登録制でも実施し、似通つたものは一切受けつけない事にでもしない限り、防止できないであらう。だから寺山君の場合でも非は寺山君にあつたとしても、一概に爾今黙殺など丶は言い得ないのではないか。しかも俳句と俳句、短歌と短歌ならまだしも、俳句を短歌に引用したのであれば問題は更らに複雑な筈である。こ丶で私はまた面白いことを思いだした。

それは岩田潔の句集「女郎花」であるが、潔はこの句集の中に、

飛び交ひて啼く　つばくらめ
築地の　もとに　眠る犬

山を背負へる　町なかの
昔の松の春の暮

×　　　×

屋根の上なる鯉のぼり
吾子の　眠れる　乳母車
妙に真白き薔薇剪つて
短き詩をぞ作りける

×　　　×

木かげを　なせる　白樺《しらかんば》
この高原を　なほ行きて
雲白くふと　法師蟬の
初蟬なれや鳴きをはる

×　　　×

遠潮騒の　わびしけれ
旅籠を出でて　四五歩なる
この巖かげの　水仙の
花の日なたも沍ての中

という四つの詩（傍線、男郎花）を掲げているのであるが、傍線の部分については別に行をあらためて、

町なかの昔の松の春の暮　誓子
薔薇剪つて短き詩をぞ作りける　虚子
法師蟬の初蟬なれや鳴きをはる　草田男
水仙の花の日なたも冱の中　素逝

と謳つており、彼の詩情をわかした源泉を明らかにしている。こうしておけば人様からは決して盗作盗用呼ばわりされる気づかえがない。それぱかりか下手な鑑賞文を掲載されるよりは、遥かによろしいと当該俳句の作者らは喜んでいるかも知れないのである。若し寺山君にして、彼の所謂盗用呼ばわりされた短歌に、この手を用いたとしたらどうなつていたらうか。それでもなお且つ彼の詩的感性が疑われたであらうか。

どうやら寺山修司君の弁護めいたものになつてしまつたが、本心は弁護する意志は毛頭ないのである。むしろ寺山君に対しては、寂光昨年六月号の「新人中のホープと目されているこの二人（註寺山君と京武君）は、互に影響され合つていることはたしかであるが、こう並べて見るとその詩因に疑問が出てくる句はそれ〴〵佳作と言えるが、頭脳でデッチ上げる作品は必ず馬脚を出すことに留意すべきであらう」と批判した田川研二氏の意見に賛成するものである。寺山君はこの苦言を素直に受け入れるべきであると思う。

3　「寂光」の投句・投稿状況を概観して

以上が「寂光」にみる寺山修司関連の記載である。圧巻は何と言っても俳句論争である。高校三年の五月、俳句を始めて二年、「詩のないアルバム」からは、しっかりした俳句観を確立して、大人も論破できるレベルにあったことを窺わせる。また句会に出席して積極的に発言をしている様子もみえた。「寂光」は貴重な資料であり、今までほとんど光が当てられなかったことが残念である。

次の俳句は「寂光」デビューを果たした記念すべき句であるが、他所に投稿した句とかなり趣が異なる。投句する場所により句風を変えられる才能がある証しであろう。これらの句は、「寂光」以外の場所には持ち歩かなかったようだ。なにか実験的創作をしているようにも見受けられる。


昭和二十六（一九五一）年九月号【高松玉麗選の寂光集に初掲載】

夏萩や患者はるかに雲仰ぐ
郭公や透明の女血を吐けり
晝の虫百姓の女土間に眠る
大空に弓を射る子あり夏の芝

これらの句については、昭和二十六年十・十一・十二月合併号に「九月号「寂光集」を読みて　永沢耕子」の評がある。

特に右に引用した四句のうちの二句目と三句目の表現の激しさに戸惑いをみせる句評者の意見を、寺山修司はどのように受けとめたのだろうか。『花粉航海』まで眺め渡せる後の読者である我々には、寺山俳句が人間の情念を前面に出し前衛化する核が、これらの特異な句の中にみえていると思われるが如何なものであろうか。

句友でライバルの京武久美氏が「抵抗性（レジスタンス）について―山彦作家中心―」（「生徒会誌」）の中で、寺山の俳句を「ドギツイ言葉で表現された野卑な句、詩的で胸に広まる抵抗感を出している句、ドラマ的で若さで燃やした句」であると評しているが、まさにさまざまな色を持つ句を作り、場に応じて投句をしていたのである。

注

（1）『青森大学・青森短期大学研究紀要』第二十一巻第一号、一九九八年
（2）京武久美「随想寺山修司のこと」（「河北新報」一九九二年五月七日）
（3）『寺山修司の俳句入門』（光文社文庫、二〇〇六年）に収載される。
（4）四段活用の動詞に接続する時は「未然形」でなく「已然形」である。寺山の勇み足か、誤植で未然形としたのか不明。

第九章　「暖鳥」と寺山修司

1　「暖鳥」の寺山修司

寺山ワールドの原点が俳句にあるとすれば、その世界へ寺山修司を誘い、ある一時期、互いに激しく切磋琢磨し続けた京武久美氏を代表する仲間たちの才能にも、寺山文学を考える時慎重な眼差しを向けることが必要であろう。たとえば、

父還せ空に大きく雪なぐる　久美
冬の海になにを見て来しか君の貌　久美

これらの俳句を「暖鳥」に見る時、影響の強さが了解できる。そのことは、I部で何度も確認してきた。そして、それは、一人京武氏のみならず、

眉にも雪父と呼びたき人ありぬ　今みき子
父と呼びたき番人が棲む林檎園　修司

目とづれば稲妻わが身より発す　伊藤レイコ【筆者注：伊藤レイ子と同一人物】
母の手に毛糸が疾くまかれゆく　伊藤レイコ
母が編む毛糸がはやし寄りがたき　修司
母とわれがつながり毛糸まかれゆく　修司

寺山作品への直接的影響を窺わせる仲間が少なからずいたこともわかる。さらに、個人的レベルの影響云々を越えた俳句結社という集団の文学的環境が寺山修司を大きく育て、青森から世界に送り出したとも言えるようだ。

俳句同人誌「暖鳥」を手にすると、いち早く寺山修司の才能を認め、励まし、発表の場（勉強の場）を与え続けた暖かな空気を感じる。才ある高校時代の友人たちと、「暖鳥」の芸術性の高いレベルを保持することに熱心であった人々が寺山修司に与えた影響の大きさを今更に思う。なにより自分を取り巻く周囲の環境に、特に「暖鳥」に寺山は信頼を寄せていた。

第八章に引き続き、寺山の芸術活動の原点ともいえる「青森時代」の資料を拾い上げていきたい。「暖鳥」の場合は「寂光」と異なり、以前からその存在が知られていたために一部を除き俳句評論なども公開されてきた。寺山芸術にとって俳句の重要性は誰もが認めるところであるが、その全容をなかなか把握できない状況にあって、「暖鳥」の資料公開はありがたいことである。

それにしても、寺山修司の早熟な才能と活動量には瞠目させられる。

藤椅子や女体が海の絵をふたぐ(1)（「暖鳥集」昭和二十七年七月号）

この句の情景は、映画『田園に死す』の冒頭の場面を彷彿とさせる。そして高校時代に強く影響を受けていたらしい堀辰雄の小説「ルウベンスの偽画」（I部第四章4「多ジャンルでの活躍の芽生え」）から影響された「籐椅子」とすれば、少年期に出会った言葉を生涯大切に棲まわせ、その世界を問題にし続けていたことになる。

2 「暖鳥」への参加

(1) 「暖鳥」の発行と寺山修司の参加状況一覧表【◎は寺山の関係記事があることを示す】

昭和二十六（一九五一）年　高校一年
1・2・3・4・5・6・7・8・9◎・10・11◎・12◎

昭和二十七（一九五二）年　高校二年
1◎・2◎・3◎・4◎・5◎・6（休刊）・7◎・8・9◎・10◎・11◎・12◎

昭和二十八（一九五三）年　高校三年
1◎・2◎・3◎・4◎・5・6◎・7◎・8◎・9◎・10◎・11◎・12◎

昭和二十九（一九五四）年　早稲田大学入学
1◎・2◎・3◎・4・5・6◎・7・8・9◎・10・11・12

昭和三十（一九五五）年　大学二年
1◎・2・3・4◎・5◎・6◎・7・8◎・9・10・11・12

昭和三十一（一九五六）年　ネフローゼの病状悪化、絶対安静。大学休学の消息記事。二月号に散文「手帳」

昭和三十二（一九五七）年　第一作品集『われに五月を』（作品社）出版消息記事。

昭和三十四（一九五九）年　四月号に散文「僕の断片」を投稿

（2）「暖鳥」の投句、投稿の内容―復元資料―

これから記すものは「暖鳥」にある寺山修司の俳句や評論、その他関係の記載記事をできるだけ忠実に引用したものである。【　】には筆者の説明を入れた。

昭和二十六（一九五一）年　高校一年

八月号

【京武久美氏の「暖鳥」への俳句初出は七月号からである】

【東奥日報主催（八月二十六日・日曜）の県下俳句大会のため来県した中村草田男氏を囲んで、暖鳥社の同人、誌友の歓迎句会を開き、各人の句評を賜り作句上の諸種の御注意やら現代に生くべきもの、覚悟やらを懇切丁寧に指導され、一同の感謝裡に午後十一時頃解散した、との編集後記もある。寺山は草田男来青に関係した俳句評論「林檎のために開いた窓―現代紀行ノート」を青森高校「生徒会誌」（昭和二十八年度版・昭和二十九年二月五日付け）に投稿している。立派な俳句論である】

九月号【吹田孤蓬選の暖鳥集】

打水や蟻ながながと一すじに
山郭公虹ある方に飛び去りぬ

十一月号【吹田孤蓬選の暖鳥集】
病室は暗しわが前火蛾狂ふ
蜩の道の半に母と逢ふ
炎天やじつと地蔵のにらむもの
●青高文芸部今回文化祭に於いて校内俳句大会を催し、暖鳥社よりは宮川翠雨、佐藤正夫氏選者となり盛会を極めた。【暖鳥裏表紙消息より】
【十一月十日暖鳥句会・吹田孤蓬宅】
小走りにポケットに柿おさえ来し
祖父の手を頭におかせ柿仰ぐ
【十一月二十日臼田亜浪追悼句会・新岡青草宅】
虹消えてわが掌に残る何もなし
恋と言うにはあまりに稚くバラを見つむ
朝霜や鶏は卵をかくしけり（席題「霜」）
霜の夜や寡婦は鉄橋下に住む（席題「霜」）

十二月号【吹田孤蓬選の暖鳥集】

蟻走る患者の影を出てもなお
生命線を透かせば西日病室に
コスモスやベル押せど人現れず【「暖鳥」表表紙の裏の推薦作品三句のうち二句目】

●「青森市役所福島けんじ　奈良武美互選句会」隅田氏等によって開かれる。「雁」寺山修司第二位、青森詩祭コンクール伊東昭五氏佳作「或る雨の降る日」【日付は明記されていないが十月の末らしい】【暖鳥裏表紙消息より】

●「やまびこ」創刊　青森高校寺山修司、京武久美等により。

昭和二十七（一九五二）年　高校二年

一月号【千葉菁實選の暖鳥集】【当時「暖鳥」は、百部限定発行、価格は一冊二十五円】

退院車すれ違うとき秋の蝶
浮寝鳥また波が来て夜となる
冬の葬列吸殻なおも燃えんとす【「暖鳥」表紙裏の推薦句の三句のうち三句目】
病廊を蜘蛛垂るる貌さかしまに
雲がみな西へ行く日を病んでいる
雲きれし青空白痴いつも笑あり

●霧のレール―京武悠治について―　寺山修司【京武悠治氏は京武久美氏の兄】

七月号の暖鳥集から京武君の句が見られるようになつた。

そこにはかつての遊戯的な句

たゝかれて始めて逃げし秋のはえ

からいろいろ工夫されて

幸福と秋夕焼を名ずけ《ママ》たり

という作品を物していた。

× × ×

ギッシリとノートにつめられた句の中に

蟻走る病廊長く夕日保つ、とか

煙飛ぶはげしさ晝の秋櫻

のような深いものもあつたが、すでに彼の句には一つの型が出来ているように思われた。

× × ×

京武君は苦労した。そして、

枯はてた朝顔生めし黒き種

の中学生から

病む娘居るコタツに猫のひげ長し

の高校生に進歩した。

だから彼は、こんど目の前の壁をつき破るにちがいない。

× × ×

私の目の前も、京武君の目の前もまだ未開の闇がある。私たちは平行な霧のレールの一本づつに乗つてこの俳句の闇をまた歩いていかねばならない。その先にはきつと空が晴れていることだろう。

二月号【千葉菁實選、暖鳥集の冒頭句】

いま逝く蝶声あらば誰が名を呼ばむ【「青森よみうり文芸」・「べにがに」にも収録。父の最期を想う心がみえる】

そこより闇冬のはえふと止まる【「寂光」昭和二十七年二・三月合併号に「はえ」を「蝿」としてある。「べにがに」には、そこより闇冬ばえゆきてふと止まる（読）とある】

枯野行《ママ》く棺のひとふと目覚めずや【「暖鳥」表表紙の裏の推薦句の三句のうち一句目に載る】

母に叛く影のせまさに蝿が入る

三月号【千葉菁實選の暖鳥集】

狂院の窓ごとにある寒灯

冬鏡おそろし恋をはじめし顔

冬空へ工夫となりて電柱にのぼる

紅蟹がかくれ岩間に足あまる【「べにがに」収録】

新年句會抄

日　時　一月十五日　午前十時

場　所　青森市博労町　工業会館

出席者　斉藤草村、小山内行実、森内北洋、福田空朗、成田武秩、佐藤教夫、奈良機雪、白戸秋草、永澤耕子、有馬旅子、福士行思、寺山修司、京武久美、成田千空、淺利康衛、伊東昭五、吹田孤蓬、葛西諒夢、後藤半四郎、千葉菁實、堀内幸子、藤田とみ子、尾形禮、柿崎無為、新岡青草、須見まさ、角田実、平山栄蔵

（投句）大川靜遊子、赤木葉二、中村隆介

兼題「鱒」　高点順【全部で八句掲載されているが、寺山修司の俳句は見られない】

席題（三光五客）

「獨樂」　斉藤草村選

獨樂まわす枯野は病窓のすぐそばに（五客）

「餅」　吹田孤蓬選

餅を焼く百姓の子は嘘もたず（三光）

「タバコ」　福田空朗選【選漏れ】

「手」　千葉菁實選

さむき掌にゆきどころなき蝶這わす（五客）

「火」　新岡青草選

火事明り寡婦ごくごくと水を飲む（五客）

総合順位　1永澤耕子、2寺山修司、3京武久美、4堀内幸子、5成田武秩、6伊東昭五、7藤田とみ子【以下略】

●寺山修司氏　山彦第二號發行【暖鳥裏表紙消息より】

四月号【千葉菁實選の暖鳥集】

虹のあと祈りめきたることをせず
鉄柵のなかにて墓標相触れず
冬浪がつくりし岩の貌を踏む
一語かろんぜられしが白き息のこる

●選　評

寺山修司

天稟の文芸的才能に加えてかもうことなく前進を続けている手当たり次第に句してしまうさまは貪欲に似ている、集中の

一語かろんぜられしが白き息のこる

の作品は草田男の「足袋」の作を想わせるが、それにしても今までに無かつた求め方のように思われた。対人、対社会への関心がより深まりを見せることを希望する。

五月号【千葉菁實選の暖鳥集】

泳ぎ出してなをも片手は岩つかむ
右車窓の枯野がおわる帰省の汽車
わが影のなかより木の葉髪ひろふ
母とわれがつながり毛糸まかれゆく

●本縣高校俳句作家展望　青高　京武　久美

【前半部省略】寺山修司君（青森高校）の句には、いつも接しているので、まず彼から取り上げてゆきたい。彼の作品の最も中軸をなすものは、甘さと浪漫性のように思われる。意欲と詩情が彼の句に対する最も真剣な態度ではないだろうか。

風を聴くすでに春虹消えし崖　修司
梅雨の雷赤き回転椅子まわれ
風立ツト赤イ扇ガ蛾ヲ生ンダ

さらに時には

冬の海若さかなしく頬ぬらす　修司
一語かろんぜられしが白き息のこる
春の虹手紙の母に愛さるる

のような彼自身の対社会および対人生の心境から生み出された記録が、ずばりと読者の胸にうちひびいてくるのは、彼の素質を十分裏付けするに値するものであろう。最近の彼の作品として

崖に出て春鵙ついに羽使う　修司
野火はげしポケットの冷え指先に
電柱に肩触れ工夫霧のなか

が特に私の目をひいた。【寺山修司に関係する部分のみ引用】

海館風景　寺山修司

海のホテル鸚鵡と黒ン坊は仲が良い
だれも見ていい《マ》なオウムい《マ》と風の接吻【「だれも見ていないオウムと風の接吻」の誤植】
海凪ぎて黒ン坊赤いネクタイもつ
海のホテルピアノのほこりを蝿がなめる
黒ン坊はひるねオウムはいつも「こんにちは」
海風きていつも泣いたままの壁の絵
黒ン坊にあらぬこと言うオウム舌赤し
窓から蝶口紅つけて名はEmiy
部屋に月光ハートの女王《くいん》踊りだす
黒ン坊の口笛海には幸がある
草の花洋館の子の名はメアリーと

六月号【休刊】

七月号【千葉菁實選の暖鳥集】
月見草百姓の子の影短かき
夏河に列車は車輪より止る
梅雨のバス少女の髪は避くべしや
藤椅子や女体が海の絵をふたぐ

●現實の叫び　小山内　牙城
今更言ふ迄もないが、俳句は生きた人間の「真実」を詠ふものだといふ。【中略】決して自己を見失しなふことはない。生きた人間の現実の姿を両眼をかつと開いてにらみつけている。

いま逝く蝶声あらば誰が名を呼ばむ　修司
冬の葬列吸殻なおも燃えんとす　〃
枯野行く棺のひとふと目覚めずや　〃
冬の貌豚の鼻先に来てゆるむ　礼
冬日射うつむけば髪赤くすき　ふみ子
冬の海になにを見て来しか君の貌　久美
父還せ空に大きく雪投ぐる　久美【以下略】
生きることへの執着、運命の妄観、信じる切る力、社会悪への反駁、定理への疑惑、人間の生態、生活の矛盾、暖鳥は多種多様に伸びそれ〲己をさらけ出している。【以下略】
●寺山　修司氏　「山彦」初夏號發刊【暖鳥裏表紙消息より】
八月号【「暖鳥集」休みのために、本号に寺山修司の俳句掲載なし】
●寺山　修司氏　「山彦」七月號發刊【暖鳥裏表紙消息より】

九月号【千葉菁實選の暖鳥集】
秋祭ひびかぬ笛をもてはじまる

いなづまに触れては母も覚めやすき
校舎振りむく松蟬の松匂ふなか
浴衣着て胸もとにすぐ古書冷ゆる
●縣下高校俳句会、青高、山彦俳句会主催で八月二十二日同校で開催。選者として宮川翠雨、吹田孤蓬、新岡青草、千葉菁実の各氏出席。【暖鳥裏表紙消息より】

十月号【千葉菁實選の暖鳥集】
赤とんぼ孤児は破船で寝てしまふ
颱風過硝子の傷に鼻こする
母と住む父が遺せし木の葉髪
蟻地獄波ちぢまりてひきかへす
●自己形成へ―縣下高校生俳句大會について　寺山修司
「ありきたりの大人の句会の真似だけはするな」と大会以前に千空さんからハガキをいたゞいたのであるし、夏の大会も好評であつたのでこの秋の高校生俳句大会はうんと清新な計画でやるつもりでいた。

しかし文化祭になつてみるとやはり文学展や文芸コンクールなどの行事ができて、にわかに多忙となり結局句会の方は夏の二番煎じとなつてしまつたので千空さんのハガキにはまことに申し訳がないと思つている。

しかし事実上の収かくは少なからぬものがあつたし参加者も一応、夏を上回ることができたのであるから、その意義も認めてもいいだろうとも思つている。

黒高とも友好が増し〝この次にやる大会は黒石にするか〟などの話もあつたし、また前回のプリントを配布してくれるなど何か高校生俳句の前途に明るいものを感じさせた。

場所は青高の図書室―。人員は二十七名で内訳は女が五名のこりは男であつた。「かたくり」からは女子二名が来ただけで一寸さみしかつたがその他は一応顔がそろひ、あのあたりが県の高校俳壇の全貌ではなかろうかと思うと俳句の普及程度の低さが痛切に感じられる。

句にはさすがに花鳥諷詠がなく、その反面、やたらに「孤児」や「びつこ」が多かつた。

これは特に山彦会員に見られた現象であつてよく言えば新興俳句的野性への目ざめであり、若さの横暴であるが一考を要することであろう。

さて大会総句数約九百句の中から秀句を作者別にひろつて見ることにすると、優勝の伊東昭五君には、

枯葉降るや終に胸襟開かれず　昭五

鶏屠りし双手を枯葉にてこする

蟻抗ふ双手開くや鰯雲

の三句がある。この三句はいづれも若さに於て共鳴できるという意味では高く買いたい。最初の句はロマン的であり非常にキレイゴトに終始しているので甘さに反感さえ感じられるほどよくまとまつていると思ふ。

しかし、「終に胸襟開かれず」はあくまでもそれだけのことであつて文学青年的な上面だけの描写に過ぎないとも言えるようである。そこには三鬼のいわゆる「西洋哲学」も感じられず、草

田男のような「必然」もあるとは思われない。私はそのへんに不満を感じ問題の天位のこの句より佳作の方の二句目の句をとりたいのである。

「きたない」と言うことに私はむしろ「きれいごとでない現実の真」ということを感じてそこに風俗を想起できるからである。

二位の秋元豊君は伊東君と同じくOBであり先輩である訳だが伊東君とは違つた意味で相当深く物を見つめている人であり句に、張りのある人である。

師の墓に虫聞く膝触れ額触れて　豊

拭き終えし皿青々と秋祭

ときに「万緑」風の自由な表現と深い洞察をみせる同君ではあるがまたときにはどこか楽屋裏が感じられるような気がするのは私ばかりであろうか。私は天位になつた一句目の句は嫌いである。その動作には芝居的なものが感じられ、それが押しつけとなつてついてゆけないのである。むしろ平易な二句目の祭の句の方に魅力が感じられる。なんとなく西洋的抒情があり、モチーフの純日本風と適度にマッチしている点すぐれた手法の句だと思う。感覚の新鮮さだけでもつている句ではあるがなか〳〵こうは作れないものである。

三位の京武君の句は最近素材の濫立が目につきすぎるような気がするが「根源病」から抜け出してからどこか句にどぎつさ（ものすごさ）というものが感じられるようになつてきた。その良悪はこの場では早急に決められないが知的野性の手法の持主で句にこれだけユーモアが感じられる人は高校生作家としては珍しいであろう。ちなみに同君の句はまた易解であり親しみ易い点から最も山彦ではマネされていることも附加しておきたい。

最初「天狼」の耕衣—誓子の線の「根源論」からたくみに根源俳句の手法をこころえてその風の句に自己を見出し、更にその線を抜けて「氷海」の不死男あたりの野性派の句に魅せられているというあたり流転つゞきであるがまだ〳〵試作の域を出ていないと思う。

夜の蝗孤児が濡らせしは重き軍靴　久美
鰯雲短かき足の犬負ける

前の句は彼の句の五十%を占める孤児の句の中の一つであるがとの《ママ》関係がそれでいいか、どうかに疑問がありそうである。たゞ着想を戦後風俗のたくまぬ描写は好感がもてる。二句目は面白さで保つているのであるが鰯雲の広さが具象的に描かれていると思う。

四位は中西久男君と近藤昭一君であり、中西君と近藤君は全く対照的な技法の持主なので対照させて見たいと思う。

秋まつり海の青さが憂うつに　久男
身の思索出来ずに落葉踏みがたし
鰯雲父を葬るに海おそろし　昭一
まつり笛膝抱く孤児は膝よごす

元来、中西君は抽象的な語の用ひ方のうまい人でそれが抒情とマッチしたときは成功し、失敗したときは浪曲節的人情（楸邨先生曰く）におぼれているのである。（女役者の過去かなし）という句があつたがこれなどはその適例であろう。ゆえにいゝ句はずば抜けてよく、悪い句はズバ抜けて悪い、というムラのある作家であるが、それに反して近藤君は重戦車のようにのろく進むが身に得た技法や素材は絶対にうまく使いこなしムラがないかわりにまだズバ抜けた句も少い。

しかし結果的にどつちが成果をおさめるかは長い目で見ないとわからないがともに才能が非凡であることは事実である。

今、こゝに二つの「海」が出ているが中西君の海は水色がかつた青い海でまつりが遠く聞こえるやるせない海である。まさに少女的な線の細い美しい句であるが、近藤君の「海」はおそろしいほど青い海なのである。そして鰯雲という背景があり、父を葬るというドラマがある。この二句は両君の対比に最も好角《ママ》な例ではないだろうか。

五位は田名辺喬君。最近すごい勢いで進出し山彦の第一線作家になつた彼だけに更に上位への進出が期待されていた。

稲 妻 に 硝 子 よ ご れ て 蠅 狂 ふ　　　喬

貨車長ければ案山子に祕密うちあける

鰯 雲 去 つ て 机 上 の 花 渇 く

線が太いこと。たくまぬこと。その辺に彼の句の特徴が見出される。「祕密」の句は何となくおもしろみのある句であるし「稲妻」の句は三鬼的なモノスゴサを貯えた句である。しかしこれらには多少の理屈と技巧が感ぜられるので頂けないが「鰯雲」の句はさすがに立派である。「花渇く」はまことに適切な表現であるしまた格調のある技法である。

さて女性の方はどうであつたろうか。

夏には活躍した「かたくり」の小舘さんは不振。「三ツ葉」の佐々木、「山彦」の加藤、この二人の人相当の佳句をもちながらも今回は全くの不振に終つてしまつた。わずかに「山彦」の伊藤レイ子さんは素直な表現とひたむきな作句態度が認められて入選圏内までこぎつけたが努力次第では入賞も可能な人である。一年生であるだけに更に奮闘を希みたい。

「山彦」はどうやらレールに乗り始め、宮川、千葉先生と共に今回は「天狼」の秋元不死男先生をも顧問に迎えることに成功し、また土曜には必ず定例句会を行うことにして、事実行つている。たゞ句のモチーフになるもの「例えば孤児とかびつこなど」があまりにも体臭が強すぎる、ということであるが、私はこれは試作の途上にあるのだから一つの方法としては仕方がないことだと思つている。

「孤児」「びつこ」の過程をへて、はつきり風俗社会なり自己核心ができるなら手段としてのモチーフ、原料はなんでもよいのではなかろうか。（ちなみに現在山彦ではこの前の土曜日の句会以来、盗むという語や汚すと言う語が流行を極めている）。

とまれ高校生俳句がやがて県俳壇の一部を背負つて立つ日までは諸先生、諸兄の接木が是非必要であるから御忠告、御賢見を仰ぎたいと思つている。

（十月六日夜）

●寺山修司氏　京武久美氏　十月五日縣下高校生俳句大会を青高文化祭に開催盛会をきわめた。

【暖鳥裏表紙消息より】

十一月号【千葉萕實選の暖鳥集】

菫濃し飛機に手を振る孤児たちよ

焚火ふみ消し孤児とその影立ちあがる

鴨吊られ水夫港にかへりきぬ【「暖鳥」表表紙の裏の推薦句の三句のうち三句目】

（寺山君のそれには季感に對する新しい觀點が感じられた。）

孕みしか長夜いくども水呑む猫
　　シュトルム「海の彼方より」読後
虹くぐり来しか少女の頰翳り

　けものの唄
　西日の動物園はけものの匂ひがしていました。
けものを見ている自分も、やはりけものなのです。
　檻のなかで哭いているライオンを見ながら私たちは荒野へ飛んでいきました。
孤児の唄おろかにも河馬の尻を出す
鷹哭けば鋼鉄の日に火の匂ひ
ライオンの檻で西日の煙草消す
吸殻を西日の猿の手がひろふ
芋投げて孤児は狸に和し易し
緑蔭に鸚鵡不平の声黄色
鷹の前夏やせの肩あげていしか
孤り昏れ猿に見られて猿をみる
蛇よなを妬心の尻尾まつ黒
月の檻狐は知恵を夜につくる
孤児暑し白鳥の翅見てくれず
【二段組みでレイアウトされ、上段に京武久美氏の俳句十二首がある】

●「帯」の魅力

暖鳥集の十月号。

今回は四句作家が十二人にも増えて、編集部でも近来の好作品ぞろいとの事であつた。

しかし、そんな色眼鏡をかけてはみたもの丶、私には、やはり今回だけが好調とは思えず、こ丶数ヶ月足ぶみつゞきのように考えられるのである。

勿論、レベルの向上はうなづけようが、所詮十句選の巻頭五句だから四句陣に作家がそろうのは当然であつて、千葉先生も「選が苦しくなつて来た」と言つている所から、更に四句作家が増えることは考えられるのである。

しかしこれは本当の意味の各自の詩心のめざめとは言えるかどうか…疑問が残つていそうである。

巻頭の尾形さんの句は、真の意味の写生句と考えられ、五句のどれもが知的なそして地味で明るい作品である。

私は暖鳥集の中の一彩としてその存在を高く認め、大いに買いたいと思う。

（最もこれは暖鳥集のカラーが一定していないから言えるのであつて全てがそうなつたとしたら、こ丶には問題が残されるのであろうが）

向日葵が海に向へば海あふる　礼

更に今回の五句にはどこかに落ち着きさえ感じられて、正に大成の貫禄を見せているように感じられた。

咳に咳一樹一樹の蟬異なふ　ひろし

病者生く眉をうごかし汗し食ふ

新谷ひろし君の句には最近抒情性が見られなくなつたような気がするが、これは君の意志の結果であろうか。

私は「岩つかむ」とそれ以前の君の感性と抒情に若さから非常に感読して諭したものであるが最近（特に今月号）における君の知性がちな作品には理屈さへ感じられる。

最も病者すなわち、自己と他人という所にはヒューマニズムの暖流の充滞に共鳴できてうなづけるが、それにしてもあの感性が、今は乾き切つていることはさびしいのである。

私は今号を通じて梅木さんの一連の作品に最も魅力を感じたのであるが推薦の一句を、私なりに鑑賞して結びたいと思う。

胸痛きまで帯をしむ夜は逢いにゆく　きみ

夜。鏡に闇の映つている少女の部屋である。少女は（敢えてそう呼びたい）
真ツ白な浴衣を着ているのであろう。そしていま逢いにゆく帯をキッチリとしめなおしているのである。遠い海鳴りが聞えるかもしれない。あるいは祭の笛であろうか。ともかく音楽も必要なのである。

それはまだ恋愛以前のプラトニックな逢いびきと考えたいものであるが、しかしデリケートな少女の中にはすでに女が棲んでいて、母に秘して逢えるよろこびを祕かに感じているのである。もち論、少女は純心で美しく……そして聡明に違いはないであろう。

しかしあるいは父を喪つたさみしい少女であるかも知れない。だから卓の上には紅表紙の智恵子抄か何かの詩集も上がつているのだろう。そんな水色の感じのする少女であつてもやはり、もし私が風であつてその指にでも触れようものなら、少女の指はきつと火の匂ひがするに違いないのである。

恋愛とかなしみ、美しいものばかりを想ふのはやはり若さのなせる罪であろうか。（一九五二・一〇・八　二夜）

十二月号【千葉菁實選の暖鳥集】

藁塚のぬくみに触れて踊りにゆく
母が縫む毛糸がはやし寄りがたき
秋暁の戸のすき間なり米研ぐ母
マスクして一楽章を軽んずる
咳きてやゝありて鍵を挿す音す

●俳句の解放―二十七年度暖鳥集作品を顧みる―　千葉菁實
【一月号から十二月号より推薦句を選んで評している。寺山修司の関係部分を引用】
一月号
　冬の葬列吹殻なおも燃えんとす
冬の葬列の作は青年が「死」ということ、つまり「生」ということであるが、それへの眼を開いた作であろう。大仏開眼の作である。
二月号
　枯野ゆく《ママ》棺のひとふと目覚めずや【「行く」は「ゆく」に改められる】

枯野の作はこの作者の先月号の人生の開眼の系列のものであろうが、おどろきがいつそう深まつている。

三月号

なお、寺山京武の両君を中心とする若い人達は、ドラマチックな内容をもつ実験作品を試みている。どのような実を結ぶか二十八年の興味である。

十一月号

鴨吊られ水夫港にかへりきぬ

「鴨吊られ」の作者には、この句がとられて一寸まごついたのではないだろうか。最近すこしスランプ気味であつたように思う。その原因として、同じ言葉をいためつけている。例えば、孤児、びつこ、墓、のたぐいである。自分で感じとったものを表すのが本道であろう。言葉から想念へ、この道にいつまでも拘りづらつては穂先がつまるような感じがしてならなかつた。推薦の弁として、わたしは新しい季感云々と書いたがあれは本意を尽くしていることではない。むしろ、めいめい持前のもの主体的な立場を押し進めてほしいとでも享けとつてもらいたい。

この作は霰時の感じがとてもよく出ている。鴨がつやつやしていて触感をさそう。

【この句は褒められているが後の句集の中に寺山は収録しなかった。「鴨吊られ女中が覗く肉の層」「鴨吊られ英人が言うサヨウナラ」という句が山彦俳句会（昭和二十七年十月）にある】

昭和二十八（一九五三）年　高校三年

一月号【成田千空選の暖鳥集】

秋の曲梳く髪おのが胸よごす

燕の巣母の表札風に古り

麦刈りすゝむ母はあの嘘信じしや

●一九五三年をむかえて　〃私はかくありたい〃　寺山修司

玫瑰やいまも沖には未来あり

愛誦句です。こんな句を作つてみたいと思つて始めました。

ブッセの詩のような、あるいは東洋的なあこがれのこの句を私の手でものにできるのはいつのことでしょうか。

来年も再来年も、私は俳句を作らねばならぬようです。私の乏しい青春性を引き出してくれた「万緑」誌上で今年は叫べるだけ叫んでみたいと考えております。暖鳥誌では倖に千空さんが選者になられたとか。この一本のロープの上には今までも乗りたいと考えつゞけていた雲があるような気がします。

更に。三鬼のいわゆる実存哲学へ掘《ママ》り下げるという句。それらに私は人生観の手術を受けるような戦りつを感じます。奇術的な言語の使い方の異様な魅力は私をはなしてくれそうにもありません。この線に沿つてドラマ性（俳句のフイクション）を試作してゆきたいとも考えております。

私はもつと私を知る必要がありそうです。私のどこかに私もしらなかつたしあわせがあるかもしれません。それを求めたいのです。来年は鬼門の受験です。詩と学問は今年も背中あわせになりそう。私がどつちものに出来ないとしたらそこには私だけではない悲劇が起る感じがします。どうやら夢をみるのも一時休業になるかもしれません。

地の涯に倖せありと来しが雪　　源　二

【「万緑」の自由で哲学的な俳句と三鬼の奇術的な言語への魅力を述べて自分はそれらの線の上にドラマ性のある句を目指す覚悟であると語る。力強く若い青年の真摯な姿をみる。この物語性こそ彼の芸術活動の核となる考えであろう。この年寺山の言うように、成田千空氏を選者にむかえ、適格で高度な俳句理論に導かれたことの意味は大きい】

二月号【成田千空選の暖鳥集】

氷柱風色噂が母に似て来しより
木の葉髪日向誰かの声音して
朝焼坂つましく売られゆく馬か
雪ごと墾つておのが祈りに遠きこと

●新春句詠【当日寺山修司は若武者仲間の順位争いで第二位になる】

日　時　一月十一日　午前九時より
場　所　浦町　教育会館二階
出席者　【総数三十数名の参加者名に混じって、寺山修司、京武久美氏の名前もみえる】

凪《ママ》（凧）とぶや地の翳にいて母炊ぐ（雑詠2点）【凪は凧の誤植】
冬鵙や椅子立つついに妥協せず（席題椅子）
冬暖かデパート母よりさきに出て（席題デパート）
横にデパート兵とし咳けば飢えしおと（席題デパート）

地の翳へ獨楽打ち家を継ぐことも（席題動くもの）

遠き冬雷耳より覚めて母兎（席題耳）【成田千空選　天となる】

●句評

凪（凧）とぶや地の翳にいて母炊ぐ　　　修司【次の評言からも凪は凧であろう】

「地の翳」は地上の一切の陰翳であるという説に対して、凧の影じやないかという異論も出る。

●感想―二月の暖鳥集　　成田千空

寺山修司。寺山君の俳句生活力には参る。ふところに七つ道具を用意してこれぞと思ふものは手当り次第に刈りとり、身を肥やしてゐる。これは若さの、いや、寺山君の特権といふものだ。僕は苦労性だから、ときをり、こつそり、（あ、、寺山君、今学期の物理の試験、うまくいつたらうか）と思つたりする。然し、文芸に身を寄せる喜びが作品の底流をなして、何か本質的なテンパラメントを感じさせる。

氷柱風色噂が母に似て来しより

ふと耳にはさんだ噂話がどうやら母に関するもののやうだ。確かではないが次第に母の噂に似てくる。「噂が……似て来しより」といふ時間表現は、遠く離れてゐる母を感じさせ、それだけに一層、安否と思慕がつのる。その心の波立ちが氷柱を吹き抜ける風の色につながつて、見えないものが見えてくる。しかし、そのつながりを、氷柱が凛々と拒んでゐるのだ。かなしい現実の筈である。しかし、その現実のかなしさが、作品の口調からあまり感ぜられないのは、僕の解釈が間違つてゐるのではなく、その現実を文芸するよろこびが、かなしみを帖消にしてゐるのだ。盲点である。（久美君の「爆音下」の句も、その欠陥を持つてゐる）。しかし、先達の方法を、こゝまで消化した消化力は、いつか、その盲点を突き抜けるだらう。

雪ごと墾つておのが祈りに遠きこと

【適切で重要な句評である。参考「爆音下冬の肥桶ならび乾く」京武久美作】

三月号【成田千空選の暖鳥集】

軒燕古書売りし日は海へ行く

足袋乾く夕焼を経し雲の下

草萌や鍛冶屋の硝子ひゞきやすき

●評以前—三月暖鳥集　成田千空

今回は、僕の心にひゞいた暖鳥集作品を列記するにとゞめる。

軒燕古書売りし日は海へ行く

●映畫を俳句にすれば　編集部

◆肉体の悪魔

（1）風の葦わかれの刻をとどめしごと　修司

（2）水の文様身へ翳りつつついに別離　菁實

（3）カメラアングル暖炉へ移りしが焔　菁實

（1）は当日の互選で最高六点句であつた。これに対する批評としては、異口同音に「うまい」ということであつた。「下手だ」というよりは「うまい」のがよいのであるが「うまい」ということは絶対によいことではない。果たせるかな一批評者だから《ママ》「これは詩だ、俳句作品としてはまだ」という適切な批評があつたように思う。

詩と俳句とはどんな点で結びあい、どんな点で離れてゆくかということは、軽々しく論ずることは出来ないが、とにかく、素材に溺れずその主想を象徴的ならしめた手柄は大いに買われた。

【暖鳥の二月の例会で映画を素材にした俳句の発表を試みたらしい。季語から解放された斬新な遊びである。現在でも寺山修司の俳句は詩だ、俳句とは認められないだろうと言い切る方もいる。寺山文学（俳句）を考える時、大きな課題である】

四月号【成田千空選の暖鳥集】

父亡くして八年九州にある母へ―

田螺覗く父返せとはつひに言へず

西行忌あをむけに屋根裏せまし

葱を買ふ後を保安隊近づく

●選後評　成田千空

その他の佳作。

西行忌あをむけに屋根裏せまし

【昭和二十八（一九五三）年一月から暖鳥集の選者になった成田千空は暖鳥集の指導も兼ねることになり、指導者的色あいの選後評を掲載していた】

六月号【成田千空選の暖鳥集】

さんま焼くや煙突の影延びる頃
花売車どこへ押せども母貧し
風の土筆へはやあしがちの線路の子
雁わたる胸の遺骨に影とめず

●選後評　成田千空

さんま焼くや煙突の影延びる頃　修司

想像にしても、事実にしても、こういふ句が出来る作者の状態は唖のやうに黙然してゐる筈だから、作者の心のひらめきと戻《かたよ》りを説明するのは七面倒臭い。煙突の影の延びる頃は、一様にもの影が延びて、からころと下駄の音がし、車が通り、人々の親しげな挨拶の声がし、小鳥の群が空を横切る。作者はコンロにしやがんで、さんまを焼いてゐる。じゅうじゅう脂臭い煙がたちこめて、作者は母のことでも想つてゐるのか。無心に。（おい、おい、修司君。折角のさんまが焦げるよ）いゝんだ。こゝは俗天使の浄土だ。人々は己れの身に照らして勝手に鑑賞するがいゝ。一つの感情が確実に飛躍を遂げ、作品に転生すると、解る人には実に解る作品になる。但し、一回きり。二度目を目ざすと無残な技巧倒れに終る。そこで、失敗したらくよくよしないで顔を洗つて出直すがいゝのだ。

七月号【成田千空選の暖鳥集】

蚊帳に透く母の祈りの貧しさよ
葱坊主どこをふり向きても故郷

校庭のそのタンポポの中の石よ
●山のあなた　寺山修司【『寺山修司の俳句入門』、『寺山修司俳句全集増補改訂版〈全一巻〉』に収録】
高原へつきました。

胸がいたくなるほど柵によつて馬車を見送つてくださつたあなたが、急になつかしくなりました。

白樺の匂ひがまるで鋭い朝の、そんな私の窓からは海を見たいと思つても見ることができません
………。

たぶん来年の春まで私はこゝに留ることになりましよう。

お互ひの作品もしばらく見られませんね。

馬小屋の草の匂ひの中でよんだようなあなたの新鮮な作品もその間にはどんなにか成長することか。

堀辰雄さんが亡くなりましたね。
あの方のページには本当に黒ン坊の少女のマンドリンのような詩がありましたのに。
　ありあまるゆえにくずほる薔薇と詩人
という香西照雄さんの作品はやがて冥土にもつゞくことになりましよう。
永遠のいのちのある詩をできるだけとゞめたいものだと考えられます。
「暖鳥」を着いた日に読みました。
ページがうすいことが残念でしたが熱意が感じられてうれしく思います。
そこにはニセモノではない生への不安とあこがれがありますから。
同人集の永沢耕子さんのスターリンには私は雀のように小首をかしげました。

思想の場としての文学を考えることはできましてもここには何%の熱情が含まれていますのか。

　八回の逮捕八たび自由を奪ひ得ず

　餘なき部屋スターリン像と壁のひゞ

これらには詩というよりも新聞の見出しといった感じしかありませんので。

同じことは

　春の街国土が顔を売っている

　辻政見百面相に柔風が吹く

などの西沢赤子先生の作品にも感じられます。

あなたはいつか

「本当に幸福を求めるような青春性に充ちた作品かあるいは生きるための号泣の唄しか信じられません」と言いましたね。たしかに「辻政見」の作品には詩というよりも趣味性とアイロニーしかありませんもの。

主題がはづれてしまつて叱られそうです。

〝陸奥群峰〟のことを書くのでしたね。

あなたは雑誌を下さるときに、たしか御田ゆたかさんの啄木忌の二句がいゝようにいゝました。

私には田川研二さんののがいいように思われます。

ですが青森県といふ一つの県の詩人たちの作品としてはどれも満足がいかないものばかりのようにも思えました。

「春泥」渡辺茂と「雪解水」村上はつえさんのものはどれもが生活スケッチといった風で丁度中

途半端な藤原《ママ》？たちの中間小説のような感じしか受けませんでした。

「千蔭抄」豊山千蔭はあまりにも「寒雷」的とでもいいますか。やはり写生とか試作的とかという言葉しか持ちません。ですが素直でまじめな点敬意を表します。

「胸のクルス」小林みどりと「闘犬」奥田雨夕、どうしてこんなモチーフの中にも客観しかできないのでしょうか。「天狼」のそれよりむしろ安易にすぎるように思えます。文学としてのパッシヨンはどこにも感じられませんね。立石月歩さんの「図面」すぐれているように考えました。モチーフの面白さだけかも知れませんが………。しかしやはり私にはあなたと同様、納得がいかないのです。むしろ知性を軽んづる私たちが間違つているのかも知れませんね。ですが時が解決してくれるまでは私たちの文学と同様、私たちの感情も山のむこうにありそうに思われます。

「基地地帯」田中凡亮はできているという感じです。

一句目は川口爽郎先生の

　いつの世もたれか罪人つばくらめ

を知つているので何か感動が大きくはありませんでしたが「天狼」の旗の下で詩作するひとりとして読めるものばかりと思われました。

「きさらぎ」櫻庭梵子　何といいましょうか、新鮮美とよい意味での「青くささ」が感じられません。マンネリではないでしょうか。

　炭火もえ医師は瞼を閉づるなし

の作品あたりは特にそんな気がしました。

「啄木忌」御田ゆたか　あなたが私にそういう前から私は御田ゆたかさんの作品と天狼の行き

方を比べて読ませていたゞいておりました。ですが先月あたりこの方の二つの評論を読ませて頂いてから何か不安な気がしてきたのです。

この方はすでにそれを知つておられると思いますので何もいゝますまい。

そうそう。あなたが読みたいと云つていた「四季」が一冊、手にはいりました。津村信夫とか三好達治、堀辰雄の作品が発表されています。

プルーストやラデイゲを待たないでも現代の俳句にも、もう少しでも詩情と文学性が欲しいものです。

あなたがずるい目を立て、怒つた久保田万太郎の「俳句は芸術でなくてもいいさ」はそのうちに消えて歴史のあとにはあなたのような少女たちが文学史の宿題をノートして草田男、赤黄男、三鬼などと暗記する日を信じましよう。

あるいは日本だけの文壇がそうなつてしまつたように俳句も大衆俳諧と純粋俳句に分かれる日がくるかもしれません。それもいいでしよう。私にはその辺の床屋あたりまでが「一句吐くかな」とか何ら文学性も感動もない老人が「名月や」などと言つている姿があまりにも重荷です。

そろそろもう時間です。この手紙はふもとの牛小屋の裏かポストへいれることになりました。田舎は十円銅貨のように裏と表がとなりあつていますからね。

そして高原の宿へかえります。私の好きな「中欧アジアの高原にて」《アレクサンドル・ボロディン交響詩「中央アジアの草原にて」》というレコードや苦手の理科のノートが待つていますので。

さようなら

牛小屋に洩れ灯まろきチエホフ忌

●暖鳥寸感　　田川研二

暖鳥作家の一つの指向、例えば主知派とかいわれる傾向についても、私は幾つかの異る流れを思う。（中略）寺山、近藤、京武、中西等高校グループ諸君の作品はさすがに若々しい、フレッシユな息吹きを感じる。しかし、何か即物的な、表面的なものより受けとれないものが多いようだ。これに比べると翠雨、空朗氏らベテランの作品は、さすがに沈潜した、どこか、根の生えている感じである。たゞ少し疲れているような感じがないでもない。【関係箇所のみにて以下略】

八月号【成田千空選の暖鳥集】

丈を越す穂麦の中の母へ行かむ

唄の馬車過ぎつゝあらむ西行忌

わかれても残るたのしさ花大根

●「炎天」アンデパンダンに対する同人誌友各位の應募句は頗る多く嬉しい限りであるが試験、其他の學業関係で「山彦」の諸兄の作が見えぬのは淋しい限りである。【暖鳥裏表紙消息より】

九月号【成田千空選の暖鳥集】

巣造りの母子の燕うなづきあひ

叱言欲しや下宿の軒に燕来て

ふるさとの夜明けの草履露めくよ

●やまびこ青高俳句会八月十三日、同校において、夏休み縣下高校俳句大会を開催。【暖鳥裏表

紙消息より】

十月号【成田千空選の暖鳥集】

あひびきの小さき食欲南京豆
古城跡の夏草わけて行き歌はん
前掛けのまぶしき母が運ぶキヤベツ
風鈴や母と故郷を異にせり
吠ゆるときおのれぬくもる狼か

●選後評　成田千空

例に依つてその他の佳句を並べて置く。（今月は句数も多く、佳句も多く楽しかつた）

古城跡の夏草わけて行き歌はん　修司

十一月号【成田千空選の暖鳥集】

メーデー歌朝の運河に菜がうかび
夜なきソバ明日を期す友貧しからむ
草餅や故郷出し友の噂もなし
——農史
樹下の幕末子還りて何かある

十二月号【成田千空選の暖鳥集】

大揚羽教師ひとりのときは優し
訛り強き父の高唱ひばりの天
馬小屋を揚羽ぬけでる母の留守
林の秋母のけむりを幸といはむ
鳰潜る沼辺こゝまでうたひにくる

●明暗直言—二十八年度暖鳥集総評　成田千空【寺山修司の創作態度を鋭く批評】

寺山修司氏。

柔軟な若々しい感性が強み。しかし、ときをり露わにする先達のすさまじい模倣が気になる。唯、この人の場合その模倣の仕方に獨特の敏感さと手離しのイメージがあって捨て難い。捨て難いがやはり気になる。これが創作や詩の場合だと、思ひきり広い世界にイメージを展開出来るが、俳句という短詩型ではどうしても細工の跡が目立つのである。しかしこの人の稟質を思ふと、俳句に新しいイマジネーションの世界を拓く萠芽にならぬとも限らぬので、当否はしばらく保留したい気持である。

この作者のいちばん素直な感情の表白は母の句であらう。

丈を越す穂麦の中の母へ行かむ
氷柱風色噂が母に似て来しより

昭和二十九（一九五四）年　早稲田大学入学

一月号

特別作品

木霊の序章—青春は顧りみるときの微笑である　寺山修司

詩人死して舞台は閉じぬ冬の鼻

牛蠅とぶよ不幸者ほど夢長き

方言かなし菫《すみれ》に語り及ぶとき

××

鶩鳥の列は川沿ひがちに冬の旅

大望いまも線路をよぎる土蛙

いまは床屋となりたる友の落葉の詩

線路の果てに薔薇が咲きます。

母よ

僕は青白い銅貨をひろいました。

防雪林鉄路は母の帰らむ色

林の秋母のけむりを幸と云わむ

花売車どこへ押せども母貧し

溝たんぽゝおゝかた母の夢短かき

××

教師とみる階段の窓雁かへる

冬の獵銃忘却かけし遠こだま

未来風景

崖上のオルガン仰ぎ種まく人
種まく人己《おの》れはづみて日あたれる
秋まつりあかるく暗く桶の魚
下駄で割る少年の胡桃なつかしや
冬の薔薇鍛冶屋は火花創るところ

× × ×

望郷とやこゝの大学葱枯れ果て
虻とぶよ主義にならざる鼻唄に
教師の下宿この辺かしら猫柳
夏たんぽゝ土より拾ふ帽子の色
揚羽たかし川が故郷を貫くゆえ
車輪の下はすぐに郷里や溝清水
便所より青空見えて啄木忌
文芸は遠し山火を見つゝ育ち

●成田千空万緑賞（第一回）受賞並びに暖鳥句集刊行「暖鳥新年俳句大会」

日時　一月九日　午前十時

場所　浦町　教育会館

出席者【四十二名の参加者名の中に、寺山修司、京武久美氏の名前がある】

詩人死して舞台は閉じぬ冬の鼻

【この句が雑詠で六点を獲得している。総合順位では第十二位であった。当日の席題「馬」「脱ぐ」「凍土」「雪礫」「蛍光灯」の天・地・人がそれぞれ紹介されているが、寺山修司の句はない】

●水色のノート　伊藤レイコ

【伊藤氏の「水色のノート」は「別れてものこる楽しさ花大根」という寺山修司の俳句をもとにした鑑賞風エッセーである】

二月号【福田空朗選の暖鳥集】

口開けて喜劇見る母秋の蝶

土筆と旅人すこし傾き小学校

啄木の町は教師が多し櫻餅

背のびして覗く砲口揚羽は消え

詩も非力かげろふ立たす屋根の石

三月号【福田空朗選の暖鳥集】

一掃燕家系に詩人など無からむ

山拓かむ薄雪貫ぬく一土筆

長子家なし春の落葉はまろび走る

一飛燕欺き得たる才さびしも

●暖鳥集で活躍された次の各氏はそれぞれ左記の各校に進学ならびに就職が決定された。

寺山修司　早大教育学部　村松圭造　同志社大学　佐藤　大　青森営林局　【暖鳥裏表紙消息より】【京武久美氏は青森高校卒業後、「牧羊神」の編集に情熱を傾けていた】

四月号

●（前半略）それ（女子の俳句創作は恋愛や結婚で止める）に較べると青年男女の部はますます有望寺山修司君、京武久美君、近藤昭一君、中西飛砂男君など中央誌でも大活躍をつづけている。つまり、女子に代つて男子が全国一流とよい。中央の面々を選者に拉し來つて全国高校俳句コンクールをやつてのけ、第一位から第五位まで獨占したという快擧をもやつている。この機雲を結集して八戸の上村忠郎君はこの縣下の青年のエキスパートを募って「青年俳句」を出した。なかなか有望な新人もあるようだし今後が期待される。【暖鳥裏表紙消息より】

六月号

特別作品

せきれい至上　寺山修司

夏の蝶木の根にはづむ母を訪わむ
沖もわが故郷で小鳥湧きたつは
梨花白し叔母は一生三枚目

桶のまま舟虫乾けり母恋し
燃ゆる頬花より起す誕生日
青む林檎水兵帽に髪あまる
目つむりていても吾を統ぶ五月の鷹

悲劇はもはや喜劇でしかあり得ない
―ある日のエピローグ

この家も誰かが道化揚羽高し
台詞にはなかりしくさめ造花飛ぶ
第三者たり得て薔薇をかぐは母
教師呉れしは所詮知恵なり花茨
うつむきて影が髪梳く復活祭
五月の雲のみ仰げり吹けば飛ぶ男
掌もて割る林檎一片詩も貧し
山拓かむ薄雪貫ぬく一土筆
塵捨てに出て舟を見る西行忌
綿虫を宙にてとどむ祈りのこゑ
蕊くらき紫陽花母へ文書かむ
小鳥の糞がアルミに乾く誕生日

台詞ゆえ甕《かめ》の落葉を見て泣きぬ
九月の森石かりて火を創るかな
桃太る夜は怒りを詩にこめて
太き冬日が荒野つらぬく怒りの詩
　小鳥のための赤きノート
林檎の木ゆさぶりやまず逢ひたきとき
きしみ飛ぶ鶺鴒この岩にて逢わむ
わが夏帽どこまで転べども故郷
わがくさめまじり喜劇に拍手はげし
葡萄の葉敗者かわれを嗤ひしは
たんぽゝは地の糧詩人は不遇でよし

九月号【福田空朗選の暖鳥集】
満月に尿まれり吹けば飛ぶ男
勝ちて得し少年の桃腐りたる
青む蛙忘られやすき原爆詩
向日葵や勲章あまりて叔父貧し
北の男はほゝえみやすし雁わたる
花藭きの田舎教師に汽車小さし

多喜二恋し桶の暗きに梅漬ける

●八月句会作品抄【「暖鳥」裏表紙消息より】

帰省の友の夏帽けなしなぐさまむ　修司

なぐさむ、を取つてしまって、けなし、だけにしたらどうか?。という意見に対してそれでは、若さがなくなる。乾いてしまう。この方が複雑な気持が出ていてこれでよいという賛成論とが對立して、けりがつかなかつた。

櫻ン桃床屋の自我はみすぼらしい　修司

櫻ン桃、に賛成しかねる。それに自我、もいきり立つているというのが反對論。いや櫻ン桃であつたから、小綺麗ながら幼稚な床屋が生かされているという賛成論と對立する。

昭和三〇(一九五五)年【ネフローゼを患い、闘病生活】

一月号

特別作品

鉛筆にまたがつて　寺山修司

ユダ恋ふてなぐさむ男月見草

黒人悲歌桶にぽつかり籾殻浮き

文芸は遠し山焼く火に育ち

桃うかぶ暗き桶水父は亡し

ラグビーで黒土蹴るや母恋し

メタリツタ　これこの薔薇でございますね
サフオー　その花はさだめしお前の唇に燃えて
　　　　いることだろうね「サフオー」抄

秋の逢燭の火に頬よせて消す
鉄管より滴る清水意誓ふ
燕の巣を盗れり少女に信ぜられ
頬かすめとぶせきれいや愛欲す
ラグビーの頬傷ほてる海見ては
草矢となりすぐに少女の胸ねらふ
多喜二忌よ石もて竈の火を創り
帰郷せむ溝板沿ひに走る落葉
香水のみの自己や田舎の司祭妻
アカハタと葱置くベツド五月来たる
鉄屑の中に芽吹く木女工の唄
タンポポ踏む啄木祭のビラ貼るため
明日はあり拾ひて光る鷹の羽毛
二重瞼の仔豚呼ぶわが誕生日
蹴球越えて遠き日向を母と見る

逢びきの見るかぎり麦刈り去らる
桃うつむき太り原爆展の窓に
友訪わむさかさに提げて葱青し
蚤追へり灯下に道化帽のまま
黒人悲歌わが足下より麦青む
チエホフ忌頬髭おしつけ籠桃抱き
同人誌はあした配らむ銀河の冷え

四月号

●暖鳥句集―批評―冬華厳

滅びざるもの　動物　京武悠治

冬蝶の去りて再び貧家となる　久美
いま逝く蝶声あらば誰が名を呼ばん　修司
冬の蝶といふべきものの屍を踏みて　和美

若さと個性のコンクールである。滅びゆくものは美しい。ロマンチックなものへのあこがれは若さのあらわれでもある。詩は心の故郷である。若いとゆうことは楽しいことだ。

五月号

●アルルカン【単行本未収録】

カミユの不条理と同じ、やわらげがたい根源的な醜悪から自己を救うために私たちは俳句、という実作行動に参加している様に思われる。かつて「プリダンの驢馬」の中で花田清輝がスピノザを攻撃したことがあつた。

空腹で渇い（た）驢馬を一匹置き、その前に一杯の餌と一杯の水を桶に別々に並べておいた場合、驢馬はその選択に迷つて餓死するであろう、というスピノザに対して花田清輝は、驢馬はたちまちどちらかを飲み、あるいは食い「参加することによつて選択を避ける」だろうと酬いたのである。

「参加することによつて選択を避けて」いるのは驢馬ではなくて現代人であり、それらは土地の領分の自己の階級に同化して言菜《ママ》で広げることをせず〝耕して〟自己との関係でだけで（幸福）や（愛）を所有しているのだ。私たち俳句を作る者は、作品の中での一片の享楽のために、客体と自己との距離をたぐりよせ、凡そ時代とか、世界の昨日そのまゝ自己の過去に仮定する。無論それ以外に作品の中での享楽が有りにくいからでありアルカデイアの世界、ノン・フイギユテイブな世界を私たちは俳句プロパーの立場乃至、現実主義への固執から排撃してきている。

私たち、例えば「暖鳥」三月号の千太郎氏らが俳人が俳句だけの実作に集中することを強調したのは、つまりはこういうことだ。

この俗悪な現代社会を（つまり不条理な時間を）超える行動として俳句をえらんだ場合、私らが一人ではたちまち孤独を感ずる。孤独は耐えがたい屈辱という形で私ら俳人を襲つてくるのだ。そこで屈辱をともに耐える仲間たち、言つてみれば俳句以外に時間に『否《ノン》』を示すことのできない仲間が欲しくなるのは当然のことであり歌人は歌人同志、詩人は詩人同志―敗北の精神の窓を開けはなつた所で結びついているだけのことである。俳人にダンデイがいないのも、そんな劣等意識とつながつている。

仮面を脱ごう。凡そ私たち俳人、などとは何たるこつけいな言葉だ。単一ジャンルに固執して屈辱の底からかすかにも憶病な野心をもたげ、「我は文学者なり」という顔をされては大いに迷惑するものもあろうということだ。戦後俳人歌人の数がふえたのは芸術への民族意識の高化よりも不安に耐えきれぬ者たちお互いに同志をまさぐりあてた、という現象にすぎない。

「あゝ止して下さい。恋でもした方がよろしい。」

○

社会性についていえば、宮沢賢治の詩集の序詩にでもあるような、「すべてがわたくしの中のみんなであるように、みんなおのおののなかのすべてですから」という意識、純真さによる心の自在から出発しようというものだ。各々が知りながら為しているように現象への抵抗や反撥、そして政治的用語の濫用は社会性などでありえない。

凡そ、社会性などを作品の中で、自己のテーマにしようとする場合はパリサイムスとの調和のとり方が第一の主題になる訳だが、俳人自体パリサイストであるのが現状だからこれは望むべくはない。ネオ・パリサイストとなつて汎神的な世界を広げるか、不在の神弾劾をしつづけるか―いづれにしても個と世界の溝の埋め方だけが問題であるべきだ。

○

と、つまらぬことを書いたが、「歌わざれば悲しみの市《まち》」で病床にいるといらいらもしてくる。

「俳人である」という、あるいは「歌人である」という一つの秩序の破壊から誕生する私がありそうな気がする。「青い種子は太陽の中にある」ジユリアンソレル
《右は「チエホフ祭」原題（父還せ）に付したエピグラフ》

【暖鳥裏表紙消息より】

●本誌にアルルカンの一文を寄せられた寺山修司君は病気中であるとのことであるが、ぜひとも養生せられて全快してほしい。

六月号

●新しいイズムの開花―「青年俳句」一年の歩みから―上村忠郎

【前半略】イズム喪失では明日の俳句は考えられないから、先ず個々のもつイズムの確立からつぎ〴〵に新しいイズムの開花を期そうということにして置いたのである。ある共通な意識の制約が「青年俳句」という同人誌の性格を打ち出しては理屈的に正しくても、それは文学的な迷信に過ぎないだろうという僕の立場であつた。寺山修司の言う「現代へロマネスクを設計した時間から脱出する」ことも、それがいかにも永遠性という美名にかくれての繰り返しに過ぎなくても僕は僕なりで寺山修司の仕事は大いに買つていゝことだと思っている。創刊号からの彼の作品を眺めてみると、

目つむりいて《ママ》も吾を統ぶ五月の鷹　（一号）
沖も吾が故郷ぞ小鳥湧き立つは　（二号）
この家も誰かが道化揚羽高し　（三号）

黒人悲歌桶にぽつかり籾殻浮き　（四号）
金魚草思い出まるみつゝ復る　（五号）
勝ちて獲し少年の桃腐りたる　（六号）

と、こゝには彼が好んで「少年歌」と題するような程よく効いたセンチと若い気力が張つているが、現代俳句が批判的精神で一句を支えるものであるなら、彼もまた稚拙な作家に過ぎないようである。僕の彼への哀れな杞憂は彼から「巧み」を奪ったら何が残るかということであつた。永遠性も燈台下暗しでは詮なしであるが、明晰な彼には最早や新しい別世界が拓かれていることは疑いなしであろう。淋しがりやの彼にとって、俳壇小雀連中の大人気ない所作は僕の腹立たしい処である。【以下略】

【この文章は、模倣小僧と批判されている寺山への故郷の俳句仲間上村忠郎からの応援歌である。「寂光」昭和三十年七、八月合併号にも佐藤男郎花氏「盗作、盗用、模倣」がある】

八月号

●レダについて—博物館その他—　寺山修司【単行本未収録】

一筆敬上。

レダははじめから知つていたんだ。そうしてレダの恋焦れたのは白鳥そのものではなくて白鳥の姿態、あるいは動作だつたから、ジユピテルの化身であつたことなど問題ではなかつた。レダは翼のさそう風の音を恋し、そうしてジユピテルに身をまかした。

むろんジユピテルは自分が白鳥に化けていることなどレダには知られているまいと思い、そうしてその裏切りが一夜のむつ言に愉しみの度合を加えたことは言うまでもあるまい。すべて宇宙に対して人間が組織しているこの黙契の協謀（共謀）への参加にほかならなかつた。

久美兄。君の「博物館」をいま読んだ。こゝでの君は何も語つていない。いや、執拗に何も語らないことを掟としているのではないかと思われた。そうしてそれは、知性の不必要を説き、説くことによつて人間的俗悪のなかでの自己を調和させようとしている。

痛み桜少年ギリシヤ神話に餓ゆ
栗林昨日のわれに声もなし
少年の瞑想さむし火喰鳥
銀河ながく接吻に少年渇覚ゆ
鴉の巣に手入し夜の祝ぎこと
（博物館）

ギリシヤがでてきたから言うんじやあなく、これはアドニスの世界だ。精神性をうしろ手で一生懸命君はかくす。たとへばキスをして渇きをおぼえている。桜の痛みを見てはギリシヤ神話にあこがれる。それは丁度、右に事件があつたときに左をひよいと脇見する心境―、むろんこれはほめてかいてるんじやない。むしろ逆だ。

精神性のなさはあるいはほこつてもい、ことだし、章句がつまりボオ《マ》キヤブラリイが君を歓喜させたとしてもそれは美学をつくる上で悪いこととは思わない。しかし欠陥は「博物館」に二つあつた。すくなくとも僕にはそう思えた。

一つは、ボキヤブラリイが君に従わず、君がボ《マ》キヤブラ《マ》イに従つているということ、つまりノンシニフカシオンになつている。そうして俳句は告白性を土台にしているからノンシニフイカシオンの美学だけでは作品をなすことは許されない。そんなことといつたつて告白は所詮、安つぽいモラルへの潔癖さからでてくるんじやあないか、と君は口をとがらせるかも知れない。むろんそうだ。告白は告白ということを忘れることであり、十七音のリズムのなかでは告白は定型に従おうとして堕落する。

しかし堕落をさけて君は精神性のなさをほこつたのではないか。そうして君は「無精神性」ということを説いてくるんだから、すくなくとも「説いて」いるんだから説くことを忘れちやいけない。むろん「説け」といつたつて社会性俳句とよばれるもののように感覚が抽象化されていない自尊心での「参加」をすゝめてるのではなくポエジイで説け、ということ。

もう一つもかきたいが、これはもう少し時期を見たい。作品の完成度をとわずにいえばいわゆる「不在の神を弾劾する」ときの君がいちばん美しい。

「姉も奇蹟を肯んじない」ことは美の勝利を信じないものが身内にもいる寂しさ、「盗んできた」のが「造花」だつたことを知つて

盗みきし造花のさくら森に棄つ

と棄てる君、しつこい位「父還せ」をくりかへし、葦をあまたこぎわけようとして、すぐに「荒地へ」とでてしまつてがつかりする。そういう純粋への憧憬はこの先の作品のたのしみをもたせる。ところで君も上村忠郎の文章をよんだろうと思う。僕に関して言つているところのナンセンスぶりを僕は弁明せねばならない。相手が違う、などとは言いたもうな。

「永遠性という美名にかくれてロマネスクを」というが、ロマネスクとは明日がないことだ。ロマネスクはモラルを排斥するから欲望をもたない。欲望をもたぬものに明日への信頼が不要な

ことは当然で、僕は、はじめから永遠などと言っちゃいない。

それから「現代俳句が批判的精神で一句を支えるものであるなら、彼もまた稚拙」とい丶、「彼から巧さをとつたら何が残るか」と言う。稚拙が巧みの反語なのは自明で変だが、どうやら最初の「稚拙」はテーマをもつていないことを言いたかつたのだろう、と思う。凡て詩においての「批判」ということは物理学における挺子【梃子の誤植】のように対衆（対象）を変えることとは僕は思わないから批判がよく理解されずに功利的な用をなさぬとも僕はかまはない訳だ。

しかし俗悪、小市民的幸福を蔑視する僕の作品は、早い話が上村忠郎のあげた句「この家も誰かゞ道化」とい丶、黒い悲歌と、そのへんの水呑百姓の梅とむすびつけ、僕なりにいわゆる批判しているつもりなのだが、そうしてイズムを条件に還元するならロマネスクとか無傷痕は充分にそうなる訳。

生意気いつちやあいけない。僕はどうやらうぬぼれがすぎるようだ。実は先日、僕の友人が僕にくれた手紙のなかでこんな一文を引用していた。そうしてこれは君にもあてはまるのでそのまゝ引こう。

『「もし青年の意識がそのまゝ保たれるとしたら彼のもつとも許しがたく思う人間は大人になつた彼自身であろう」という意味のことをジイドが言つていますが、美しすぎる青春をもつた作家でそれに復讐されない人は稀なのです。』（中村光夫「志賀直哉論」）

昭和三十一（一九五六）年【闘病状態続く】
二月号

ねばならぬ。

●手帳　寺山修司【単行本未収録】

口に吸う指の生傷萠ゆる岸　　鬼房

自然を観照することはエゴイスチックな感情として、生産社会の明日を信じる者から排斥され

この作品では口で指の生傷を吸う男と萠ゆる岸という二つのアンチテーゼの観照関係が主題となつている。口で指の生傷を吸うということに私は人間の原始性を認めることはできても「萠ゆる岸」にみとれているところでは均一化された「団体の感情への没入」に身をまかせきれない一人を強く感じるのだ。中原中也はこの感じを「生理」といつたが、「生理」がヒロイズムへの兆であることに私は敢えて逆らおうとは思わない。この句は生産者の自我を詩にした佳品ではあつてもいわゆるダイアローグ俳句とは思えないのだ。俳句をつくる、ということがすでに均一化から逃れて自己を他と判別するという意識であるならば、「社会性」という名を借りた類型俳句への傾向は滑稽ではないか。

主治医から病状きく

「蛋白の定量が減つてもふえてもいないから特に危険な状態ではないですね。今日から硝酸カリなど使つてみます。まあ、気永にやるんですな」

「すると……」

「退院ですか?。まあ今のとこははつきりいえませんが、来年の秋頃には何とか出れるでしょうな」

山椒魚である。小さな穴からもぐりこんで中の洞穴で太る。太りすぎて出られなくなつている自

分に気づいてあわてているのである。それでつぶやいて、「さあ、こうなつたらいよいよ俺にも覚悟がある」
うまい着物の着かたはすこしくずして着ることが秘訣だ。うまい文章もまた。レエモン・ラデイゲ　ポール・ヴイラネー「一九二五年生まれ」よむ。「地の糧」の自由はジイドを狭隘な生活から解放はしたが、また一つ劃一主義に身をまかしている。それにひきかえ「戦争は僕ら自身の手をだすことをしないのに、さまざまの社会的桎梏から僕らを解き放つてくれた」というのである。何だ、と思った。「戦争」を生きのびたヴイラネーがジイドを批判して、「書を捨てて野へ出る」ことを劃一主義だという。しかし「戦争」が及ぼすものが一つの画一主義ではないというのか。

「ごめんなさいね、遅くなつちやつて。今日、フランス語の先生の家でごちそうになつちやつたのよ」
花を置く。白いのは桔梗であろうか、と横目で私は見ている。
「どこからだつたかしら……」
少しかしげた首を頬に近づけてペラペラとジロドオめくる和子を美しい、と思つた。よみあわせる。
町長「彼女は私に助言を与えてくれるだろう。きつとそれは明日だと思う。」
視学官「明日とは今日だ」
レオニード「視学者が何て？」
アルマンド「明日とは今日だつて」

レオニード「そうかしら」
黒蝶はかづこの天使なりと決むわが独断もさみしきものを

けちをつけようという気は毛頭ない。しかし「暖鳥」十一月号の奥山英樹という人の文章にいわゆる俳人らしさが殆ど集約されているようで興味あつた。例えば、「もの」と「こと」という言葉がダイアローグ性・モノローグ性を土台にしていることをこの人はどのくらいわかつているのか。「言葉を完全に燃焼させるより、半分生の方が与える感銘が大きいのではないか」とこの人はいつている。丁度一月程前に友人がメキシコ展の絵葉書を沢山もつて来てくれた。このクレオンででつかく塗りこめられた精神薄弱児の画みたいな何枚かの作品、つまりプリミテイヴなメキシコ絵画は燃焼以前のものではない。これは燃焼から還元されたものだ、と私には思われた。まして、十七音に限定された俳句に於いて燃焼から還元されない観念語をどうして信奉できようか。私が「俳人らしい」というのは、この観念語の使い方に必然ではなく、アラゴンのいわゆる「お昼でお腹が空いたから……」程度が多く、たかをくくる人が大見栄を切りすぎる、ということなのだ。また、作品が実作の苦悩なしには鑑賞されないとこの人はいう。幾分シニックに鑑賞できる人に「尊敬」すらしている。しかし作品はでき上つたときからは既に作者のものではないのだから、それにまつわる実作上の苦悩など読む者に何の酌量の余地があろう。実作者同志がトリビアルな感興を喜びあつて職人意識に拘泥しているかぎり読まれる作品などあらわれまい。「選ばれてあることの恍惚と不安」を謳うとき、読み鑑賞する相手は選ばれざる者、でなければならないのに。

ベツドの金魚死す。
病廊はしずかである。
来た手紙（Ⅰ）
第三次の鳩山内閣の記事を見ていたら、北海道開発係の国務大臣に正力松太郎が選ばれている。大臣が役を持つ程の開発が必要だとは思わなかつたので、野趣のある北海道が頭に浮んで、行きたくて仕様がなくなつた。
エルリーの演奏会の休憩室で石坂さんとすれ違つた。妹が「可愛い人ね」と言つていた。石坂さんが結局チエホフの「可愛い女」みたいになつちやうんじやないかと言つていたというのを君から聞いたことがある。それを思い出して可笑しかつた。しかしあの人は「可愛い女」にはなれない。むしろなれた方がいい。
熱が三十八度をコンスタントに続けている。吐き気がする。思い出を失くした黒ん坊ボクサーが帰郷して来る。
ロミオ役者は花売娘に恋をしているために舞台だけの恋人に台詞を言えず「oui」を「non」と言つたりする。黒ん坊は邪恋の花売り娘をトランクにしまつて逃走しそれに火をつける。狂言まわしの鸚鵡を使つて同時法。これを「早稲田詩人」に十五枚、散文詩。【作品集『われに五月を』に挿入】
来た手紙（Ⅱ）
彼は香水のことを匂い薬といつたが、彼女がかけているとその方が感じがぴつたりだつた。
デイツドルデイツドルダムダム

デイッドルデイッドル

「古いお友達の亡くなるのは悲しいものですわ」と彼女は僕に言つた。僕は彼女がそういつた定まり文句に気持をこめることが出来るのを知つて嬉しくなつて、「その通りですとも、奥さん」と言つた。人々は彼をコキユ扱いするけれど彼女を見ればそれが邪推にすぎないことはすぐわかつた。いわば彼等夫婦は「調和」していた。これをこわすくらいなら何物も革められるべきではないと僕には思えた。しかしながらそうした場所へさえも黒ん坊のピストル使いはやつてくるのだつた。闇にまぎれてやつてくるのはお手のものだ。闇こそ「調和」だ。ところが黒ん坊が忽ち躍り出て（その時は確かに調和が乱れたが）血まみれの夫婦の上に立ちはだかると、そこにはまたあじな「調和」がただよつていた。　椅子の上にて、（寒イカラ椅子ノ上ニ坐ツテシマツテイルト云ウ意味）

リーヌ・ルノーの「お針仕事に精をお出し」。

「時分の花」についての感想。世阿彌のいう「まことの花」を引きあいにして若い人たちの文学を軽くいなしている（「俳句」十月号座談会「俳句に現れた青春像」）。ラデイゲがむきになつて「生活の終は死のときだ」と言つたのを引かずとも、能の性質が演奏芸術であり、文学が創作芸術であることを考えればいい。文学に於いてはすべて「時分の花」の美であり、「時分の花」の美でしかない。それはすべて意識が「完璧な瞬間」の連続によらねばならぬことを示し、均一化から自己を判別する文学のよさが相対的でしかないことを示す。文学に「まことの花」はない。

ねむくてうとうとする。

朝の光が窓にある。足音。僕は予期に胸おどらせながらベッドにもぐつたまゝでいる。足音とまつてノックの音。

「あけて丁戴、両手がふさがつているのよ。新しい金魚なのよ。」

昭和三十三（一九五八）年【夏に退院、一時青森市に帰省】

九月号

●天降る夏美さん　小野忠明

わが寝台樫の木よりもたかくとべ夏美のなかにわが帰る夜を

【寺山修司に誘われて右の短歌を主題にした変形約三十号程の木版画を新宿風月堂の詩画展に出品】

昭和三十四（一九五九）年

四月号

●僕の断片　寺山修司【単行本未収録】

僕は現実の場合におけるよりも、もつと真実に適合するように事実を調合しているんですが……

ジイド「パリュード」

×月×日

木下恵介の「風花」を観た。

前夜ラジオで飯島正、双葉十三郎らの座談会の批評をきゝ、「世界の水準をあきらかにとびぬけた」作品を期待して観たせいか、失望は大きかつた。

なるほどカットバックによつて時間感覚を超越させた手法は新鮮であつたがこれは所詮方法の問題にすぎない。

日本でいま映画批評が不毛なのはこうした方法論が不具的に偏重され、主題が支えている全体よりも部分に執着するようになつたからではなかろうか。（例えば才覚を謳われている中平康にしても増村保造にしても、そうした批評が出発点にあつたため不幸な錯誤による失敗作をつみ重ねているのである）「風花」の致命傷は「自由」の解釈が類型にすぎたことであり、そして人物がどれも類型的概念の操り人形にすぎなかつたことである。

×月×日

一本の樫の木にも流れている血がある

こゝでは

血は立つたまゝ眠る(2)

昨日から詩画展が始つた。会場の都合でのびていたものだが、ようやく時を得たのである。二十日間、場所は新宿風月堂。

ドアをあけるとまず谷川俊太郎の詩とコラージユになるカレンダーが下つている。これは日附にいちいち彼の詩的な解釈や画がついていて、それをめくる人は自分のための日がないのに驚くだろう。万事その調子で、はじめは「活字の劃一性」に抵抗する目的だつたのがめいめいの手前勝手なお祭りとはなつた。

僕は「暖鳥」の表紙でなじみの小野忠明氏の木版と組んだもの、芥川紗織さんの染色と組んでアルミニウム版に夜光塗料で歌をかいたもの、長新太郎氏のマンガと組んで落書風に詩をかきなぐつたものなどを出品した。
主な主品者詩人、長谷川竜生、山口洋子、飯島耕一、嶋岡辰、画家金子真珠郎、真鍋博、池田重雄、写真家、奈良原一高、今井ヒサエなど。

×月×日

カミユの「転落」によると

「三つにわけて第一は嘘をつかざるを得ないくらいなら隠しごとを一切持たない方がいゝと考えるやつ、次はなにごとも隠しごとがないよりも嘘をつく方がましだと思うやつ、最後は嘘をつくのも隠すのも両方好きなやつ」

僕はどれであろうかと考えてみる。僕は隠しごとを一切持たないような退屈な性格とはどうやら無縁である。隠しごとがないより嘘をつく方がましだと考えるのは時として僕を言いあてゝいるだろう。だが、嘘のたのしさだつてまだあるのではないか。

では、僕は「両方好きなやつ」である。

海のない帆掛船ありわが内にわれの不在の銅羅鳴りつづく

×月×日

「造型俳句」という誤解が、現代俳句から様式を奪つた。

共通の同胞性なき、個我の戯れがここではいかに氾濫していることだろう。アラビアのロレンスが言つた「我々の敵は世界でも人生でも何ものでもなく希望そのものである」ということばがここでは僕に深く思い当る。

抽象性とは、リアリテイを普遍化するための手段であり、もつとも様式的なものであるべきなのだ。（ちなみに能を抽くまでもないだろう）しかし「造型俳句」という破壊的劃一性に身をまかせた幾人かはまつたく自慰的である。

（当然短歌に於てもそうした誤解が実に多いが）

大阪から出ている「天馬」という雑誌による川柳の新鋭たちの作品は全く現代俳句と同じであ

る。僕はふと「造型俳句」的誤解はむしろ、川柳のゆきつくべき終着駅ではなかつたかと思う。

×月×日

鳥の会公演の細目が決つた。

草月会館ホールで三月二十五日。河野の作品を武智鉄二が演出し、観世寿夫が台詞担当、嶋岡の作品と堂本の作品は後藤栄夫が演出し、音楽は福島和夫。嶋岡の作品（ユリイカ二月号所載）は能形式で演出することになり堂本のは生《なま》の音楽を派手にとりいれる。

詩劇のカテゴリーが決つてないだけに各自のはりきりようもすごいが、どれもモノローグ詩劇で対立の対象が登場しないため、詩の朗読から一線を劃し、ドラマツルギーを通すための苦心が大きかつた。

僕の作品は「原型細胞」といゝ、演出内本清治、美術芥川紗織、音楽黛敏郎である。ジヤコメツテイの最終目的は人間を石化させることなしに、石で人間をつくることだ、とサルトルは書く。そうだ、詩人の最終目的は世界を言葉にすることなしに、言葉で世界をつくりあげることだ。

×月×日

夕方「スワン」に行きロカビリーをきいてお茶をのむ。僕は「ルシア」や「愛しておくれ」など好きだが、しかしここにはリトルリチヤーズもリツキーネルソンもいない。

歌つているのは僕らと同じ世代の歌手で、同じように「戦争体験」も神話の崩壊ももたない連中である。帰つてきたら昨日頼んでおいたレコードキヤビネツトが出来てきていた。紅茶がもうないのでお湯を湧かして角砂糖をいれただけでのむ。

テレビドラマ「曲つた釘」を書きあげる。

×月×日

日常語は結局のところシーニユ（徴）であり、そうでなくなつたときに彼は話下手にならざるを得ない。詩に於ける言葉の物質性とは本来的に違うものである。「そうではない」と言いはる江藤淳氏ともめて、その座談会ののつた雑誌が人たちの目にふれることになつた。

彼は「日本の詩は私小説の中に形骸をとどめるにすぎない」と言うが、僕は何としても納得しがたいのである。僕が空というとき人は空を見あげる。見あげれば事足りるのだ。だが詩に於ては—空は×月×日×県の上の空ではないのだ。むろん「智恵子」の「ほんとうの空」などというかたちで言うこととはまたべつのことだ。「空」は人たちの感受性の中で無限に生きるわけもない青い広さのことなのだ。そして「空」は僕のなかにいながら僕を見下したりするのだ。

3 「暖鳥」の投句・投稿状況を概観して

以上が「暖鳥」における寺山修司の姿である。第八章の「寂光」にみる対決姿勢とは異なる顔をみせている。青森県ではただ一人、俳句の芥川賞と言われる「蛇笏賞」（一九九八年）を受賞した成田千空氏からは、その才能を認められていた様子や、後の天井棧敷にみられる特異な集団化の芽なども読みとれる。特に、八編の散文は、どれも貴重な作品であろう。詳しい作品の考察と検討は、次の機会に譲ることにするが、飛び立った鷹が都会の大空を自信に溢れて舞い始めたことを窺わせる寺山修司の姿がそこにある。特に昭和三十年以降に寄せられた散文には、その様子が顕著にみえる。

最後に寺山修司の表現活動（俳句）について的確な評をしている「暖鳥集」の選者である成田千空さんの言葉を再び引用しておきたい。同じ言葉に拘ること、芸術する喜びが孤独な現実を凌駕しているとのご意見は、少年時代の寺山のすべてを語るものであろう。そこにこそ寺山の詩の原点がある。

＊明暗直言―二十八年度暖鳥集総評　成田千空

寺山修司氏。

柔軟な若々しい感性が強み。しかし、ときをり先達のすさまじい模倣が気になる。唯、この人の場合その模倣の仕方に獨特の敏感さと手離しのイメージがあって捨てがたい。捨て難いがやはり気になる。これが創作や詩の場合だと、思ひきり広い世界にイメージを展開出来るが、俳句という短詩型ではどうしても細工が目立つのである。しかしこの人の稟質を思ふと、俳句に新しいイマジネーションの世界を拓く萌芽にならぬとも限らぬので、当否はしばらく保留したい気持である。【傍線筆者】

この作者のいちばん素直な感情の表白は母の句であらう。

丈を越す穂麦の中の母へ行かむ

氷柱風色噂が母に似て来しより

注

（1）「ふたぐ」は方言である。

（2）処女戯曲「血は立ったまま眠っている」（一九六〇年）の基になる詩である。最初は「文学界」に発表され、浅利慶太演出により、劇団四季で初演された。寺山修司二十三歳。

第十章　「青年俳句」と寺山修司

1　俳句から短歌へ

目つむりていても吾を統ぶ五月の鷹

『花粉航海』の巻頭句。この句を寺山修司の代表句であるとすることにどなたも異存はないだろう。ところが、この句の初出が「青年俳句」[1]の創刊号であることは、ほとんど知られていない。どの「寺山修司俳句全集」にも、その俳誌名は載っていない。本章では、そのような状況にある「青年俳句」と寺山修司の関係を具体的に探りながら、寺山修司がどのような形で、ものに憑かれたように熱中していた俳句と別れ、短歌の世界に活動の場を移してゆくことになったか確認してみたい。

俳句同人誌「青年俳句」は、青森県八戸市で一九五四（昭和二十九）年三月に、十九歳の上村忠郎や谷藤剛郎（「デーリー東北新聞」俳句投稿仲間）を中心に二十代の俳句雑誌として創刊され、一九五七（昭和三十二）年七月まで続けられた。約四年四ケ月、通巻二十四号まで発行される。その活動は、寺山たちが同年二月一日に創刊した十代の俳句雑誌「牧羊神」の動きと連動するものであった。

昭和三十年前後は、青高俳句会「青い森」のメンバーによる全国高校生俳句コンクール等の活動に影響されて、各地で十代作家による俳句や短歌の創作活動が活発であった。「青年俳句」もそのうちの一つである。寺山修司は「山彦」の京武久美氏、近藤昭一氏、伊藤レイ子氏たちと「青年俳句」創刊時から参加していた。寺山修司と「青年俳句」の直接のかかわりは約一年間、創刊号から第六号（昭和二十九年三月から昭和三十年三月）までと、一九・二〇合併号（昭和三十一年十二月）においてである。まず、創刊号から第六号までには、以下のような投句、投稿がある。参加の締め括りとして、一九・二〇合併号で俳句との別れを宣言している。

俳句数にして、六十九句（重複二句）。
散文二篇
「台詞にない唄—雑言録—」（第三号、昭和二十九年七月）
「最後の旗手」（第四号、昭和二十九年九月）
対談・座談会
『ナルシスの杯』（第五号、昭和二十九年十二月）
『天使の牙』（第六号、昭和三十年三月）
一九・二〇合併号
「新しき血」—百四十六句を発表—
「カルネ」俳句との別れを宣言。

ここで発表された百四十六句は、寺山の十代俳句の総まとめ的意味を持つ。「新しき血」と同時に寄せた散文「カルネ」で、次のように俳句との決別宣言をする。

ぼくはこうして俳句とはっきり絶縁し、昔の仲間たちに「牧羊神」の再刊を委ねたのだった。
ふたたびぼくは、俳句を書かないだろう。

「青年俳句」への俳句投稿期は、「牧羊神」創刊から十号までの時間とも歩みを同じくする。俳句革命を標榜し、老人から十代の若い作家の手に俳句を、と意気揚々と出発した「牧羊神」も、うまくゆかずトラブルが続き、一年もすると頓挫してしまったようである。「牧羊神」八号、九号は発行されたのかどうかわからず、七号から突然一九九五（昭和三十）年九月十日付けの一〇号に続き、その号を以て寺山修司は、「牧羊神」から手を引くことになる。また、この時期寺山は『短歌研究』第二回五十首詠の特選に輝き、一躍新人歌人として注目を集めることになり、俳句から短歌へと、活動の場を移すチャンスも得ていた。

高校生の時、一日に三十句も四十句も、夜昼関係なくものに憑かれたように俳句を創っていた寺山が、俳句との別れを高らかに宣言した俳誌が「青年俳句」であった。つまり、「青年俳句」は、寺山修司が新しい短歌という洋服を着る決意を表明した記念すべき場である。ところが、残念なことに、なかなかその両者の関係が公にされることがなかった。これから、詳細にみてゆくことにしよう。

2　「青年俳句」への投句・投稿

まず創刊号から六号まで（昭和二十九年三月〜昭和三十年三月）をみる。俳句の下の（未収録）は、寺山修司の俳句全集として最も新しく詳細である「あんず堂版俳句全集」に収録されていない俳句であることを示す。○は「青年俳句」中の散文や対談、句評等に付した。また筆者のコメントや「青年俳句」からの引用以外はすべて【　】に入れた。

創刊號（二月二十五日印刷・三月一日発行）

海のない水兵―燕を畫て！　寺山修司

青む林檎水兵帽に髪あまる
燕と旅人こゝが起点の一電柱
口開けて劇を見る母一茶の忌（未収録・「青森よみうり文芸」にある）
国境要らず春の電線燕ならべ（未収録）
目つむりい《ママ》ても吾を統ぶ五月の鷹（重複句・第六号）

第二號（五月五日印刷・五月十日発行）

同人集

至上の太陽　寺山修司

掌もて割る林檎一片詩も貧し（せきれい至上）
車輪の下をはしる青麥母病むや（未収録）
梨花白し叔母はいつまでわが脇役（せきれい至上に類句、「叔母は一生三枚目」がある。）
乙女過ぎれば町裏うつす春の水（類句「冬の水」もある。）
駒鳥憩う高さに窓あり誕生日
優しさがさみしさの教師せきれい飛ぶ（未収録）
ここで逢びき落葉の下に川流れ
教師とみる階段の窓雁わたる
砲音や誰が爲の薔薇くづほれる（未収録）
哄笑せしあと目の前の一冬幹（未収録）
【「暖鳥」昭和二十九年六月号に「せきれい至上」と題した二十九句が投稿されている。投句が接近しているために共通句がみえる。句の下にその旨を付した】

鷗鳴集　　　　　　　　　千葉青実　選

舟虫は桶ごと乾けり母恋し
沖もわが故郷ぞ小鳥湧き立つは（せきれい至上）
燃ゆる頰花より起す誕生日（せきれい至上）
母校の便所春の青空縦長し（未収録）
○選後評　個性的に　千葉青実
—寺山修司君—

「母」と「故郷」が素材だつたら、絶対逃がしつこなしというのが、僕の寺山観の一つである。そして、いつまでもみずみずしく濡れている抒情がみられた。反面、作家としての深まりをあまり感じないのが僕の不満でもあつた。ところが、

沖もわが故郷ぞ小鳥湧き立つは

の作に接して深まりを感じた。若きさびしさの行きついたところから、このような輝きを見出したことを嬉しく感じた。創造的個性的な美しさである。

燃ゆる頬花より起す誕生日

今までになかつた、むんむんとした体臭をもつている。たしかに成長しつ、あると感じた。

○雑言録より　　上村忠郎

「我々の、あるひとときの哀歓が、省みる時の頬笑みでなければならぬとは、句友寺山修司君の、いつも呟くところである。」

第三號（六月三十日印刷・七月五日発行）

同人集

少女のために　　寺山修司

林檎の木ゆさぶりやまず逢いたきとき（重複句・第五号「せきれい至上」）

きしみ飛ぶ鶺鴒この岩にて逢わむ（せきれい至上）

草笛を吹けり少女に信ぜられ（類句多数）

頬つけて楡の木ゆする別れ来て（未収録）（せきれい至上）

うつむきて影が髪梳く復活祭（せきれい至上）
桃太る夜は怒りを詩にこめて（せきれい至上）
わが夏帽どこまで転べども故郷（せきれい至上）
この家も誰かゞ道化揚羽高し（せきれい至上）
芯くらき紫陽花母へ文書かむ（せきれい至上）
九月の森石かりて火を創るかな（せきれい至上）

【第三号の「少女のために」の俳句は「草笛を吹けり少女に信ぜられ」を一句を除いてすべて「暖鳥」昭和二十九年六月号の「せきれい至上」に投句したものであることが判る。「草笛を」の句は「牧羊神」第五号昭和二十九年七月三十一日発行の「未完の逢曳き」にみえる。『われに五月を』では「麦笛を」に改められている】

○受贈誌紹介より　　忠郎

縣下俳誌評では「青年俳句」第二号をとりあげている。（中略）修司氏の句は、頭でこねくり廻しすぎる。また全般としては、啄木忌、西行忌等の季感は昔から佳句ができないことを知つてもらいたい。「すゝきの」五月号

○台詞にない唄　　寺山修司

三鬼―まつ黒い望遠鏡。What is life を極めてはつきり答えてくれました。曰く「絶望の薔薇は火の色です」。

How to live は、僕の詩の課題ではあるけれど作品の方法論とイコオルではない。泉がある。僕はそこにひれ伏す猟人を、画くだけである。

たとえば「青年俳句」は表紙がつまらない。たとえばデレッタントの郷土俳人を動かし過ぎる。たとえば「題詠集」のごときは不要であろう。一寸鉛筆を舐めて、僕はこう決断する。

僕の手帖には「啄木忌」という詩語があって、なるほど雲は天才である。

　煙突工屋根裏で学ぶ啄木忌　　まもる

には類型的な古い頁を感じるし

　童話劇見て涙ぐむ啄木忌　　まもる

には三文香水のセンチメンタリズムの泌《ママ》みたハンカチしかない。

　いつの世も農夫貧しき啄木忌　　静香

からは啄木のパーソナリテイを感ぜずに、一匹のロバをあわれむのみ。大久保君の啄木忌の二句は僕の黒板についてない。

　口笛を吹いて土工等啄木忌　　勉

には間違つて招待された教員が作り笑いしている。

　啄木忌教師に清貧いつまでも　　久男

「観念」がインクの銀行で握手するのを見るのは、さみしくもあり、一寸この場合仲良すぎるのである。

　取材疲れの記者は軍靴啄木忌　　忠郎

少し微笑してから、僕は、やっぱり山を見ていた方がよいのではないか―と決めてしまう。

　学生の紫煙ゆたかや啄木忌　　忠郎

―お上手ですこと―

僕は、第二号から青春を感じて頬がほてる。しかし、皆が所詮はプロットと写生好きな空巣狙いであることを少し怒る。やがてさみしくなりながら。
—と言うのは、あなたがシビアに考えすぎるからよ—
羽ばたく枯野男とは僕なり。吹けば飛びそうな僕の意地つぱりを君は笑わないの。
京武久美—一ばん香りがよい。
わが詩を母よろこべば雪墜るかな
第三者たり得ずくさめ犬にとどく
二ばん目に上村忠郎がよく、他の名は沖に忘れてきた。
○編集後記より　上村忠郎
同人、誌友諸兄の散文があまりに少ないが、どうしたことだろう。今號は修司兄の雑言録を掲載することが出来たが、キタンない批評なり感想をどし〳〵お寄せ願いたい。

第四號（九月十五日印刷・九月二十日発行）
○青年俳句の秀句—第三号より—共同審査【秀句として十句が選ばれ、寺山の俳句は次の二句】
この家も誰かゞ道化揚羽高し
草笛を吹けり少女に信ぜられ
青嶺集（同人作品）
象形文字　寺山修司
—今ありがたいのは明日があることだ—（ロラン）

ラグビーに蹴られし黒土母戀し
教師とならむ線路かけとぶ草の絮（未収録）
多喜二忌よ石もて竈の火を創り
歸郷せむ溝板沿ひに走る落葉（類句「落葉走る」）
黒人悲歌桶にぽつかりもみ殻浮き
秋の逢びき燭の火に頬よせて消す
チエホフ忌頬髭おしつけ籠桃抱き
母へ文書かむ仔馬の立ちし音（未収録）
莨火を樽に消す男ゴーリキー祭（未収録）
ラグビーやいつも日の射す雲遠し（未収録）

○最後の旗手　寺山修司【単行本未収録】

俳句という短詩型は、あと一世代もすれば亡んでしまう——と紅茶を前にして中島丈雄が語つた。千空氏の

大綿や亡びゆくもの芸こまかし

に見られる様な極めてデリケートな触角の所有者となりながらも俳句はもはや閉幕を待つばかりだと言うのである。

ハイデツガーを今更連れてくるまでもなく、この異常児童「俳句氏」Mr Complex が明朝の死を宣告されるのは当然であつた。思えば老年期にはじまる彼の一生は、加速度的に逆の歩行を重ねようやく少年期にたどりついたばかりなのに……と僕は彼のギロチンを仰ぎながら、溜息をする

よりほかはない。

そこで最後の旗手という言葉が登場するのである。不遇だつた俳句の死後の価値を決めるのは、彼が生み出したこの短詩ジャンル内の作品と作家の価値でしかあり得よう筈はなく、従つて彼の最後の懐妊は極めて重大な歴史性をもってくるであろう。

僕らは、だから最後の旗手である。

僕らがしなければしてくれる人はいない。俳句が言語の変遷と社会的な過渡期にたつて亡ぶとき、そこに残されたバベルではない塔を僕らはいつの間にか誰かに託されている。そして中間小説や阿川弘之らのナンセンスな私小説が、あつさりと忘れられたあとも、一章の句が文芸大衆の頭内にとゞまるのも僕らの仕事次第であろう。

「薔薇」はセオリイと実作にかなりの隔たりがありすぎるし致命的なのは俳句性を喪失したことであつた。そして山口聖二あたりのエッセイは文芸評論的ではあるが、アクセサリイが多すぎる。波郷には造形を希めないし、三鬼にはキヤプラのような奇蹟を託すことは不可能であろう。誓子には眞の社会性がわかつてもらえなかつたようだし、楸邨は具象的な人生哲学を失くしている――という訳で最後の荒野はあと百年間に無限に近い可能性をはらんでいる訳である。

最後の旗手のために一枚の手紙が来た。

「青年俳句ノ皆サマ近作見マシタ。ガンバツテマスネ。僕ノライムライトノ中デモウ一度化粧シテ下サイ。

一ツ。エピゴーネンヲ廃シ火ヲ創ルヨウナ意欲ヲモツコト。

一ツ。アナタノ世界観ガ常ニ作品ニ現レ、作品ニハ公性（大衆性トハ言ワヌ）ヲ匂ワセテ下サイ。

一ツ。表現ノ確立。ハツタリヤロマン過乗ヲオソレルコト。
一ツ。デレ《ママ》ツタント追放。眞善美ノ追求ヲ欠カサナイデ下サイ。
　明日ハオ元氣デス。ハイ　サヨウナラ」。

○編集後記より　上村忠郎

…「文章が書けないから、俳句でごまかすンだ」とは毒舌家の辨である。今号もついに会員の文章は寺山修司氏の「最後の旗手」一文に終わつたが、確かにこれは再省して良いことだと思う。

○アンケート青年俳句の秀句―到着順【寺山修司関係のみ引用】

●かびれ主宰　大竹孤悠

　桃太る夜は怒りを詩にこめて　修司

修司氏の作は、気象に支配される人間の生理的心理的な脆弱性がよく摑まれている。生長するものに對する抵抗は、作者自身には無自覚であつても、それは確かに生ける人間自身のものである。生・死の照應に外ならない。そこに深い生命象徴の季感詩を見るのである。

●万緑同人　成田千空

　芯くらき紫陽花母へ文書かむ　修司

修司氏―氏としては落ち《ママ》付き過ぎた句だが、青春の情感が過不及なく一句に定着している。

●石楠同人連峰主宰　佐藤流葉

　わが夏帽どこまで轉べども故郷　修司

修司氏―軽いユーモアの中に言い知れぬ感傷がみなぎつている句。面白いと思う。リズムも満点。

第五號（十一月二十五日印刷・十二月一日発行）

青嶺集（同人作品）

明日　　　寺山修司

―煙草くさき国語教師が言うときに明日という語は最もかなし【短歌仕立てのエピグラフ】

桃うかぶ暗き桶水父は亡し

文芸は遠し山焼く火に育ち

春の星憧がる丶者けつまづく（未収録）

多喜二戀し桶の暗きに梅漬ける

トンボ生る母へみじかき文書かん（未収録）

× ×

金魚草思ひ出まるみつ丶復る

黒穂ぬき母音いきづく混血児

仔鹿紀行より

ひとりの愛得たり夏蝶ひた翔くる

林檎の木ゆさぶりやまず逢ひたきとき（重複句）

鉄管より滴る清水愛誓ふ

○一句鑑賞

「黒人悲歌」寸評　　　福島ゆたか

黒人悲歌桶にぽつかり籾殻浮き　　　寺山修司

暗い桶の水の底から水面に浮き上つて来た籾殻は、この場合癪にさわる程うまく合わせられた焦點である。黒人という單に有色人種であつただけの理由に遠い過去から持ちつゞけてきたエレジー。「社会性」とはこの句のことである。作者の態度は中七、下五にはつきり表白され、好句、佳品である。だが、「ぽつかり」という擬態語が難点といえば難點で、ために音感が安易な感じ。しかし、軽く「ぽつかり」としたことによつて或いは生きている句かも知れないし、僕には何とも言いかねるのである。また木場田秀俊氏の「緋ダリアを嗅げば奢れる騎士めくよ」の句は「Artisan なり薔薇嗅ぐ仕草も大げさに　修司」という類型句があるが前句の場合は自己直視という意味で強く好い句である。

○アンケート　青年俳句の秀句

●万緑同人　香西照雄

　チエホフ忌頬髭おしつけ籠桃抱き　修司

修司氏……「チエホフ忌」はもう古いのであるが、この句はいかにもチエホフらしい感じで「おしつけ」「抱き」は外人の特徴をよくつかんでいる。

「ラグビーに蹴られし黒土母戀し」の句、「黒土」だけでは物足りない。やわらかいとか何とか言つて欲しい。「母へ文書かむ仔馬の立ちし音」「立ちし音」だけでは物足らない。どんな音か寫して欲しい。

○青い炎抄─第四号より─共同審査【前号の中から秀句として十句が選ばれている】

　黒人悲歌桶にぽつかりもみ殻浮き

　ラグビーに蹴られし黒土母戀し

○ナルシスの杯――青春俳句に題す――對談　寺山修司・福島ゆたか……新宿喫茶店ヴェルテルにて

……【旧漢字を一部新漢字に変更する】

修　司　あれは「ソルベーグの歌」かな。

ゆたか　そうらしいね。グリーグのはあんまり知らないけど、「ペール・ギユント」の例の帰らぬ夫を一生待つという気持は僕にもよくわかるような気がするよ。

修　司　「待つ」という事はやはり面白いね。たしかに「待つ」という事はロマンチックだし、現代人の多くはつねに何かを待つているのではないかと僕はよく考えるんだ。しかし俳人は待ちすぎる様な気もするね。

ゆたか　そうね。俳句というと特に眼鏡をかけて見られがちなんだし、そんな事は別としても、俳句は純粋詩よりスタイルの上でも限られているんだから、俳人は少なくとも詩人より進取的でなくては。

修　司　そうそう。そこが大切なんだ。僕は漠然と何か巨きなものとか未知なものを待つという事には詩を感ずるけど、それが俳句なんかのように、はつきりと型が決められた場では単なる保守的なデイレツタンテイズムのように思える。童謡の「待ちぼうけ」のような「待人根性」が、一番俳句の前進を妨げていることはもう見えすぎる程見えたことだし。

ゆたか　待つより、さがし求めるという事ね。俳人の生涯なんて、結局実験の連続で終つてしまつていいんだから、思い切つて色んな可能性の限度に向つて挑みかかつてみる事ね。こんな事は言い古された事だし、誰もよくしつてるんだけど、今のところ一つの観念として棚の上に上げてしまつている感じぢやないかな。

修　司　一寸思い出したんだけど、ヘッセのデミアンにピストーリウスとかいう音楽家が出て来るんだ。無論ニーチエ的な超人タイプだけどね、彼の台詞にこういう面白いのがある。「君を飛ばせる飛躍は誰でも持っているわれわれ人類の大きな財産なのだ。」とね。

（珈琲が運ばれて来る。）

ゆたか　なる程、たしかにそうだ。僕らは若いという有利な財産を存分に駆使しなくちゃや。「三太郎の日記」に「何を与えるかは神様の問題である。与えられたるものを如何に発見し、如何に実現すべきかは人間の問題である」とある。ここでは天才のことをいつてるんだけど、ただこれだけの言葉としても面白いぢやないか。（珈琲をのみあげた修司君の目とゆたか君の目がふいとあう。一寸気まずそうに修司君が顔をかく。）

修　司　どうもあらたまると気まずいね。ソクラテスにクリトンが摑まえられて問答してるみたいだよ。「俳句研究」十月号の──

ゆたか　「青年俳句」の廣告？

修　司　うん。

ゆたか　「現代俳句の中に我々の青春性を盛ろう！」ってあつたけど、「青春性」という言葉はいいね。

修　司　うん。「青春性」という言葉は、まあレッテルだから、あれなりのつもりで廣告したんだろうけど、「青年俳句」は「青春性」という言葉にあんまり甘えすぎている。いわゆる類ローマン性の流れた作品ばかりで。

ゆたか　そうだね。青春性が「生」で出すぎて、骨も皮も肉もイデオロギーなんていう句や、てんで青春の息吹きの感じられない句ね、こういう句は結局文学性の欠如という事に通じてるんぢやないだろうか。純粋な文学性は作品のうらづけになるものに、一つの思想性というか哲学性というか、そういつたものが包含されてなければならないと思うんだけど、假にヒユーマニテイーということに素材をとつても、人間の善意への信頼とかいつたテーマを扱えば、大いに青春性が活かせると思うんだけど。エゴなんて事は僕らの若さでは本当には摑めないものかも知れないけどね。然し青春性ということと耽美的要素とは、はつきり区別しなくてはと思うよ。

修　司　だから僕は「青春性」という言葉を「永遠性」という言葉で置き換えた方がいいと思うんだ。「チボー家の人々」や「ジヤンクリストフ」の永遠性とか青春性は、そこに内蔵された思想性、哲学性のためであつて、甘いロマンテイシズムのみのためではないんだし――。

ゆたか　そこで考えなくてはならないのが、方法論みたいになつちやうけど、如何にしてわれわれの作品に永遠性を持たせるかという事。たとえば、われわれ若い者が一番手をつけたがるアフオリステイツクなものについてなんか――。

修　司　アツフ《ママ》オリズムが芸術として存在するのなら、当然俳句もアツフオリズム的要素と植物や動物の物体感の折衷から詩情と存在価値をもつてくる訳だ。

ゆたか　ところがこういつた動植物なんかの形態感、色彩感、習性から受ける感じなどを折衷する文学造型の仮構性をブルジヨア的遊戯と見る向きが随分あつたりして、結局俳壇全体の動きが停滞してるつていうか無意欲すぎるのね。そういつた事は自ずと作品面に出ていると思うんだけど。

修　司　現代俳句のいけない點をあげてみようか。第一に俳句内での思想の欠如、第二に通俗化と社会性の曲解、第三にこれは第一につながるけど、俳人の不勉強と現代意識の欠けていること、第四に特異なタレントをもつた詩人の出現を見ないこと―

ゆたか　それに、君の言った第一の点に関連している事かも知れないけど、近代文学としての高さが欲しいという事。例えば敗戦後の肉体文学とボードレール的頽廃とではその根底から違つているように―。「社会性」ということも最近よく議論されてるけどねえ。

修　司　ビキニとか松川をモチーフにしただけで自分は完全に社会意識をもつたと思つているなら、そんなナンセンスはない。秋元不死男が「松をして語らしむ」と言つたり、フロオベルが「世の中には一つとして同じ石も同じ樹もない」と言つてるようにモチーフが問題なんぢやなくて、それを見るレンズが大切なんだ。僕なら、僕の内部が新しい分裂をしようとしている時に殻を破つて生れようとする何かと、そこに「在」つた桜んぼが握手をして僕の青春の記録あるいは一少年の対人生への怒りが明白に記録されるのではないかと思うんだけど。つまりね、僕らの青春俳句とは、傷つきやすい小鳥の思考力をもつて現代を観察し、自己を確立したから青春のためには巨いなる未知へも憧憬し、或いは不正へ対して怒りもし、その飛翔を記録してゆく、ということになりそうだ。

（勘定書の裏に落書をはじめる。）

ゆたか　ルソオの「レ・コンフエツシオン」の書き出しも、それの一部を示しているという意味で一寸引用しておきたいな。「私は嘗て例もなかつたし、将来真似手もあるまいと思われることを企図するのである。一人の人間を全く本然の真理に於て人々に示したい。その人間とは私である。」

修　司　きわめて観念論になつちやつたね。もう一杯珈琲たのもうか。

ゆたか　(指を二本立てて女給に合図をする。)「青年俳句」をとりあげて具体的にやろうよ。

修　司　そうだね。「青年俳句」の人達は自分達の立場や、あるべき態度はちやんとわかつているようで、それでいてしつかりと摑めないもんだから、やたらに焦つて観念が「生」で出てしまつたりしているつて感じぢやないかな。

ゆたか　僕が言えるのは「青年俳句」は沢山のサクランボであるということ。だけどこのサクランボは皿の上にあるべきなのに、皿を頭の上にあげちやつている。

修　司　うん。それで「皿はどこだ」つてさがしている訳だね。

ゆたか　現代俳句の再認識と、もつと勉強することが大切だと思う。この場合アンケートに貰つた人の鑑賞が面白いぢやないか。【「青年俳句」第4号に掲載】

桃太る夜は怒りを詩にこめて

「気象に支配される人間の生理的心理的な脆弱性がよく摑まれている。生長するものに対する抵抗は、作者自身には無自覚であつても、それは確かに生ける人間自身のものである。生・死の照応に外ならない。そこに深い生命象徴の季節詩を見るのである」つていう大竹孤悠氏の─

ゆたか　そういう意味でもアンケートなんか現代俳句をよく理解していて、少なくとも文学的な作品を書いてる人にお願いして貰いたいし、雑詠欄存在価値の有無については論外にしても、その選者なんかにもそういうことが言えると思う。

修司　同人雑誌として自己を主張するためには、雑詠の被選はいらないと思うね。泊舟氏の選後短評は丁寧で沢山の問題を提起してるけど「みんなそこまでは知つてること」であつて、更に一歩つつこんで貰つて欲しいと思つたけど、どう?

ゆたか　そうね。雑詠欄の作品も大したことないのに、選評にばかり文句つけるのは一寸気が引けるけど、もつと俳句そのものや作品の本質に触れて欲しいということね。表現上の修辞の問題など末梢の技術論なんだし、それより僕らが評して貰いたいものは他にあるんだという事。僕らは僕らの句に出て来ている僕らという「人間」を見て貰いたいんだという事ね。

修司　だから俳句の場合だけは特に他のジャンルと違つて、作者の人間形成が実に大きな問題となつて来る。俳人はドストエフスキーであつては困るし、ワイルドであつて欲しくもない。なぜなら僕らは俳句の内部で他の人へしやべろうとしたり、悪人の行動を記録したくはない。これは無論僕だけの考えであつて、「彼」がラスコリニコフたらんとするならそれに徹底した詩を書いて欲しい。―然し僕が一番大切だと考えるのは「彼の世界」、つまり「彼」の作品を貫く一つの巨きなものが、つねにあつて欲しいということだ。

ゆたか　うん、たしかにそうだ。その意味でサルトルの自身「実存」と称した偶然無償の世界には驚いた。「壁」「水いらず」「嘔吐」という一連の作品について、僕は好意的にこじつけすぎたかも知れないけど、とにかく確固たる世界がどの作品をも貫いてるという意味で僕は大いに敬服だ。だけど僕が疑問に思うのは、小説や戯曲のように、一生のうちに数えるほどしか書かないという性格のジャンルに求める一つの独自の世界というものを、俳句のような短詩、いわば数多く書かれるものに、果してそれを求めて可能かどうかという事なんだ。こんな事を言うと、まるで俳句の文学性を自分で疑つているみたいだけど、とにかく僕もそういつた「自分の世界」が俳人にも欲しいと思うね。

修　司　勿論僕はホトトギス的な宗匠さんや絵描き連中の俳句内でのノンフイギユラテイーフの追求など論外として、極く少数の「風」とか「天狼」とか「萬緑」「寒雷」などのイズムを志向する人のみを俳人として取り扱い、彼らの立場の否定の意味でこれをしやべる訳なんだけどね。

ゆたか　波郷氏の「俳句は文学ではない」という言葉、僕には極く表面的な意味しか摑めないけど、僕らは若いという意地に於いても文学として高いものにしたい。勿論文学だという以上、俳句が小説や詩や他のジャンルとは別の文学的世界を持つていると信じているから、——今のところ本当に信じているだけなんだけどねえ。

修　司　俳句はやはり「私小説」ぢやない。「私」はともかく「小説」ではない。僕らは眞と善と美のためには悩みはするが、そしてそれを如何に美しく記録しようかと考えはするが、自己の俗な行為の描写をもつて読者を楽しませようとは思わないもの。

(音楽は黒人霊歌「深き河」に変わつている。鎧戸から秋日が洩れている。)

ゆたか　また話がそれたようだけど「青年俳句」の人々に触れてみない?橋川君なんかこの頃色んな俳誌で活躍してるようだけど——。

修　司　橋川君の作品は詩情もあつて大いに買うんだが、彼がつけている前書は寧ろ効果を妨げている。とても佳い前書なのかも知れないけど、デミアン流儀で言えば「利口なおしゃべりなんて全く無価値だ。自分自身から離れるだけだ。自分自身から離れる事は罪だ。人はこの場合、亀のように自己自身にもぐりこまなければいけない」ということを彼に提しておきたいね。

ゆたか　ヘッセの言葉は味わい深いけど橘川君の前書は別段効果を妨げているという程でもないんぢやないか。効果がない事は確かだから無価値とはいえようもの——ところで僕はみんな句を余り注意しては読んでいなかつたわけだけど、君はどういう人々に注目してるの。

修　司　創刊号から五人拾つてみようか。まず京武久美。遠藤滋義は大変弾みすぎているがその詩情を買えそうだ。中西飛砂男はひどくマンネリに陥つてしまつたね。橘川まもると上村忠郎と俵谷皆二といつたところかな。

ゆたか　俵谷・遠藤両氏は殆どはじめて作品を見たとしか言えないんだが、俵谷氏の方は何か自分のものを見出してるつて感じがする。

修　司　世界を持つているのは、今のところ京武久美と俵谷皆二の二人だけと見てもいいね。遠藤滋義にはフランスの女優フランソワーズ・アルヌールのような魅力を感ずるんだけど。

ゆたか　「禁断の木の実」のかい。そんなこと言つて遠藤氏に叱られたりしないか。
（両君短く笑う。）ぢや一つ京武久美論でもやつて結びにしようか。どう思う。彼の作品系列。

修　司　彼の北國特有のふてぶてしさが最近は「訴え」なくなつた。つまり内に向つて「訴え」

ているから、彼の作品は最近非常に悲劇を内蔵している。

ゆたか　思い切つて人間性にぶつかつていつて嘆いてるのね。僕は彼の低く構えて真面目に静かに人間を直視しているという真摯な態度に感服してるよ。

修　司　つまり彼の嘆きはチヤツプリンのような軽快な切れ味はないし、ルオーのようなあたたかさもない。彼は雲に向つて吠えるように嘆いている―という一寸朔太郎めくけど、そう、彼の嘆きは朔太郎的なんぢやないだろうかね。

ゆたか　そう、そういう言い方も出来るかも知れないね。ただ朔太郎には郷土の人々から白眼視されたというつまらん動機はあつたけどね。然し京武久美の作品が内に大きな人間悲劇を持ちながら、そういう世界に自分という人間を安閑と置いて何だか自分ではさつぱりもがいてはいないような気がするのは、句の内部に静かに燃えている憤りが余り奥に深くしまい込まれたせいだろうか。表現上配られた文字が、ただ文字の世界だけで或る詩的要素を持つてるように見られるからだろうか。笑つてるつもりなのかな。

修　司　彼の悲劇と焦慮に乏しいのは善意だと僕は思うんだ。彼のギラギラするような色彩の調和を僕は高く買つていないで、むしろ「圏」の四号に発表した「しろい春」という詩に於けるような土の匂い、つまり土性骨だね、それらの中に彼の現代性が光つている。失敗が多いので俳壇的にはまだ高く買われていないけど、僕はすでに現代俳句中の小さい一存在としての彼の読者となつている。

ゆたか　たしかに佳い句が多いものね。君が言う失敗作とは、表現の世界に持ち込まれた高次元的要素のために「物」や「事」と作品のセオリーとの間に生じた造型上の獨善性によるものぢやないの。

修　司　ひとりよがりは多いね。それから「田舎教師」的なあきらめも多い。不思議なことに彼の作品には善意が乏しいのにフモールとほのぼのとしたヒユーマニテイーをどこからともなく感じさせられて、いつしか彼の世界へ入ることもあるんだ。

ゆたか　そこが久美俳句の侵し難い魅力なのかも知れないね。ぢや、きりのいいところで腰をあげるとしようか。（両君とも忘れていたかのように冷たくなつた珈琲を飲みあげる。レコードはスコットの「アンニー・ローリー」）

第六號（昭和三十年三月八日印刷・三月十日発行）

青嶺集（同人作品）

甦える時間　寺山修司

――如才ない人間には一種の臆病さが、否一種の脆弱さがある。（ボードレール）

父と呼びたき番人が棲む林檎園
野茨つむわれが欺せし少年に
黒髪に乗る麥埃婚約す
わが内に少年ねむる夏時間
車輪の下はすぐに郷里や溝清水
勝ちて獲し少年の桃腐りたる
わが歌は波を越し得ず岩つばめ

二重瞼の仔豚呼ぶわが誕生日
われありて林檎かむ音群衆裡（未収録）
五月の雲あまり明るく蹴つまづく（未収録）
唄の馬車過ぎつ、あらむ西行忌（未収録）
時失くせし少年われに草雲雀
きりぎりす知恵のみ長けて故郷出る（未収録）
香水や母と故郷を異にせり
目つむりていても吾を統ぶ五月の鷹【『花粉航海』と同じ表現になる】
歸省の友の夏帽けなしなぐさまむ
櫻の實床屋の自我はみすぼらし
蹴球を越え夏山を母と見る
目つむりて雪崩聞きおり告白以後
大揚羽教師ひとりのときは優し

［略歴］川口市幸町一ノ三九（坂本方）　早稲田大学教育学部国文科一年　詩誌「VOU」同人。俳誌「牧羊神」編集。歌誌「荒野」同人。現代へロマネスクを設計し、時間から脱出することを意図する。

○青い炎抄―第五号より―共同審査【第五号より秀句が十二句選ばれている】
林檎の木ゆさぶりやまず逢ひたきとき
鐵管より滴たる清水愛誓ふ

文藝は遠し山焼く火に育ち
黒穂ぬき母音いきづく混血児

○―逢着―青春俳句について　　小林一夫

先づ、同人作品の青嶺集を見ますと、眞先に寺山修司兄の「明日」と題する一連の作品に目がとまります。

文藝は遠し山焼く火に育ち
春の星憧がるる者けつまづく
林檎の木ゆさぶりやまず逢ひたきとき

等は、旨いなと一概にほめてばかりはおれないものを持つていると思います。前詞にある様な言葉から推しても、あまりにも「文學性」と云うことを意識しすぎているせいか、全体に大なり小なりの觀念臭さがつきまとつている様に思えます。先の三句も、僕としては素直にうなづくことは出来ても、そのどこかに、やはりそうした影のあることを認めるのです。

修司兄の句について、もつともつと云いたいこともあるのですが、それは又別な機會にすることにして、右の盲評おゆるし下さい。それは決して修司兄に恨みがあるわけではなく、むしろ反對に最も僕の心に抵抗を感じ、そして最も、學ぶべき要素を持つているからなのです。

【冒頭及び後半を一部略、寺山修司関連記事のみ紹介。この後、小林一夫氏は、「青年俳句」の同人たちが寺山修司だけでなく、「文学性」「青春性」「観念臭さ」にあまりにも偏り過ぎているのではないかと評する】

○時評　饒舌首都……【寺山修司の関連部分のみ引用】

まず牧羊神叢書の山形健次郎句集『銅像』をみた。【この句集は昭和二十九年十一月一日発行、発行者寺山修司川口市幸町一ノ三九となっている。寺山が跋文「火を創る少年山形健次郎へ」を書いている】「俳句研究」二月號では「短歌と俳句」を特集している。これは「短歌研究」で募集した第二回五十首應募作品で寺山修司が特選となった事と、伊藤整が朝日新聞の「きのうけよう欄」で「歌と俳句」なんていう意見書（?）提出から歌、俳両壇の小雀連を湧かしている處から企画したものらしい。寺山修司たち世代（筆者も、その部類に属するが）の桃色の思索は單に一ジヤンルのみの詩作に飽き足らず、許すかぎりの可能性に頭角を示してゆくのは當然で、裏をかえせば名状しがたい不安にかられての衝動に過ぎない。「個」としての寺山修司も、その範疇にある事は勿論で伊藤整の「歌人が俳句を作らず俳人は歌を作らず両者とも自由な詩は書かない、という狭い考え方は現代の文藝にあらず」の言葉を、そのまゝ「思い當るふしが澤山ある」などと、うがった態度を示したのはチヨツト意外だつた。何もかも現代での可能性に背伸びを示すのは良いが、足場だけは暗くしたくないものである。筆者の哀れな杞憂に過ぎぬかも知れないが、寺山修司が姦々しいジヤーナリズムの渦中にまきこまれぬよう、御自愛の程ひそかに祈っておこう。（饒舌子）【寺山修司の模倣問題が騒がしくなった頃である】

○特別作品評―寺山君の作風―　　中西久男【冒頭一部省略】

寺山君の今度の特別作品「甦える時間」を拝見させていたゞいたわけですが、「現代へロマネスクを設計し、時間から脱出することを意圖する」の現在の心境の言葉へ絶対な期待と信頼をくみ取つて、再讀味讀したが、作品全体が寺山君のものとしては少し低調だつたと思うし、最近、短歌の方向へ力をよけいにそゝいでいると聞くから、まつたく心配と言うところです。

しかし、寺山君は力を充分たくわえている人なので、全くの杞憂に過ぎぬかも知れませんが―。

さて、作品評―。

　勝ちて獲し少年の桃腐りたる
　わが歌は波を越し得ず岩つばめ
　二重瞼の仔豚呼ぶわが誕生日
　五月の雲あまり明るく蹴つまづく
　唄の馬車過ぎつ、あらむ西行忌
　歸省の友の夏帽けなしなぐさまむ
　大揚羽教師ひとりのときは優し

以上七句は、従来の寺山君の自己の地盤に根ざした自分のもの、いわゆる個性を何らのケガレもなく明瞭にあらわしています。

寺山君のテイン・エジヤーズらしい清純な秀れたセンスの《ママ》こめた作品だとおもいます。

「勝ちて」には、少年の心理があくまでもユーモラスに巧みに描きだされており、把握もすつきりとして整つていると思います。

「わが歌」は、あまりにも感傷的になりすぎた感がないではない。さらにや、観念的なうえに、うごきやすい句ではありませんか。

「二重瞼」「五月の雲」「大揚羽」のそれぞれには、改めていうまでもなく、寺山君自身の生活から、そしてあくまでも「孤獨の悲哀」を求めてつくりあげたものでしょう。

寺山君の数多い作品には、純情可れんな乙女心のような、やゝもすればセンチになりすぎた感の強いものが、その何割かを占めているし、私の知る寺山君の氣性とは全く相反するので、かねてから不思議におもつております。

寺山君の現在の實際のウソいつわりのない生活が、しあわせでもなければ、ゆかいでもなく、よろこびもなく、つねに哀しみのどん底に存在しておるものならばともかく、それがごく簡単にうなづけないのであり、たゞ單に讀者の同情を奪うにすぎないではないかとせまりたいのです。

唄の馬車過ぎつ、あらむ西行忌

文句つけがたい。唄の馬車と西行忌のつなぎが器用だ。

黒 髪 に 乗 る 麥 埃 婚 約 す

車 輪 の 下 は す ぐ に 郷 里 や 溝 清 水

目つむりていても吾を統ぶ五月の鷹

目つむりて雪崩聞きおり告白以後

以上の四句は全作品中、ずばぬけて優れています。

「黒髪」は、うまい。黒髪、麥埃、婚約らの材料が派手すぎる感じだが、そうも氣にかゝらない。好ましい風景です。

「車輪の」句、狙いがキツチリしていて、ピントがピッタリ合つて明るい。

スタイルが、中村草田男先生調のにほいに醉う。

「目つむりて」の二句、寺山君の作品としては、まれなほどにおちつき、しかもその今後のすゝむべき道を暗示しているようです。

對象がかくべつに明瞭であるが、新鮮性があまい。

もちろん、無垢に、そして純粋なふといシンを、がっちりとはりめぐらしているではありませんか。

かような作品を多くつくるこれからが楽しみ—。

總じて、寺山君の「甦える時間」は低調だった。少し、いいなあと思えば、それはすでにある程度の指導を受けたものだ。

わたしは、あぜんとした。

特別作品の發表の際は、舊作でも結構か新作でい、か、考えるべきだ。

これは、われわれ「青年俳句」の人たちの研究室であり、勉強室であり、おたがいにまなび、論じあい批評しあってこそ充分意義が達し得るであろう。寺山君は環境に、そして才能に恵まれているから、まだ〳〵これからだと思われるので、青年俳句會は幸せです。（三〇年一月廿一日記）

【省略した冒頭部では、高校時代の俳句仲間であった中西氏がこの記を書くことになる経緯を述べている。俳句に行き詰まり俳句を投げたが、八戸に遊びに行って「青年俳句」主催の俳句親睦会のビラをみて参加。その縁で再び俳句を学ぶ決意をする。編集部から「寺山君の作品評」を—の注文を受けて書くことになった、とある。中西氏が指摘し危惧したように、この記事の直後寺山短歌の模倣問題が発生している。この旧作発表の善し悪しの問題は成田千空氏が「暖鳥」で指摘していたことである】
○天使の牙—座談會—寺山修司・田邊未知男・近藤昭一・京武久美—コロンブスにて—
（TOGOSEIZI の「少女」でもそばに置きたいような雰囲気の喫茶店の一隅は、僕に「夢」に充ちている少年が胡桃を割るため、少しかゞみこんで、頰を充實させ、全神経を瞳に込めているというイメージを、恰も僕の内部で燃えつゝあるんだと極めてはつきりした錯覚を起させてくれるのであるが、それがやゝもすればひとりがちな事件のように見られてしまう恐れもあるので、四人の少年に登場を願ったのである。(けれどこの少年たちは、この事實を確かめようともせず、不器用な口を開いて何かしら始めたのである。)【旧漢字を一部新漢字に変更。原文のままの引用とした】

中村草田男論

寺　山　どうですか。この頃の草田男の傾向からでも話を始めたいと思うんですけど。彼の最近の「万緑」に発表するものは「来し方行く方」や「長子」とは大分違つてきていると思うんですが。

近　藤　そう、確かに違つてきている。しかし底を流れているものはエクスプレシヨンの變化にもかゝわらず不變だと思いたいね。

寺　山　底を流れているものとは何ですか。

近　藤　メルヘン。

京　武　一寸違わないか。彼の作品は句集の前書などにもはつきり見えるようにニイチエの「ツアラツストラ」の影響が大きく、超人への「憧憬」によつて貫かれていると僕は思うんだけど。

寺　山　うん。それで彼は自己を超人に近づけるために、自己の人間臭さに悩んでるんではないかね。それが一寸したアイデアで、例えば「ぬめのこばた」という碑のことでも、さかさにすると「煙草のめぬ」となるように、藝事でおどけて人間性を匂わせていると思える。やはり彼も道化だと言えないかね。

田邊　草田男だけじゃないのかね。超人への意識を持っているのは――。

寺山　それは不可欠のものじゃないだろう。

田邊　二百年も生きたいのは？

寺山　それはやっぱり超人への憧憬の一つの型だな。――二百年生き「たい」この「たい」が憧憬じゃないのか。道化でおれるということは自己の超越性、えらさを信じているということだろう？

田邊　そう。道化の状態にあるということは、むずかしいことだろうな。

京武　道化がむずかしいんじゃなく、それを意識することが難しいのさ。

近藤　彼の「戦よあるな」などは「うわすべり」で表面だけだと思わないか。考えるに草田男の思想とは、そんなもんなんじゃあないのか？

田邊　それも二百年性だ。

近藤　彼の社会性は輕んぜられてい丶ね。

京武　とは思わない。あの作品は一つの過程なんだよ。意識過剰も（敢えてそう呼びたい）メルヘン的な雰囲気の面白さで讀む人たちには理解されるが、あれは彼の姿勢の全てではない。

それに彼の思想はもっと「長子」時代の封建制に於ける人間の「法」への抵抗から出発したと僕は考えている。

　ひきがえる長子家去る由もなし

が、やがて十数年経て
　がらくた荷離さで轉落青谷へ
になつたのではないのかね。

寺山　寓意ということね。彼の「戦よあるな」というのは眞向きつて戦争反對の句を、三十代作家のように詠いこむことへのインテリの「てれ」から、あゝいうメルヘン的なものへ追いやつたとすれば、やつぱり道化だとも言えるんじやあないか。すると、あの句にも既成のものに對する「法」に對する草田男のかなしさが逆説的に描かれて面白いとも言えるような気がする。

近藤　それは善意すぎる。第一、草田男がどうしてあゝいう句をつくる必要があつたのかね。

寺山　「法」とか「正義」とかいうものは、アンチフオンにもあるように非常にあいまいだし、世の中に「絶對」という事が存在しないだろう。しかし事實としてはあるそれらの矛盾だらけの籠の中では、草田男という小鳥も非常に非力なんだ。だからその非力さが「戦」とか「不安」とかいうものへの笑いとなつて出てくるから、あゝいう形になる―と僕は思いたいんだ。

京武　しかし最近の作品は説教性が強くなつて大衆性が薄れてきたんじやないだろうかね。

縣俳壇について

田邊　縣句集が出たが相變らずつまらないね。この「悪さ」も結社の廃止によつて、少なくとも是正されるんじやない？

寺山　あれを結社でやるということがおかしいんで、今更「寂光」を解散するということじゃないと思うんだけど。アンソロジーは、やはり新聞社、あるいは大きな共同團体（たとえば縣俳人連盟でも作つて）でやるのが一般的だと思わないか。

近藤　「作家」も「素人」も顔を並べていることが大問題だ。【以下中略】

「もの」と「こと」について

寺山　「もの」と「こと」が問題になつている。秋元不死男がはつきりと「もの」を主張し、中島斌雄がそれに疑問を提出し俳壇の話題をさらつているが、あのことについて近藤はどう考えている？

近藤　僕はその論を讀んだことも無いし、論旨も知らないので、なんとも言えないけど。

寺山　卑近な例をとろうか。清水野笛という人の

　メーデーの濠にたちまちさかさの列

という句を不死男があげ、メーデーを単なるオブジエとして扱つていることをのべ、これが対象を非情にみた作品の極一致だとほめたのに、斌雄はこの句は、メーデーという行動に対する作者のヒユーマニズムが感じられず、俗に言えば、じやがいものようなあつたかさとか、人間性が少しもないと非難したことが主題なんだ。ところで榎本冬一郎の句をどう思うね。

近藤　好きだ、肯定する。

田邊　あの作品にある過剰な職業意識はどうなる？

近藤　それでい、じゃないか。要は作品が問題であり、人間としての生き方が問題じゃないもの。

京武　ということも天びん棒の極めて軽い方の言葉で言うことが出来るけれども、僕は榎本冬一郎の作品は否定するね。

田邊　僕もだ。人間性の否定、ハードボイルドということは僕らの世代環境では同意しがたいね。それに「創造の魔神」は職業などを超越しなくてはならないし――。けど全面的にとは言わないが――。

寺山　「悪」の文学は、人間として肯定できなくても、存在することが可能なのは、ヴイヨンだとかワイルドだとか、石山達三の「悪の愉しさ」だとかでも立證される譯だろう。しかしその場合の「悪」は「美」とか「眞實」を伴うことが必要なんだ。けど榎本冬一郎には何があるかね。単なるメーデーに對する植木屋のような興味だけではないか。メモリアリストは肯定出来ないね。

近藤　でも彼の作品には「眞理」があるじゃないか。

寺山　その「眞理」とは何だい。

近藤　「法」の眞理をもって作品に對決してる。

寺山　彼の場合、忠實に行動を報告してるだけとは違うのか。彼にロマンな作品とか人間の眞實を詠った作品があるのは認めても、それはメーデーと無關係の場合だけであり、メーデーを詠つたときには「假面」した警官の日記帖（しかも人に見られることを意識した）という感じだけが強いと僕は思うんだけど。

近　藤　俳句が私小説だとする以上、やむを得ないだろう。

寺　山　え！俳句が私小説である必要がどこにある？イッヒロマンであってもいゝ譯ではないか。とくに十代の俳句には可能性のフイクシヨンが實に多い。これは十代が私小説から脱け得るたゞ一つの世代であることの、第一の證明だと思うし、事實冬一郎も太穂も超えて別の次元に僕らの創造のユートピアがなければならないとは思わないか。

近　藤　それは認めるけど、身邊もより以上に大事にする必要があると思うよ。

寺　山　じや、一寸いじわるく聞くけど、君の俳句はメモリアルなものかね。

近　藤　しかし僕はこれからは「もの」を指向した作品を、どんどん発表してゆきたいと思つている。

京　武　ついでだから言うけど、アッ《マ》フォ《マ》リズム的なものと對象物の握手が僕の課題なんだ。

田　邊　僕は「こと」の方に自己を発見することが多いな。

京　武　とにかく、僕らは時間から空間への脱出を試み、永遠的な「笑い」を表現することをより以上に意識しなければならないと思うな。足に翼を生やして崖ぷちから飛ぶんだというぐらいの意気込がなくちや。

「青年俳句」のこと

近　藤　「青年俳句」に何か言わないか。

田　邊　企画にもつと新鮮さが欲しい。

寺　山　それに表紙も變えたいね。クレエあたりの繪をアレンジしたものでもね。

田邊　評論が欲しい。常連ばかりでは。選者が入つてきたのは面白くないな。

近藤　うん。あれなら結社に入つた方がいゝのじやないかね。

京武　たしかに選者という「場」はいらないね。内部での選ならともかく――。

寺山　外部の評論はあつてもいゝし、作品もいゝけど、「選」という形態は、あるいは疑問かも知れない。

京武　それからもう少し雑誌の「目的」を考えて欲しいと思うな。そうじやないと何のために刊行し、何のために集まりあつているのかという意義がどつかに隠れてしまつて、いわゆる刊行するのが精一杯だという極めて不要なものになつてしまいそうな気がしてならない――。

近藤　それはやはり各自各自の徹底した意志の不足からじやなかろうかね。単に参加しているということにのみ満足している人も見受けられるんだから。

田邊　だから企画のフレッシユさが最上の要求となつて出てくるんだ。

以上、寺山修司と「青年俳句」との密度の濃い一年間の交流を見てきた。そこには頬を紅潮させて俳句を文学たらしめんとする若い俳句作家の卵がいた。

本章の冒頭で述べたように驚くことには寺山修司の代表句「目つむりていても吾を統ぶ五月の鷹」の初出は、「青年俳句」である。しかも、創刊号と六号への重複投句である。「新しき血」と合わせると三回の投句となる。「青年俳句」初出の時は、「目つむりいても」になっているが誤植なのか、その後校正したのか定かではないが、寺山修司とこの俳誌の関係は、この一句をみても、特別な関係にあったわけだ。

一号から六号までに、投句された句数は六十九句。二句の重複句があるので、実数は、六十七句である。六十七句のうち、三十一句が後に「新しき血」に収録される。うち、八句は改作され収録。残り三十六句が「新しき血」不再録俳句となる。不再録の俳句の中にも後に彼の代表句になる句もかなりある。俳句の下に（未収録）と書かれた十八句は、「青年俳句」以外には公開されていないことになる。寺山修司は、一九五四（昭和二十九）年三月からの一年間俳句創作に以前のように熱が入らなかったように見受けられる。句数がかなり減っている。既に、俳句ばかり作っていられない環境にあったのであろう。

高い理想を掲げて船出した十代作家の「牧羊神」は、資金難、病気、仲間達の進路不安定等々の問題が重なり苦戦を強いられていた。一方、ほぼ趣旨を同じくして発刊された二十代作家の「青年俳句」は、「牧羊神」よりはかなり安定していたようだ。寺山は、揺れる「牧羊神」の立て直しを諦め、発表、発信の場として「青年俳句」を利用したようである。とにかく、最後まで「青年俳句」と寺山の関係を追ってみることにする。

3　俳句との絶縁宣言　「青年俳句」十九・二十合併号

「牧羊神」発行の苦境や短歌の世界への移行による環境の変化を受けて、寺山修司は「青年俳句」十九・二〇合併号（昭和三十一年十二月一〇日印刷発行）で「俳句絶縁宣言」をする。しかし、その絶縁宣言以降も俳句を手放すことなく創り、自作の編集を続けていたことが、生前出版された句集の内容を検討すると明らかである。寺山が生前編んだ句集を眺めてみる。詳細については本書の「序にかえて」を参照。

第一作品集『われに五月を』（昭和三十二年・二十一歳）九十一句
第一句集『わが金枝篇』（昭和四十八年・三十七歳）百十七句
底本句集『花粉航海』（昭和五十年・三十九歳）二百三十句 『わが金枝篇』の百十句を基に増補
句稿「わが高校時代の犯罪」『別冊新評寺山修司の世界』（昭和五十五年四十四歳）三〇句

例えば、四十四歳の時出版された『別冊新評寺山修司の世界』の中で、未刊句集として寺山修司が自選してまとめた「句稿わが高校時代の犯罪」の三〇句（うち一句は未完）の創作年代を検証すると、俳句絶縁宣言前の創作である俳句は、たったの三句のみである。七句は、三十九歳『花粉航海』時の創作、残りの二十句は、「句稿わが高校時代の犯罪」時に新しく創作された句であることが判る。つまり、二十句は句歴が辿れない新作である。その詳細については、章末の【参考資料】(2)を参照されたい。

さらに、注目されるのは、第一作品集『われに五月を』と、第一句集『わが金枝篇』の俳句のほとんどを採り込んで成立した、底本句集『花粉航海』の二百三十句の初出状況である。あとがきに当たる手稿で彼は「ここで収めた句は「愚者の船」をのぞく大半が私の高校生時代のものである」と書くが、これは寺山流の創作上の意図的嘘である。彼の俳句は、彼の没後調査が進み、現在俳句集に載る句も、生前出版された句集に未収録の俳句七百三十句も、その出典履歴が詳細に辿られている。しかし、『花粉航海』の二百三十句のうち九十四句は出典不明。二十六句が『わが金枝篇』初出、七句がその後『わが高校時代の犯罪』に収録されているのである。つまり、二百三十句のうち百二十七句は、俳句との絶縁をした後の作品ということになる。明らかに寺山は俳句を作り続けていたことになる。「短歌研究」の十一月号の巻頭を「チエホフ祭」三十三首[3]が飾ったことにより、寺山修司は、俳句から短歌へと活躍の場を移しつつあった。別れのセレモニーは、「ノートにしてほぼ十冊もあり、各行にびっしりと書きつらねてあった」俳句の中から百四十六句を選び「新しき血」と題して「青年俳句」に掲載し、同時に、愛した俳句との別れを高らかに宣言するという派手なものであった。

以下、「新しき血」を具体的にみていく。俳句の上に付した略号のうち、五は後に『われに五月を』に収録されたことを示す。以下同様に、金は『わが金枝篇』に、花は『花粉航海』に、わは『わが高校時代の犯罪』に収録されたことを示している。未は『寺山修司俳句全集』（あんず堂）第二部「句集未収録」篇にみる俳句を示す。また無記号句は「青年俳句」初出のためにいまだ公にならなかった俳句である。また改作の例がわかるようにその旨俳句の下に「　」を付して示した。また（　）中には「青年俳句」の掲載歴を記した。同じ句を各雑誌に持ち歩く様子や、編集、校正を常に怠りなく続ける姿が窺える。

○新しき血

　私の眼のうしろに海がある

　それをみんな私は泣いてしまわなければならない　シューラー

五・金・花　　ラグビーの頬傷ほてる海みては

五・金・花　　花売車どこへ押せども母貧し

五・金・花　沖もわが故郷ぞ小鳥湧き立つは（二号）
五・金・花　青む林檎水兵帽に髪あまる（創刊号）
五・金・花　二重瞼の仔豚よぶわが誕生日（六号）
五　麦一粒かがめば祈るごとき母よ
五・金・花・わ　目つむりいて《ママ》も吾を統ぶ五月の鷹（創刊号と六号）
五・金・花　桃ふとる夜は怒りを詩にこめて（三号）「太る」
金・花　この家も誰かが道化揚羽たかし（三号）
五・金・花　土筆と旅人すこし傾き小学校
五・金・花　鶩鳥の列は川沿いがちに冬の旅
五・花　山鳩啼く祈りわれより母ながき
五・花　車輪繕う地のたんぽゝに頬つけて
五・金・花　芯くらき紫陽花母へ文書かむ（三号）
五・花　寒雀ノラならぬ母が創りし火
五・金・花　熊蜂とめて枝先はづむ母の日よ
五・花　軒つばめ古書売りし日は海へゆく
金・花　わが夏帽どこまで転べども故郷（三号）
五・花　ひとりの愛得たり夏蝶ひた翔くる（五号）
五・金・花　鉄管より滴たる清水愛誓う（五号）
五・金・花　母は息もて竈火創るチエホフ忌

五・金・花　桃うかぶ暗き桶水父は亡し（五号）
五・金・花　西行忌あおむけに屋根裏せまし
五　山鳩の幹に背をよせ詩は孤り
五　帰燕仰ぐ頬いたきまで車窓によせ
未　夏の帆や胸いたきまで柵に凭り
五・花　車輪の下はすぐに郷里や溝清水（六号）
五・花　牛小舎に洩れ灯のまろきチエホフ忌
五　詩も非力かげろう立たす屋根の石
五・花　教師と見る階段の窓雁かえる（二号）「わたる」
五　旅愁とは雨の車窓に夜の林檎
未　わかれても残る愉しさ花大根
五・花　桐広葉こゝに幼き罪の日あり
五　色鉛筆ほそり削られ祭太鼓
花　文芸は遠し山焼く火に育ち（五号）
五・金・花　便所より青空見えて啄木忌
五　舟虫や亡びゆくもの縦横なし
五　香水や母と故郷を異なれり（六号）「異にせり」
金・花　夏井戸や故郷の少女は海知らず
五・金・花　草餅や故郷出し友の噂もなし

五・花　あいびきの小さき食欲南京豆
五・金・花　方言かなし菫に語りおよぶとき
未　婚約は母がもたらし春紙屑
五・花　秋の噴水かの口笛をな忘れそ
五・金・花　いまは床屋となりたる友の落葉の詩
五・金・花　大揚羽教師ひとりのときは優し（六号）
未　雲雀あがれ吾より父の墓ひくし
五・金・花　口あけて虹見る煙突工の友よ
五・金・花　こゝで逢びき落葉の下を川流れ
五　揚羽たかし川が故郷を貫くゆえ
未　土蛙胸はつて田舎教師尿まる
未　牛蠅や不孝者ほど夢ながし
五・金・花　崖上のオルガン仰ぎ種まく人
金・花　詩人死して舞台は閉じぬ冬の鼻
五　秋まつり明るく暗く桶の魚
五・金・花　木の葉髪日あたるところにて逢わむ
五　麦笛を吹けり少女に信ぜられ（三号）「草笛」
五　玫瑰に砂とぶ日なり耳鳴りす
五・金・花　流すべき流灯おのが胸照らす

五・金・花　二階ひゞきやすし桃咲く誕生日
五　燕の巣母の表札風に古り
五・金・花　黒人悲歌桶にぽつかり籾殻浮き（四号）「もみ」
五・金・花　夏の蝶木の根にはづむ母を訪わむ
金・花　塵捨てに出て舟を見る西行忌
五・花　駒鳥いる高さに窓あり誕生日（二号）「憩う」
金　五月の雲のみ仰げり吹けば飛ぶ男
未　梨花白し叔母は一生三枚目（二号）「いつまでわが脇役」
金　桶のまゝ舟虫乾けり母恋し（二号）「舟虫は桶ごと乾けり母恋し」
金・花　たんぽゝは地の糧詩人は不遇でよし
青葉光れ若人の詩の通らぬ世
五・金・花　人力車他郷の若草つけて帰る
五・金・花　秋の曲梳く髪おのが胸よごす
金・花　教師呉れしは所詮知恵なり花茨
五・金・花　林檎の木ゆさぶりやまず逢いたきとき（三号と五号）
五・花　台詞ゆえ甕の落葉を見て泣きぬ
五・花　倒れ寝る道化師に夜の鰯雲
五・金・花　小鳥の糞がアルミに乾く誕生日
金・花　明日はあり拾いて光る鷹の羽毛

五・金・花　同人誌はあした配らむ銀河の冷え
五・花　香水のみの自己や田舎の教師妻
五・花　他郷にてのびし髭剃る桜桃忌
五　金魚草思い出太りつゝ復る（五号）
五・金・花　北の男はほゝえみやすし雁わたる
五・花・わ　鳥影や火焚きて怒りなぐさめし
五・花　黒穂抜き母音いきづく混血児（五号）
五　Artisanなり薔薇嗅ぐ仕草大げさに【五号、福島ゆたか氏の「黒人悲歌」寸評にこの句の評あり】
五・花　故郷遠し桃の毛の下地平とし
五　木苺や遠く日あたる故郷人
五・花　にわかに望郷葱をスケッチブックに画き
学荒ぶ日の若草を蹴りちらし
五・金・花　亡びつゝ巨犬飼う邸秋桜
金・花　勝ちて得し少年の桃腐りいたる（六号）
五・金・花　燃ゆる頬花よりおこす誕生日（二号）
未　雁わたる少年工の貧しきペン
未　春の嵐窓みな閉めて迫らるる
未　わが影のなかより木の葉髪ひろう

一語かろんぜられしが白き息のこる　未
冬の老木打ちしひゞきを杖に受く　未
鬼灯赤し母より近きひとを恋う　未
島の子は草で汗拭く鰯雲　五
草紅葉故郷焼かるゝ日を怖る
孤児眠る落葉は風の高さより
切れ凧といえどわが糸つけて飛べり　未
サーカスのあとの草枯帽ころがる　未
復員服の飴屋が通るいつもの咳　未
麦刈り進む母はあの噓信じしや　未
鷹舞えり父の遺業を捧ぐるごと　未
凪の葦わかれの刻をとどめしごと　未
馬車の子のねむい家路は春の雷　未
氷柱滴る君の部屋より海見えず　未
抱きあげて巣燕は子の手に低し
草萌や鍛冶屋の硝子ひゞきやすき　未
種まく人おのれはづみて日あたれる　金・花
冬の薔薇鍛冶屋は火花創るところ　未
帰燕沖に籠にあまれし捨紙屑　未

五　胡桃割る閉じても地図の海青し

未　乙女過ぎれば町裏うつす冬の水（二号）「春の水」

花　啄木の町は教師が多し桜餅

未　山拓かむ薄雪つらぬく一土筆

金　蝶どこまでもあがり大学生貧し

金・花　雪解の故郷発つ人みんな逃ぐるさま

未　掌もて割る林檎一片詩も貧し（二号）

長屋の母の怒りあつまり向日葵立つ

わが知らぬ基地いくばくぞ林檎実る

黒色の栗鼠のまばたき卒業す

未　故郷に裏町はなし若草がち

未　母来るべし鉄路に菫咲くまでは

五　さんま焼くや煙突の影のびる頃

未　青麦を来てメーデーの歩幅なお

未　来て憩う冬田売り終えたるあとも

未　母校の屋根かの巣燕も育ちおらむ

五　煙突の見える日向に足袋乾けり

五　葱坊主どこをふり向きても故郷

未　巣造りの母子の燕うなづきあい

五・金・花　麦の芽に日あたるごとく父が欲し
未　多喜二忌よ石もて竈の火を創り（四号）
金・花　林檎の芯明日には詩のみのこすべし
未　チエホフ忌頬髭おしつけ籠桃抱き（四号）
金・花　帰郷せむ溝板沿いに落葉走る（四号）「走る落葉」
　農民史日なたの雲雀巣立ちたる
　夾竹桃戦後の墓に父の名も
五・金・花　うつむきに太る芽明日の米を研ぐ
　石狩まで幌の灯赤しチエホフ忌
　吊るされて玉葱芽ぐめり内灘に
　ぽつかりと石鹼浮けりメーデー明日
五・花　モズ孵りすぐに日あたる農民祭

○カルネ　寺山修司

夏休みは終つた。僕は変つた。

しかし僕は変りはしたが、立場を転倒したのではなかつた。

青年から大人へ変つてゆくとき、青年の日の美しさに比例して「大人となつた自分」への嫌悪の念は大きいものである。

しかし、そのせいで立場を転倒させて、現在ある「いい大人たち」のカテゴリイに自分をあてはめようとする性急さは、自分の誤ちを容認することでしかない。

僕が俳句をやめたのは、それを契機にして自己の立場に理由の台石をすえ、転倒させようとしたのではなく、この洋服がもはや僕の伸びた身長に合わなくなつたからである。

そうだ。僕は二十才。五尺七寸になつた。

かつてデミアンが、不遇の音楽家に書きおくつたように、僕は卵の殻をひとつ脱いだに過ぎなかつた。

こゝに「新しき血」と題してまとめた百四十六句の作品は、すべて僕の十代の、もつと言をきわめれば、大部分は高校時代の作品である。

これらの作品のうしろにある月日に僕は愛着と、そしてパセテイツクな焦慮をもつて、いま話しかけようと思う。

十七才から二十才まで。恐籠《ママ》から僕まで。

はじめに僕たち（京武久美と僕と）は「山彦」という俳句雑誌をはじめ、そのあと「青い森」を経て「牧羊神」を創刊した。僕たちは生成的には戦争の傷をうけなかつたという共通点をもつており、この寸づまりの洋服に、めいめいが星だの貝殻でもつて飾り立てることに専念した。

「時間を鍛える」のではなく「時間の外にいる」ことが僕たちの仕事のように思えたのも、よく知らない時間に介在して、いたずらに「若さ」を階級化したくないという僕の考えからであつた。

「牧羊神」に関する限り、若さは権利を恢復していたし、十号で挫折するまで「恋愛特集」だとか「全国学生俳句祭」毎月の俳句会等等と僕は忙しく楽しかつた。

このころ、僕は「チボー家の人々」のジヤツクや「デミアン」のシンクレールに僕の「そうでありたい自分」を重複させ、何かはつきりしないが、光るもの、かがやくものを怖れながら憧れていたものだつた。僕は地方の仲間をたずねて一人で旅をしたり、学費を雑誌の發行費にきりかえたりした。京武久美が僕の唯一の仲間であり敵であつたのも、この頃である。

★

僕は上京してから、少しずつ変つた。

人は僕のこの変り方を「チエホフ祭」発表以後だといい、「大人たち」の雑踏の埃に僕がむせたのだろうと噂したが、それはあたつていない。

僕はサルトルに遭つた。

「汚れた手」のユーゴーの敗北が、僕の出発点にかわつた。

社会性を俳句の内でのみ考えていた僕は、俳句というジャンルが俳人以外の大衆には話しかけず、モノローグ的な、マスターベーション的なジャンルにすぎないことを知つたのだった。

美学を僕はVOUクラブで学び、短歌で僕はリズムを学んだ。僕は「ノア」を創刊し画学生、作曲家、詩人などと交友をもつた。

しかし何より僕が山田太一という、いい友人と知りあつたのも、この時期であつた。彼は、僕が入院してから一年の間、ほとんど毎日のように手紙をくれて、僕と感想の交換をしあつた。

たまたま彼の恋人が左翼の劇団の女優だつたため、僕も彼についてマルキシズムとぶつからなければならなかつた。

彼はストイックで、何ごとにつけても自分の生理を大切にしているように見受けられたが、その実は説明的に生理を制約して「そうでありたい自分」のために「そうである自分」を我慢させていた。

僕は勉強家のこの美青年を尊敬し、彼のすすめる本を幾冊か読んだ。アルベレスを古本屋で見つけ、二人で争つて読み、これが僕たちのある時期にきわめて重要な役を果したものだつた。

この時期の作品は、作品集「われに五月を」（作品社刊）に大部分のつている。

僕は音楽好きで、彼とラジオのミユージツクレターなどで軽音楽を交換しあつたりした。

僕は、この時期に失恋している。

ラヴエルの「ツイガーヌ」の好きなその子を、僕は「かずこについて」という詩や短歌にたくさんうたつた。

★

わずか三年ばかりをこの時期、あの時期と分ける僕のやり方は、なるほど性急であるかもしれない。しかし分けると、最後の、つまり「いまの時期」に、僕がふたたび病気恢復と共に行動欲にかられるのは当然だつた。

「ナタエルよ、書を捨てよ、野へ出よう」という一句が、ぼくを喜ばした。

ぼくは自分で詩劇をかき河野典生、山口洋子などという仲間と小さい劇団「ガラスの髭」をつくつた。そして第一回公演としてぼくの「忘れた領分」（一幕）を上演し谷川俊太郎はじめ、い、先輩を知つた。

ぼくはこうして俳句とはつきり絶縁し、昔の仲間たちに「牧羊神」の再刊を委ねたのだつた。

ふたたびぼくは、俳句を書かないだろう。

作品集「われに五月を」を出すにあたつて、ぼくの詩や歌や散文詩の時期は決算されたが、俳句を愛した時期は、ぼくの思い出の雑誌「青年俳句」に発表できたことを、ぼくはどんなにかうれしく思うことだろう。

4　孤独な編集少年　寺山修司

「青年俳句」への投句・投稿は、第一作品集『われに五月を』(一九五七年一月発行)と同時に進められたのであろう。「新しき血」の七十八句が『われに五月を』に収録されている。新しき血の一四六句は彼の十代の俳句の総まとめ秀句として位置付けられる大切な句である。この時選ばれた俳句は、俳句再出発の時にも大きな影響を与えたであろう。だが、不思議なことに「青年俳句」の名を寺山修司の俳句を収集・収録してまとめた寺山修司の俳句全集などで、いままで一度も目にしたことがない。充分なる考察はできなかったが、今回大切な資料の存在をあるがままの姿で公にできたことを嬉しく思う。

また、「青年俳句」の投句の在り方を探る作業にお付き合い頂いた皆様は、すでにお気つきのことと思うが、「青年俳句」は、あるテーマの下に題名を持った俳句が投句されている。これは「暖鳥」の後半から見られる彼の創作態度である。「題名を持つ」ことは、第六号「寺山君の作風」で中西久男氏が指摘するように旧作、指導を受けて添削された句に新作を加えながら組み換え(編集)をして投稿することである。

このことは、何を意味するのか。彼が中学時代に仲間を募って編集者として活動した頃とは別な編集作業が行われたことになる。新作の創作と並行して旧作にも目配りをして新しい作品世界を作り出す編集である。『咲耶姫』殉情歌集（中学卒業時作成）、『べにがに』（高校二年に進級時）から始められた自作品の編集作業は、生涯にわたり続けられ、寺山が創作者であると同時に、自作に対する目利きのエディターであったことを示すものである。俳句において過去の作品を眺め思考し新作を追加して、ある主題の下に編集する作業を「カルネ」以後も続けていたことは何度も述べてきた。そして、このスタイルは、俳句、短歌、詩、演劇、映画についてもジャンルを横断する形で常に行われていたのではないだろうか。言葉と向き合い対話し、言葉の世界に拘り続ける姿である。

希望に燃えて船出した、十代作家による俳句革命運動「牧羊神」は、寺山が「カルネ」で言うように挫折した。その原因はいろいろあろう。「牧羊神」仲間で特別親しくしていた山形健次郎氏宛の書簡からは、経済的な困窮や会員の集まりがよくないことに随分と苦労している様子が見える。さらに健康も害し入退院を繰り返していた。まさに三重苦である。そしてなにより、当時の彼を苦しめたのは、俳句に対する文芸観の相違である。つまり芸術の先頭を行く者の孤独であった。小中学生の頃の現実生活の孤独感から文芸仲間を得ることにより孤独から抜け出したかにみえたが、彼にはさらに厄介な先頭を行く者の孤独が待っていた。

先頭の孤独―当時山形健次郎氏に宛てた詩―

その日桜の吹く《ママ》復活の町をゆめみつゝ、私は
森の中の大きな幹を裂いて出てきた。
裂かれた幹はふたゝび一緒になることはなかろう。
ひとびとは私を逃亡者だと指さした。

思うに—私のゆく先はみな、不在の一田舎町であった。
ジャングル風の庭で、私だけが巨人のように成育する。
どなたか唄って下さらんか
荒地にかゞやく一本の柱のために
亡びへの意志をもたない、この北の男の
そのあとに来る新しい卵の殻内のひかりのために

この詩が山形さんに投函された日は確定できないが、一九五四（昭和二十九）年四月以降一九五五（昭和三十）年十二月頃のことと推定する。ちょうど寺山が「青年俳句」に俳句や俳句評論を精力的に発表していた時期で、「牧羊神」の活動が困難を極めていた頃の詩である。

寺山は最後に発表した詩「懐かしのわが家」で、

そのときが来たら
ぼくは思いあたるだろう
青森市浦町字橋本の
小さな陽あたりのい、家の庭で
外に向って育ちすぎた桜の木が
内部から成長をはじめるときが来たことを—

と言う。彼は森の中の大きな幹を裂いて出た。裂れた幹はふたたび一緒になることがなくとも、恐れず成長を願い出発した。大きく育った桜の木が、内部から成長をはじめることを信じつつ走り続けた編集少年は、新しい世界に旅立つ準備を整えた。

注

（1）「五月の伝言⑤　シンポジウム　北の文化の現在・八戸」（一九八八年五月二十日）を参考資料として使用。そのカタログに収録された「寺山修司と八戸『青年俳句』―俳句落穂抄―江刺家均氏」により「青年俳句」の存在とその重要性を知る貴重な導きを受けた。また江刺家氏には「青年俳句」や「牧羊神」などの資料収集にも一方ならずお世話になった。

（2）【参考資料】句稿「わが高校時代の犯罪」

Ⅰ　銅版画

鳥影や火焚きて怒りなぐさめし（初出『われに五月を』）→（『花粉航海』）

テーブルの下の旅路やきりぎりす（初出）

押入れに螢火ひとつ妹欲し（初出）

マスクしてひとの別離を見つ、あり（初出）

「マスクのま、他人のわかれ見ていたり」（『花粉航海』に類句）

書かざれば失ふごとし木の葉髪（初出）

心中を見にゆく髪に椿挿し（初出）

癌す、む父や銅版画の寺院（初出『わが金枝篇』）→（『花粉航海』）

学帽や北を想へば北曇る（初出）
そこまでは影のとゞかぬ曼珠沙華（初出）
冬のコーヒー一匙分の忘却や（初出）

Ⅱ　黒髪

目つむりていても吾を統ぶ五月の鷹（初出「青年俳句」昭和二十九年三月「暖鳥」昭二十九年六月『われに五月を』→『わが金枝篇』→『花粉航海』）
胸に抱き胸の火となる曼珠沙華（初出）
線虫のおのが重さをとぶ雅歌や（初出）
黒髪が畳にとゞく近松忌（初出）
ひとさし指の指紋ほぐる、（初出　未完の句の扱い）
流れゆく表札の名の十三夜（初出）
ひらがなで母をだまさむ旅人草（初出『花粉航海』）
私生児が畳をかつぐ秋まつり（初出『花粉航海』）
母二人ありてわれ恋ふ天の火事（初出）
枯芦にきしみ鳴るのは男帯（初出）

Ⅲ　鶴

お手だまに母奪われて秋つばめ（初出『花粉航海』）
島の椿わが母の芸ついに見ず（初出『山彦俳句会』（昭27・12）→『花粉航海』）
出奔す母の白髪を地平とし（初出『花粉航海』）

かくれんぼ三つかぞへて冬となる（初出『花粉航海』）
僧二人椿二輪を折りて去る（初出）
旅鶴や身におぼえなき姉がいて（初出『花粉航海』）
どくだみや畳一枚あれば死ねる（初出）
されど銀河父にもなれず帰郷して（初出）
鏡台にうつる母ごと売る秋や（初出）
冬畳旅路の果ての髪ひとすじ（初出）

（『別冊新評寺山修司の世界』（新評社、一九八〇年四月）

（3）「短歌研究」は五十首詠として募集。しかし寺山修司は四十九首で応募。昭和二十九年の「短歌研究」十一月号には、応募歌四十九首から十六首が削除され、応募歌にない一首が追加され、三十四首が発表されるという複雑な発表事情がある。追加された一首は、「青年俳句」第五号（昭和二十九年十二月一日発行）に載る「明日」という俳句一〇句につけた短歌のエピグラフに使用した歌である。

煙草くさき国語教師が言ふときに明日という語は最もかなし【五号の「いう」「言ふ」に改める】

本書では応募歌が三十三首発表されたという理解である。詳細については、久慈きみ代「寺山修司俳句（素材）と短歌（物語性）の関係―初期歌と俳句の関係を見る―」『青森大学・青森短期大学研究紀要』（第二十九巻第二号平成十八年十一月）を参照。

寺山修司作品略年譜（1）

年	企画・編集（新聞・雑誌）	投稿（新聞・同人誌など）
一九三六（昭和11）年	一月誕生　昭和10年12月説もあり44頁参照	
一九四五（昭和20）年	青森大空襲、同年九月父戦病死	
一九四八（昭和23）年 古間木中学校入学	「週刊古中」を一人で発行 No.2号・No.3号	No.2号（昭和23年9月25日発行） No.3号（昭和23年10月9日発行）
一九四九（昭和24）年 野脇中学校転校	母九州へ働きに行く 「2年9組学級新聞（野脇中学校）」 「二故郷」鉛筆手書き回覧文芸雑誌 「若潮」第三号（野脇中文芸部作品集）に掲載 「銀将」（小説）「若い道」（詩）	 昭和24年9月20日発行 発行日不明であるが初秋。
一九五〇（昭和25）年	「野脇中学校新聞」（二号・三号・四号） 二号詩二編「海中の岩君へ」「留守番」 三号（寺山修司の作品掲載なし） 四号（短歌二首） 「3年6組学級新聞（野脇中学校）」第1号 『白鳥』発行	二号（昭和24年12月15日） 三号（昭和25年3月21日） 四号（三号と同発行日） 学級新聞第1号（昭和25年7月5日） 昭和25年8月20日発行

一九五一（昭和26）年		
野脇中学校卒業	「野脇中学校新聞」	五号（昭和26年2月25日）
	五号和歌一二首	六号（昭和26年3月21日）
	六号綴方大会特選「星」	
	詩二編「のれん」「やきいも」	県詩祭（北詩人会主催）
	俳句二句	入賞せず
青森高校入学	「はまべ」・「黎明」を発行	
	（学級文芸雑誌として発行されたと聞くが不明）	
	『咲耶姫』殉情歌集（自筆版ペン書き歌集）	昭和26年5月26日発行
	（中学生時代の短歌をまとめる）	

寺山修司作品略年譜（2）

年	企画・編集（新聞・雑誌）	投稿（新聞・同人誌など）
一九五一（昭和26）年	青森高校時代 「青蛾」（9月30日発行）に、詩「日曜」短歌「八月集抄」十二首掲載される 文化祭を記念して校内俳句大会（10月） 「やまびこ」句会誕生十一月	8月より俳句投稿開始・投稿熱中時代へ 「東奥日報」（9月30日〜） 女性名のペンネームも使用 「寂光」9月〜 「暖鳥」9月〜 「辛夷花」9月〜 「青森よみうり文芸」10月〜
一九五二（昭和27）年	『べにがに』（四十句）寺山修司自選句集発行 「青高新聞」文芸欄は、文学部長の寺山修司担当 「山彦」（のち）「青い森」発行 （学生俳句雑誌として月1回発行） 顧問に「天狼」同人の秋元不死男を迎える 「山彦」4号（7月） 県下高校生俳句大会秀句集―文化祭記念大会 「麦唱」（作品集青森高等学校文化部文化祭記念10月発行、定価一〇円にて販売）	「寂光」継続投稿 「暖鳥」継続投稿 「辛夷花」継続投稿 「七曜」継続投稿 「氷海」継続投稿 『学燈』 『蛍雪時代』 「三ツ葉」（7月号より参加） 県詩祭（北詩人会主催）三位入賞（11月3日） 「俳句苑」

一九五三（昭和28）年	「青い森」発行 「青い森」5号（10月）・6号（12月） 「青い森」発行 9号（8号との記載もある3月発行） 10号（6月発行） 11号（8月発行） 「麦唱」定価三〇円に値上 （全日本学生俳句コンクール）10月 「魚類の薔薇」発行開始12月？ （東義方編集）に参加	「寂光」継続投稿 「暖鳥」継続投稿 「辛夷花」継続投稿 「七曜」継続投稿 「氷海」継続投稿 『学燈』継続投稿 『蛍雪時代』継続投稿 「万緑」継続投稿 「断崖」継続投稿 『生徒会誌昭和二十七年度』（県立青森高校）3月発行

寺山修司作品略年譜（3）

年	企画・編集（新聞・雑誌）	投稿（新聞・同人誌など）
一九五四（昭和29）年	「ガラスの髭」青森県学生文学連盟発行の文芸誌（1月） 「牧羊神」発行開始（12号まで） 　十代の俳句研究誌（2月） 「木兎」（2月）参加 「青年俳句」（3月1日創刊）参加6号まで 「牧羊神」2号（3月） 「牧羊神」3号（4月） 「耕群」（柏農業高校俳句会・創刊号2月） 「魚類の薔薇」3号3月発行、4号4月発行 「圏」（圏詩社発行（鎌田喜八） 三月No.3より同人 「牧羊神」4号（7月）　5号と同日発行 「牧羊神」5号（7月） 「牧羊神」6号（10月） 「チエホフ祭」『短歌研究』（11月号） 五十首詠募集特選 原題「父還せ」応募（締め切り8月末）	「寂光」継続投稿 「暖鳥」継続投稿 「辛夷花」継続投稿 「七曜」継続投稿 「氷海」継続投稿 『学燈』継続投稿 『蛍雪時代』継続投稿 「万緑」継続投稿 「断崖」継続投稿 「天狼」継続投稿 埼玉よみうり文芸（5月〜） 「俳句研究」（9月） 『生徒会誌昭和二十八年度』（県立青森高校）3月発行 「光冠」第1巻第2号（8月） 「寂光」継続投稿 「暖鳥」継続投稿

一九五五（昭和30）年 （入院）	「牧羊神」7号（1月31日） 「青年俳句」6号（3月10日） 詩劇グループ「ガラスの髭」組織 全国学生俳句コンクール（9月）寺山修司一位	「辛夷花」継続投稿 「七曜」継続投稿 「氷海」継続投稿 『学燈』継続投稿 『螢雪時代』継続投稿 「万緑」継続投稿 「断崖」継続投稿 「天狼」（2月）継続投稿 「俳句研究」（9月）継続投稿 ※厳密には確定できないが右の同人雑誌への投稿はほぼ29年から30年で終了する ※『学燈』（昭和30年1月号）高校生でない寺山修司の俳句載る。
一九五六（昭和31）年 （絶対安静）	「青年俳句」12月（19・20号合併号） 「カルネ」俳句絶縁宣言	
一九五七（昭和32）年	『われに五月を』（1月） 新しい創作活動への出発	
一九五八（昭和33）年 （退院）	「零年」（海のゼログループ）企画編集顧問	

寺山修司作品略年譜（4）

西暦／俳句・短歌・詩	戯曲	シナリオ　映画
一九五八年『空には本』（第一歌集） 一九六一年 長篇叙事詩「李庚順」 一九六二年『血と麦』（第二歌集）「恐山」 一九六三年（家出のすすめ→現代の青春論） 長編叙事詩「地獄篇」連載開始 一九六五年『田園に死す』（第三歌集）	六〇年「血は立ったまま眠っている」 六二年「狂人教育」（人形実験劇） 六六年「アダムとイブ・私の犯罪学」	（シナリオ時代） 五九年「中村一郎」 六〇年「猫学」（映画）「大人狩り」 六一年「家族あわせ」（テレビ） 六二年「恐山」（放送叙事詩） 「檻囚」（実験映画） 六四年「山姥」（ラジオ） 六五年「犬神の女」（ラジオ） 六六年「子守歌由来」（テレビ） 「コメット・イケヤ」（ラジオ）
一九六七年 天上桟敷設立 「書を捨てよ、町へ出よう」刊行（評論集） 一九六八年『誰か故郷を想はざる』（自叙伝） 一九七〇年 長篇叙事詩「地獄篇」刊行 一九七一年『寺山修司全歌集』	六七年「青森県のせむし男」 「大山デブコの犯罪」 「毛皮のマリー」 「花札伝綺」 六八年「書を捨てよ町へ出よう」 「星の王子さま」 六九年「時代はサーカスの象にのって」「犬神」「ガリガリ博士の犯罪」 七〇年「イエス」「人力飛行機ソロモン」	六八年「初恋地獄篇」 「狼少年」（RABラジオ） （映画時代） 七〇年「トマトケチャップ皇帝」 七一年「書を捨てよ町へ出よう」

演劇映画を通過した新俳句 一九七三年『わが金枝篇』 一九七五年『花粉航海』 短歌創作開始『月蝕書簡』 二〇〇八年二月に寺山修司未発表歌集として刊行	一九八〇年「わが高校時代の犯罪」 （俳句） 一九八二年『寺山修司全歌集』 一九八三年『雷帝』企画編集 一九八三年『寺山修司全歌論集』 五月四日午後0時5分死去
七一年「邪宗門」 七二年「走れメロス」「阿片戦争」 七三年「地球空洞説」 「ある家族の血の起源」 七三年「盲人書簡」 七五年「ノック」「疫病流行記」	七六年「阿呆船」 七七年「中国の不思議な役人」 七八年「奴婢訓」「身毒丸」 「観客席」 七九年「レミング―世界の涯てまで 連れてって―」 「青ひげ公の城」 八一年「百年の孤独」
七四年「田園に死す」 「蝶服記」 七五年「迷宮譚」	七七年「消しゴム」 「一寸法師を記述する試み」 「書見機」 七八年「草迷宮」 八二年「さらば箱舟」沖縄ロケ

主な参考文献と資料

Ⅰ部

「週間古中」No.２（昭和二十三年九月二十五日発行）
「週間古中」No.３（昭和二十三年十月九日発行）
「2年9組野脇中學級新聞　No.２・３号」（昭和二十四年九月二〇日発行）
「野脇中学校新聞」第三号　昭和二十五年三月二十一日発行
「野脇中学校新聞」第五号　昭和二十六年二月二十五日発行
「東奥日報」（昭和二十六年三月〜昭和二十九年一月）
「読売新聞青森版」（昭和二十六年一〇月〜昭和二十九年二月）
「毎日新聞青森版」（昭和二十六年九月、十二月）
『青高新聞縮刷版』1号（昭和二十四年二月二〇日）〜１００号（昭和四十三年十一月八日）（青森高校刊行委員会　昭和四十四年一〇月）
金澤茂『修司断章』（北の街社、平成十八年六月）
金澤茂『青森高校物語』（北方社、昭和六十三年十一月）
青森県立青森高等学校『生徒会誌』（昭和二十七年度版及び昭和二十八年度版）
山形龍生「寺山修司」と「三ツ葉」」『作品集山の温泉』（平成十四年一月）
「二故郷」（昭和二十四年　青森県立図書館所蔵）
『若潮』（昭和二十四年　青森県立図書館所蔵）

『白鳥創刊号』（昭和二十五年八月二〇日発行、青森県立近代文学館所蔵）
『咲耶姫』殉情歌集（昭和二十六年五月二十六日　四十五首　個人所蔵）
『べにがに』（昭和二十七年四月）寺山修司自撰句集「寺山修司記念館所蔵」
『文芸あおもり』（青森県文芸協会、平成六年七月三十一日発行　第一四一号）

Ⅱ部

「寂光」（松濤社　高松玉麗創刊、昭和二十六年九月～昭和三十年八月）
「暖鳥」（青森俳句会機関誌、吹田孤蓬創刊、昭和二十六年九月～昭和三十四年四月）
「「暖鳥」と寺山修司」（暖鳥編集部編暖鳥文庫56、平成十八年一月）
「山形健次郎氏宛の寺山修司の書簡七〇数点」
新谷ひろし『寺山修司の俳句』（暖鳥文庫55、平成十八年一月）
「青年俳句」創刊号～六号　一九・二〇合併号（上村忠郎編集発行人、昭和二十九年三月～昭和三十一年十二月）
『別冊新評寺山修司の世界〈全特集〉』（第十三巻第一号通巻五二号）（新評社、昭和五十五年四月）
京武久美「随想寺山修司のこと」（河北新報、平成四年五月七日から隔週で八回）
「特別展寺山修司」（青森県近代文学館、平成十五年十月）
「特別展青森県近代俳句のあゆみ」（青森県近代文学館、平成十八年七月）
「青森県の近代文学」（青森県近代文学館、平成六年三月）

全般

『寺山修司俳句全集』（新書館、昭和六十一年十月）

『増補改訂版寺山修司俳句全集全一巻』（あんず堂、平成十一年五月）
『寺山修司全歌集』（風土社版、昭和四十六年一月）
『寺山修司全歌集』（沖積舎、昭和五十七年十一月）
『寺山修司全詩歌句』（思潮社、昭和六十一年五月）
『寺山修司コレクション1全歌集全句集』（思潮社、平成四年三月）
『現代歌人文庫寺山修司歌集』（国土社、昭和五十八年十一月）
『われに五月を』（思潮社、平成五年四月新装版）
『空には本』（的場書房、昭和三十三年六月）
『血と麦』（白玉書房、昭和三十七年七月）
『田園に死す』（白玉書房、昭和四十年八月）
『寺山修司全歌論集』（沖積舎、昭和五十八年九月）
『寺山修司ちくま日本文学全集』（筑摩書房、平成四年二月）
『現代俳句大辞典』（三省堂、平成十七年十一月）
尾形仂『新編俳句の解釈と鑑賞辞典』（笠間書院、平成十四年六月）
寺山はつ『母の蛍寺山修司のいる風景』（新書館、昭和六十年二月）
中井英夫『定本黒衣の短歌史』（ワイズ出版、平成五年一月）
風馬の会『寺山修司の世界』（情況出版、平成五年十月）
田澤拓也『虚人寺山修司』（文藝春秋、平成八年五月）
小川太郎『寺山修司その知られざる青森―歌の源流をさぐって』（三一書房、平成九年一月）

『句集青春の光芒』（テラヤマ・ワールド、平成十五年五月）
『雷帝』（深夜叢書社、平成五年十二月）
『寺山修司・斎藤眞爾の世界』（柏書房、平成十年一月）
『国文学』「実の狩人塚本邦雄と寺山修司」（学燈社、昭和五十一年一月）
『国文学』「寺山修司の言語宇宙」（学燈社、平成六年二月）
「没後二〇年寺山修司の青春時代展」（世田谷文学館、平成十五年四月）
「没後三〇年帰ってきた寺山修司展」（世田谷文学館、平成二十五年）
『寺山修司記念館①』テラヤマ・ワールド（平成十二年八月）
『寺山修司記念館②』テラヤマ・ワールド（平成十二年十月）
『寺山修司研究創刊号』（国際寺山修司学会、文化書房博文社、平成十九年五月）
『寺山修司研究2』（国際寺山修司学会、文化書房博文社、平成二十年一〇月）
『志向・太宰・寺山と歩くふるさと青森』（青森市文化団体協議会編、北の街社、平成八年七月）
寺山修司『寺山修司の俳句入門』（光文社文庫、光文社、平成十八年九月）
小菅麻起子『初期寺山修司研究―「チエホフ祭」から『空には本』―』（翰林書房、平成二十五年三月）
『寺山修司迷宮の世界』（洋泉社、平成二十五年五月）
『別冊太陽寺山修司―天才か怪物か―』（平凡社、平成二十五年五月）

青森時代の寺山修司関係の資料収集を目的とした拙稿（初出一覧を除く）

「寺山修司俳句（素材）と短歌（物語性）の関係―初期歌と俳句の関係を見る―」『青森大学・青森短期大

学研究紀要』第二十九巻（第二号）平成十八年十一月

「編集者寺山修司―歌集編集の方法と目的―」『青森大学・青森短期大学研究紀要』第三十三巻（第三号）平成二十二年二月

「新谷ひろし　寺山修司雑感」（講演）青森大学寺山修司忌特別講演記録（まとめ文責　久慈きみ代　平成十一年五月）

「寺山孝四郎　寺山修司の偉業について」（講演）青森大学寺山修司忌特別講演記録（まとめ文責　久慈きみ代　平成十四年五月）

初出一覧

本書のもとになった論稿の初出一覧。ただし、本書の執筆にあたり、各稿とも大幅な加筆・修正・改題をした。また、「書き下し」の稿は、以前に調査を行いある程度整理されていた資料を、今回再整理した。

序にかえて　「寺山修司ワンダーランドへの誘い」―京武久美氏の「講演（寺山修司の青森時代を語る）」の紹介を兼ねて『青森大学・青森短期大学研究紀要』第二十一巻（第一号）平成一〇年七月の導入部などを使用

I部

第一章　「孤独な少年ジャーナリスト寺山修司―中学校（学級）新聞の中にみる編集者寺山修司」『寺山修司研究2』（文化書房博文社、平成二十年一〇月）

第二章　1「作文を書かない少年　寺山修司―新発見『白鳥』にみる寺山芸術の核」『寺山修司研究4』（文化書房博文社、平成二十三年一〇月）、2「寺山修司空白の半年―古間木中学校から野脇中学校への転校はいつか?―」『寺山修司研究5』（文化書房博文社、平成二十四年三月）

第三章　拙著『孤独な少年ジャーナリスト寺山修司』第二章「青高新聞の時代」（津軽新報社、二〇〇九年三月）

第四章　同上拙著、第三章「青森高校生徒会誌にみる寺山修司」

第五章　同上拙著、第四章「黒石高校俳句会「三ツ葉」との交流」

Ⅱ部

第六章　「寺山修司「東奥日報」新聞への投稿―未公開資料の紹介を兼ねて―」『寺山修司研究創刊号』（文化書房博文社、平成十九年五月）

第七章　同上拙著、第六章「「青森よみうり文芸」寺山短歌の誕生」

第八章　「寺山修司論「青森時代」試論　俳句同人誌『寂光』『暖鳥』の時代（1）」『青森大学・青森短期大学研究紀要』第二十一巻第三号、平成十一年二月

第九章　「寺山修司論「青森時代」試論　俳句同人誌『寂光』『暖鳥』の時代（2）」『青森大学・青森短期大学研究紀要』第二十二巻第一号、平成十一年七月

第十章　「寺山修司論「青森時代」試論　俳句同人誌「青年俳句」と「牧羊神」の時代（1）」『青森大学・青森短期大学研究紀要』第二十二巻第二号、平成十一年十一月

「寺山修司作品略年譜（1）～（4）」二〇〇八（平成二〇）年四月二十六日～六月八日、青森県近代文学館（館長黒岩恭介）で開催された企画展「寺山修司―孤独な少年ジャーナリストからの出発」に、ゲスト・キュレーターと参加した際作成したものを、加筆・修正して使用。

あとがき

寺山修司の青森時代の資料を散逸させてはならない、と考えるようになって十数年が経つが、少年時代から多様な創作活動を展開していた寺山の関係資料の収集はそう簡単にはいかなかった。

二〇〇八年、財団法人青森学術文化振興財団の助成を受け『孤独な少年ジャーナリスト寺山修司』（津軽新報社）を上梓。たくさんの方々にお世話になりながら、思い描いたようには完成せず、力不足を痛感。落ち込んでいた。

高取英氏が「週刊読書人・上半期の収穫から」（二〇〇九年七月三十一日）に、「青森大学社会学部教授久慈きみ代の著書は、少年時代の寺山修司の編集者としての才能を研究し、本書を書いた。単行本未収録の寺山修司の文章も収録され、資料価値も高い。但し本書は、青森の一部の書店にしかない」と思いがけず推薦してくださった。

また、この本は、ふしぎな出会いを生んだ。まず「我々も寺山修司の資料を探そう」と青森高校の同期の方々が動いてくれた。おかげで、貴重な新資料の発見をみた（詳細は本書Ⅰ部第二章参照）。二〇一〇年の夏、実に六十年ぶりに寺山たちが中学三年の夏休みに編集・発行した文芸誌「白鳥」が出現。心許なかった私の「寺山修司編集者（ジャーナリスト）説」は、物的証拠を得たことになった。

「白鳥」を大切に保管されていた内山ご夫妻を通して野脇中学校で文芸部の指導をなさった竹原輝子先生（旧姓本田、現在出雲市在住）にもお会いできた。

ふがいない拙著がもたらしたこれらの望外の喜びは、調査研究を再開させる力となった。皆様に深く感謝申しあげたい。

最近は、青森での寺山修司の評価もあがり、研究調査も進みつつある。

弘前の「北奥氣圏」（船橋素子主宰）は、寺山の父八郎の高校時代について（鎌田紳爾氏）、生誕地や寺山家のルーツについて（世良啓氏）等々、価値ある調査結果を発信している。

「青森の一部の書店にしかない」と紹介された前著を核に、今回、厳しい出版情況の中、刊行をお引き受けくださった論創社社長の森下紀夫様、編集の森下雄二郎様に心より感謝申し上げます。

『編集少年　寺山修司』の要は、寺山修司の言葉・故郷・戦争です。今私たちが、考えなければならない問題を、戦後の編集少年寺山修司を通してみることは、意義がある事と言えるでしょう。

この刊行により、埋もれていた寺山修司の少年時代の作品が、より多くの方に読まれるきっかけとなれば幸いです。

九條今日子様には、寺山修司の多くの作品の引用を今回も快諾いただきましたこと、感謝とお礼を申しあげます。

二〇一四年一月四日

著者

《追悼》寺山修司のふるさとを愛した　九條今日子さん

五月一日、夜、寺山修司記念館館長の佐々木英明さんから、電話が入った。一瞬戸惑った。今日は朝から「今だぴょん！寺山修司劇場」の授業でご一緒し、その後、五時近くまで学生たちと「五月の詩」の稽古をして、四日の打ち合わせも済ませているはずだが、なんのご用だろうか。「九條さんが亡くなりました」と言われた時、信じられず、変にうわずった声で意味不明なことを言ったようだが、後は言葉にならず、四月三〇日に亡くなられたこと、四日が通夜、五日に葬儀が執り行なわれると、一連の報告を受け、電話を置いた。

三沢市寺山修司記念館の「修司忌」が五月四日にある。私は学生と参加することになっている。青森の留守番隊として、三沢で「修司忌」をしっかり行おうと、自分に言い聞かせるが、突然の訃報に、心が浮いてしまい心もとない。

二月一日、三沢の寺山修司市民大学の最終講座で、「寺山修司の人となりを語る」鼎談がありご一緒した。前日から三沢入りした九條さん、妹さん、佐々木英明館長、主催者である五月会会長の山本優さん、寺山修司の甥御さん、私、私の娘、と賑やかに地産地消メニューの夕食会をした。夕食後、アメリカ村のアメリカンバーにも出向いた。終始、九條さんは、お元気で、我々に気配りを見せてくれた。特に、三沢市の観光特別大使をされている関係で、三沢市を元気にするアイディアを熱心に語った。「人類初の太平洋無着陸横断飛行に成功した、ミスビードル号の映画を作るべきよ」、そして、「あの飛行機に載せた林檎が縁で、青森とワシントン州ウェナッチ地方の林檎交流が始まったのよ」と青森県の林檎発展のエピソードを披露。二月の青森は、まだ雪道である。「私は転ばないのよ」と上手に歩けることを自慢した。

「久慈さん、今年は、三沢まつりに来てね。宇野亜喜良さんの山車も出るのよ、楽しいから、一緒に参加しょう」と何度も、念をおされた。そういえば、常田健さんの絵の価値を教えてくださったのも九條さんだ。青森を愛し、青森のためにと、ご尽力されていた。

私が九條さんと親しくさせていただくようになったのは、四、五年前からで長くない。これからと言う時の突然のお別れがつらく残念でたまらない。が、お会いできたことに感謝し前へ進もう。「又、三沢でお会できたら嬉しいです。それでは又。」とある三月三日のお便りが最後になった。

九條さん、三沢まつり、必ず行きます。いろいろありがとうございました。

二〇一四年五月三〇日

久慈　きみ代

〔著者略歴〕
久慈きみ代（くじ・きみよ）
1948年、群馬県高崎市生まれ。1974年より青森市在住。
駒澤大学文学部国文学科卒業、弘前大学大学院修了。
現在青森大学社会学部教授。青森大学オープンカレッジ「『源氏物語』を読む」、NHK青森文化センター「じっくり読みたい『源氏物語』」の講師。
研究分野は中古文学および「寺山修司の青森時代」の調査研究。
2012年4月「あおもり古典を楽しむ会」を設立、地域と共にある研究を目指している。

編集少年 寺山修司

2014年8月20日　初版第1刷印刷
2014年8月25日　初版第1刷発行

著　者　久慈きみ代
発行者　森下紀夫
発行所　論 創 社
東京都千代田区神田神保町 2 － 23　北井ビル
tel. 03(3264)5254　fax. 03(3264)5232　web. http://www.ronso.co.jp
振替口座 00160-1-155266
装幀／宗利淳一
印刷・製本／中央精版印刷
ISBN978-4-8460-1346-2